D1663208

Stb

Iris Rinkenbach und Bran O. Hodapp, die bereits mehrere Bücher veröffentlicht haben, sind beide als Heiler, Magier, Druiden und spirituelle Lehrer tätig. Alle in ihren Werken aufgeführten Beispiele, Gegebenheiten, Übungen und Maßnahmen stammen aus ihrem persönlichen Erfahrungsschatz, den sie in ihrer täglichen Arbeit ansammelten, sind also entsprechend erprobt und wirksam.

Bücher, die sich mit Schutzmagie und Schutzzauber beschäftigen, arbeiten meistens mit Angst und Gegenzauber im Sinne von Rache, Rückschlag usw., was gern auch als „Weiße Magie" bezeichnet wird. Mit diesem Werk wollen die Autoren nun ein gesundes Gegengewicht schaffen, denn wirklichen Schutz vor zerstörerischen Kräften und dem sogenannten Bösen können nur Liebe, Frieden und ein Leben im Einklang mit sich und der Welt bieten. Der Leser bekommt das spirituelle Rüstzeug vermittelt, mit dem er gegen alle Widrigkeiten gewappnet ist und das dafür sorgt, dass er nicht mehr zur Zielscheibe von Angriffen wird.

Iris Rinkenbach
Bran O. Hodapp

◆ ◆

MAGISCHER GEGENZAUBER

Als Vorlage diente die im Jahre 2002
im Schirner-Verlag erschienene Ausgabe

© 2000 Schirner Verlag, Darmstadt

Alle Rechte vorbehalten

ISBN 978-3-89767-580-3

1. Auflage

Umschlag: Murat Karaçay
Redaktion: Kirsten Glück
Satz: Sebastian Carl
Fotos: Daniel Rinkenbach, Bran O. Hodapp,
Iris Rinkenbach

Herstellung: Reyhani Druck und Verlag, Darmstadt

www.schirner.de

INHALT

Danksagung..11
Aus dem Talmud 12
Vorwort von Yvonne Wussow 13

Das Gesetz der Resonanz..19
   Was ich säe, werde ich ernten 21
   Wie kann es zu Verstimmungen kommen?...........25
   Elementale..28
   Die geistigen Hierarchien 32

Magie und Kabbalah 41
   Magie...43
   Die Heilige Kabbalah – das Wort Gottes 50
   Gott schuf den Menschen als sein Ebenbild 59
   Du sollst dir kein Bildnis machen..........................61
   ICH BIN...62
   Anrufung der Göttlichen Offenbarung................67
   Kabbalistische Formeln 69

Schwarze Magie und Satanismus............................75
   Satanismus und Kirche..85
   Die katholische Bekreuzigung
   – Symbol Satans?..89

Alltägliche Beeinflussung durch
die dunkle Seite 93
Schwarzmagische Angriffe 101
Anzeichen 101
Beeinflussung durch Verstorbene 106
Kleines Befreiungsritual 112
Obsessoren..113
Massenmanipulation 116
✗ Wie beeinflusse ich ein Energiefeld 118
Exorzismus bei Besetzungen durch Dämonen 120
✗ Erwecken der reinen Herzensenergie 127
Medizinisches Lehrthangka..................................130

Erste Hilfe bei einem schwarzmagischen Angriff ... 135
 Wie vom Blitz getroffen – der
 überraschende schwarzmagische Angriff............137
 Hilfe durch das Element Wasser 138
 Der dreidimensionale Schutzkreis 140
 Lachen 141
 Schutz durch Symbole und Amulette..................142
 Das SATOR-Quadrat 142
 Kelch und Schwert 148
 Dryade-Schutzengel-Amulett...............................149
 TALESIN Energietherapie-Chip 151
 Christliches Mantra – Der Rosenkranz 156
 Rosenkranz: Einleitung 161
 Der freudenreiche Rosenkranz 164

INHALT

Der schmerzensreiche Rosenkranz 166
Der glorreiche Rosenkranz 167
Mit dem Rosenkranz helfen 168
Auraveränderungen beim Beten 168
Mit Psalmen das eigene Kraftfeld verstärken 171
Kabbalistische Schutztechniken 174
Das kleine bannende Pentagramm-Ritual 174
Ritus der Mittleren Säule 178
Das kabbalistische Kreuz 180
Die 72 Engel der Merkurzone 182
Anrufung eines Engels 183
Psalm 23 185
Engelsbrief 185
Kerzenrituale 187
Herstellung von Schutzkerzen 187
Kerzenweihe 189
Ritual mit der lila Kerze 190
Befreiungsritual aus dem 18. Jahrhundert 191
Überwinden von Ängsten –
Das Schnurritual 197
Arbeiten mit den Chakras 200
1. Wurzel-Chakra 202
2. Sakral-Chakra 205
3. Solarplexus- oder Sonnengeflechts-Chakra 206
4. Herz-Chakra 208
5. Hals-Chakra 211
6. Stirn-Chakra 213

MAGISCHER GEGENZAUBER

- 7. Scheitel-Chakra 215
- Herstellung eines Chakra-Schutzöls 216
- Ritualbäder 217
- Ritualbad, um positive Dinge anzuziehen 218
- Ritualbad zur Heilung negativer Gedanken und Gefühle aus der Kindheit 219
- Das Salzbad 221
- Reinigung mit Rauch 225
- Räucherharze und -kräuter 229
- Das Räuchern mit Harzen 232
- Reinigung eines Raumes 235
- Einen Menschen magisch schützen und segnen .. 238
- Schutzmaßnahmen für die Nacht 240
- Der magische Blitzableiter 243
- Weihen des Messers 245
- Der Torwächter 246
- Schutzmaßnahmen in anderen Kulturen 251
- Südamerika 251
- Asien 252
- Orient 255
- Henna 256
- Henna: Praktische Anwendungen 259
- Indianische Weisheit 262
- Die Heilige Pfeife 262
- Tibetische Lehren 272
- Mantras 272
- Für Ihren Computer 280

INHALT

Aufladen mit der Kraft der Mantras 281
Das Tibetische Totenbuch 282
Lichtnetz Erde..300

Anhang 307
Quellen..307
Weiterführende Literatur.....................................309
Tibetische Begriffe 310
Die 72 Engel der Merkurzone 314

Unseren Kindern gewidmet

DANKSAGUNG

Wir danken…

…allen Freunden und Bekannten, die uns während der Schreibarbeit mit Rat und Tat zur Seite standen,
…Thomas Bergmann für seine Recherchen und die Arbeit an unserer Homepage,
…Prem Loka für seine Mandala-Seelenbilder.
Besonderer Dank sei an unsere Kinder und Partner gerichtet, ohne deren Geduld und Ausdauer dieses Buch nicht möglich geworden wäre. Heidi und Markus Schirner danken wir für ihr großes verlegerisches Engagement. Ein besonderes Dankeschön auch an Kirsten Glück, die unser Manuskript mit großer Sachkenntnis in die endgültige Fassung gebracht hat.
Wir danken allen, die uns seit langer Zeit begleiten.

Der Weg, der uns im Laufe vieler Leben gelehrt wurde und den wir wiederum so gut es uns möglich ist weitergeben, ist der Weg der Selbsterkenntnis, der eigenen inneren Alchimie. Es ist der Weg, den uns die Bruderschaft des Lichts unter der Führung des Erzengels Metatron, dem Orden von Melchisedek und dem Orden des Erzengels

Michael lehrten. Diese Bruderschaft wurde vor Urzeiten von Mahatma Urgaya, der selbst ein reines strahlendes Lichtwesen ist, gegründet.

Mögen alle, die diesen Weg beschreiten, vom Segen der Einen Göttlichen Vorsehung gestärkt sein!

Dies ist kein Buch, das lehrt, gegen etwas oder jemanden zu zaubern – es ist ein Buch gegen Zauber und gegen Missbrauch! Wir haben es für all diejenigen geschrieben, die sich von der Macht des organisierten Bösen befreien wollen. Wir empfehlen das gleichzeitige Arbeiten mit unserem Gegenzauber-Set* und dem ihm beiliegenden magisch geladenen Schutzamulett.

AUS DEM TALMUD

Achte auf deine Gedanken,
denn sie werden zu deinen Worten.
Achte auf deine Worte,
denn sie werden zu deinen Taten.
Achte auf deine Taten,
denn sie werden zu deinem Charakter.
Achte auf deinen Charakter,
denn er wird dein Schicksal.

VORWORT

Als Anfängerin im Bereich der magischen Künste las ich vor Jahren die „Rituale der Weißen Magie"*, die mich motivierten, als Neuling etwas Zauber in meinen Alltag zu bringen. Bald war ich ganz verzaubert, hatte Blut geleckt, las mehr, übte mehr, probierte aus, erkannte: Alles ist Magie, auch und gerade unser Alltag.

Wie viele Rituale – vom Abendgebet mit unserem Kind über bestimmte Frühstückszeremonien, Telefonate mit der besten Freundin zu bestimmten Zeiten, die Zigarette oder der Espresso nach dem Essen, tagtägliche Regelmäßigkeiten bis zu Schlafritualen – unser tägliches Leben bestimmen, erkennt, wer offen dafür ist. Rituale, bisher selbstverständlich genommen, erhalten eine andere Bedeutung für den, der bewusst mit ihnen umgeht. Wieviel mehr tun das Rituale, die wir bewusst, um etwas zu erreichen oder zu vermeiden, praktizieren.

Das Gebet in der Kirche – ein Ritual. Das Entzünden einer Kerze, zur Erinnerung an jemanden, als Kirchenopfer zur Wunscherfüllung – ein Ritual. Der Strauß Blumen, das rote Licht auf dem Friedhofsgrab – ein Ritual. Der Hochzeitstag – ein Ritual. Der Geburtstag – ein Ritual. Der Adventskranz, die Kerzen am Baum, der Advents-

* siehe Anhang

kalender – Rituale. Der Lammbraten (Opferlamm) zu Ostern – ein Ritual. Das Tischgebet – ein Ritual. Erntedank – ein Ritual. Silvesterfeier – ein Ritual.

Dass Kinder Rituale brauchen, ist unter Pädagogen und den meisten Eltern bekannt. Für uns Erwachsene gilt das genauso. Rituale geben Halt in ausweglosen Situationen, sie geben Stabilität und Sicherheit und helfen in Notfällen. Was ist ein Pflaster auf einem aufgeschürften Kinderknie mehr als ein trostspendendes Ritual, ebenso wie der Cognac „auf den Schreck", das Glas warme Milch bei Schlafstörungen? Wer „zaubern" lernt, lernt, Rituale für sich zu erschaffen, übergeordnete Kräfte und Mächte zu nutzen und ihnen zu vertrauen, sich ihnen anzuvertrauen, sich seinem Höheren Selbst zu überantworten.

Nun also „Magischer Gegenzauber". Ein Handbuch gegen Zauber, gegen schwarze Magie, gegen Verfluchung und Voodoo, gegen dunkle Mächte und dunkle Machenschaften. Auch hier lassen sich vielfältige praktische Anwendungsmöglichkeiten finden. Wer schwarze Magie als Aberglauben und „Okkultismus" im negativen Sinne abtut, irrt. Wer von uns hat nicht täglich mit ihren Erscheinungsformen zu kämpfen – in Liebe und Partnerschaft, bei Trennung und Scheidung, im Beruf und im privaten Alltag. Streß und Terror, Mobbing und Schikane, psychische Erpressung und Ausnutzung von Abhängigkeiten, Drohungen und leere Versprechungen, jegliche Art psychischer Beeinflussung… Das alles ist nichts anderes als „schwarze Magie", Machtmittel, die Menschen einsetzen, um andere nach ihrem Willen zu beeinflussen, gefügig zu machen, im schlimmsten Fall: ihnen zu schaden.

Jeder böse Gedanke setzt sich in Energie um, in böse Worte, in böse Taten. Wer das zulässt, wird sehr schnell unfreiwillig/freiwillig zum Opfer. Schwarze Magie ist überall – auch hier heißt es: Wehret den Anfängen! Schützen Sie sich. Setzen Sie sich mit den Gesetzen von Ursache und Wirkung auseinander – zu einer "bösen Tat" gehören immer zwei: Einer, der sie begeht – und einer, der sie sich gefallen lässt. Wir gehen noch weiter: Zu einem bösen Gedanken, der der bösen Tat vorausgeht, gehören immer zwei – einer, der ihn denkt, und einer, der diesen Gedanken zulässt, anzieht, dessen Verwirklichung ermöglicht.

Gedanken manifestieren sich. Ich selbst habe die Erfahrung gemacht: Alles, was ich in meinem Leben wirklich erreichen wollte, habe ich erreicht. Alles, was mir wirklich Angst machte, ist mir widerfahren. Alles, was ich vermeiden wollte, habe ich leidvoll erlebt. Das heißt: ALLE Gedanken manifestieren sich. Hat man das erst einmal begriffen, kann man sein Schicksal in die Hand nehmen.

Bösen und angsterfüllten Gedanken keinen Raum mehr zu geben, ist ein großer Schritt auf dem richtigen

MAGISCHER GEGENZAUBER

Weg. Diesen Raum mit kraftvollen, wunscherfüllten, wirkungsvollen, positiven Gedanken neu zu füllen, ist der nächste. Diese Neubesetzung mit magischen Ritualen zu unterstützen, ist der Weg zum Ziel. Alles, was man tut, kommt zu einem zurück. Das Gute wie das Schlechte.

Ich habe auf meinem magischen Weg gelernt, bösen Gedanken keinen Raum mehr zu geben. Schon aus Selbstschutz. Iris Rinkenbach und Bran O. Hodapp haben in ihrem neuen Buch hilfreiche Rituale zum Selbstschutz zusammengetragen. Jahrtausendealte, wie das Schutz-Pentagramm, christlich orientierte, wie die schutzmagische Verwendung des Rosenkranzes (auch Priester, gleich, welcher Glaubensrichtung sie angehören, sind nichts anderes als Magier, die jahrtausendealte Rituale vollziehen, die den Menschen Sicherheit geben), Kerzen-Rituale (jedes Anzünden von Kerzen am festlich gedeckten Tisch ist in sich schon ein Ritual), Ritual-Bäder (welche Frau lässt sich nicht regelmäßig von einem Bad verzaubern?), Räucherungen, andere Rituale, die wir, da ganz ohne „Zauber" oft schon an sie gewöhnt, in unser tägliches Leben integrieren können, sich ihrer Wirkung mehr und mehr bewusst werdend.

Außer um das Erlernen neuer magischer Praktiken geht es in diesem Buch um die Bewusstwerdung dessen, was Magie ist und wie sehr sie unser Leben bestimmt, ohne dass wir es merken. Werden wir uns ihrer bewusst, dann werden wir immer besser in der Lage sein, sie auch

VORWORT

bewusst einzusetzen. In unserem Leben, in unseren Beziehungen, in unserer Gesundheit, in unserem Beruf, zum Wohle aller. Werden wir uns bewusst, wie sehr schwarze Magie ein Teil unseres Lebens ist, wie sehr sie unser Leben bestimmt, ohne dass wir es merken. Werden wir uns ihrer bewusst, werden wir immer besser in der Lage sein, sie zu erkennen, sie abzuwehren – in unserem Leben, in unseren Beziehungen, in unserer Gesundheit, in unserem Beruf. Zum Wohle aller.

In diesem Sinn ist dieses Buch ein hilfreicher Ratgeber für unser Leben, für unsere Beziehungen, für unsere Gesundheit, für unseren Beruf. Es sollte in keiner magischen Bibliothek fehlen, getreu der Erkenntnis:
ALLES IST MAGIE.

Yvonne Wussow, 22. Oktober 2000

DAS GESETZ
DER RESONANZ

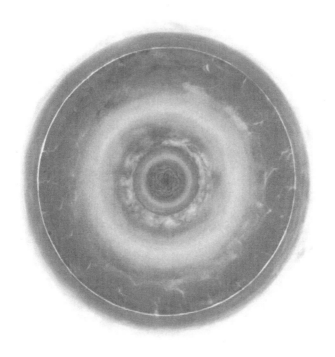

DAS GESETZ DER RESONANZ
WAS ICH SÄE, WERDE ICH ERNTEN

Mein indianischer Freund Craig Carpenter, der nun seit mehr als 40 Jahren Scout und Messenger, also Botschafter des nordamerikanischen Indianerstammes der Hopi ist, und selbst dem Stamme der Mohawk angehört, hat mir einmal erzählt:

„In Zeiten, in denen ich mit schlechter Medizin[1] angegriffen werde, bitte ich einfach nur Massau, den Großen Geist, mich zu beschützen. Und falls er, Massau, oder die anderen Geister, die mich begleiten, sich entscheiden sollten, mir in dieser Situation nicht zu helfen, dann frage ich mich selber, was ich aus der ganzen Sache lernen soll und beobachte, wo meine eigenen Fehler liegen, die diesen Angriff auf mich ermöglicht haben!"

Und genau hier, in diesen weisen Worten liegt der Schlüssel, wirklich auf Dauer und nicht nur für einen Moment vor den Widrigkeiten des Alltags und unseren Feinden – falls wir wirklich echte Feinde haben – gefeit zu sein.

Unserer Erfahrung nach, die wir nun in vielen Jahren der magischen Praxis sammeln durften, ist es keinem Menschen und ebenso keiner geistigen Wesenheit, ob

---
1 „bad medicine" ist der indianische Ausdruck für schwarze Magie

MAGISCHER GEGENZAUBER

nun Magier, Obsessor[2] oder gar Dämonen möglich, einem Menschen ernsthaft zu schaden, der nicht selbst in seinem tiefen Inneren dem Angriff entsprechende Aggressionen verborgen hält. Es gibt hier nur eine Ausnahme dieser Regel, auf die wir später noch zu sprechen kommen, die jedoch ausgesprochen selten vorkommt

Jede Wesenheit im Universum, ganz gleich welcher Herkunft und Entwicklung, ist gleich einem wunderbaren Musikinstrument, das in Tönen, verschiedenen Farben und einer bestimmten Mischung aus Gefühlen (entsprechend den vier Elementen) „schwingt". Uns Menschen würde ich mit einem Instrument wie der Geige oder Bratsche vergleichen: Die Saiten sind unsere Seelenanteile und der Körper entspricht dem Resonanzkorpus der Geige, der die Stimmqualität unseres Wesens nach außen trägt. Unsere Gedanken und Gefühle sind die Musiker, die unsere Saiten streichen, zupfen und zum Klingen bringen.

In diesem Zusammenhang erinnere ich mich an ein Experiment meines Physiklehrers aus der Schulzeit. Wir plazierten mehrere Stimmgabeln mit gleicher und abweichender Stimmung im Klassenzimmer. Wurde beispielsweise die Gabel mit der C-Stimmung angeschlagen, so fingen alle C-Stimmgabeln an zu singen, obwohl sie von

---

[2] verstorbene, erdgebundene Seele, die sich aufgrund von Hass an eine lebende Person bindet, und dieser aus dem Astralreich (4. Dimension, erste und niederste Geistesebene nach der materiellen Welt) heraus Schaden zufügt

DAS GESETZ DER RESONANZ

niemandem berührt wurden. Alle anderen Stimmgabeln, beispielsweise mit der A-Stimmung, blieben jedoch stumm. Wir konnten dieses Experiment, so oft wir wollten und mit den unterschiedlichsten Tönen wiederholen, es funktionierte immer: Gleiche Stimmung geht mit gleicher Stimmung in „Resonanz" – also in Reaktion – wohingegen unterschiedliche Stimmung sich nicht gegenseitig beeinflusst.

Wenn wir nun die Beobachtungen dieses physikalischen Experiments auf unser Leben und auf unseren Alltag umsetzen, kommen wir zu dem Schluss, dass wir entsprechend unserem Ton (also unserem Charakter, unseren sichtbaren und verborgenen Wesenszügen) eine ganz bestimmte Wirkung auf die Umwelt ausüben und genauso die Umwelt und die in ihr wirkenden Personen mit uns in Wechselwirkung stehen, falls wir dieser in irgendeiner Weise entsprechen. Sind demnach die Saiten unseres Seeleninstruments verstimmt und geben disharmonische Missklänge in unsere Umwelt ab, so muss nach dem oben beschriebenen Stimmgabeleffekt alles in unserer Umwelt, das dieser Disharmonie entspricht, mit uns in Resonanz gehen und sich unmittelbar auf uns auswirken. Im positiven Falle ist es natürlich genauso: Geben wir harmonische Informationen an unsere Umwelt ab, so muss ebenfalls nach dem Gesetz der Resonanz alles uns entsprechende auf uns wirken.

In neuen medizinischen Diagnose- und Therapieverfahren[3] nutzt man das Wissen kosmischer Ton- und Farbschwingung. Man hat erkannt, dass jeder Mensch in einem sogenannten Grundton und einem diesem Ton entsprechenden Farbspektrum schwingt (oder besser singt). Jedes unserer Organe kann – wie auch schon im Sepher Jezirah[4], dem Buch der Schöpfung, erwähnt – einem ganz bestimmten Planeten des Universums zugeordnet werden. Diese Zuordnung gilt bezüglich der astrologisch-planetaren Eigenschaften, wie auch des Ton- und Farbspektrums des jeweiligen Himmelsgestirns, in dessen Resonanzverbindung es steht.

Gerät ein physisches Organ, beispielsweise die Leber, aus irgendeinem Grund aus dieser korrekten Ton- und Farbschwingung, so muss es förmlich zu einer pathologischen (körperlichen) Erkrankung kommen. Die neuen Therapieverfahren nutzen nun dieses Wissen und übertragen den richtigen Ton kombiniert mit der richtigen Farbe auf das erkrankte – also verstimmte – Organ, mit dem Ziel, es wieder zurück in die kosmische Ordnung zu bringen. Auf diese Weise erhofft man sich, in Zukunft auch wirklich schwerwiegende Erkrankungen wie beispielsweise Krebs oder auch Aids dauerhaft heilen zu können. Mich selbst bat man, mit diesem Wissen an der Entwicklung eines neuartigen Dialysegerätes mitzuwirken.

---

3 beispielsweise der Vega-Grieshaber Akademie/Vega-Medizin GmbH, Schiltach
4 sg. sephirah, pl. sephiroth – hebr. f. Buch

DAS GESETZ DER RESONANZ

WIE KANN ES ZU VERSTIMMUNGEN KOMMEN?

Der Mensch ist ein göttliches Wesen und hat die Fähigkeit, seine eigene Wirklichkeit selbst zu erschaffen. Dies geschieht mit jedem Gedanken, auf den ein Bild – also die Vorstellung – und ein Gefühl folgen. Kurz und knapp gesagt, muss sich alles verwirklichen, was der Mensch über den Tag, die Woche und sein Leben lang erwartet (denkt, sieht, fühlt)! Der eine oder andere von Ihnen, liebe Leser, wird nun kritisch anmerken, dass ja dann jedes Gebet oder jeder Wunsch sich realisieren würde, was sich in der Praxis oft als gegenteilig darstellt. Doch hier hat es nur den Anschein, als ob dieses Gesetz der eigenen Schöpferkraft nicht funktioniert. Es funktioniert immer! Was allerdings oft geschieht ist, dass wir Menschen so viele einander widersprechende Gedanken, Gefühle, Hoffnungen und Wünsche haben, dass sie sich gegenseitig aufheben oder nur der Wunsch oder die Erwartung Wirklichkeit wird, der/die am meisten Energie – Aufmerksamkeit und Emotion – erhält.

Ein Beispiel hierfür wäre der Kaufmann, der kurz vor dem Konkurs steht. Er beginnt nun aus der Not heraus, sich mit dem sogenannten Positiven Denken zu beschäftigen und suggeriert[5] sich, in Wirklichkeit reich zu sein.

---
5   sich einreden

MAGISCHER GEGENZAUBER

Gleichzeitig ist er aber seit Jahren davon überzeugt, arm und erfolglos zu sein und das auch zu bleiben. Diese Existenzängste sind ebenfalls „Schöpferworte", die sich verwirklichen wollen. Im besten Falle heben sich nun beide Erwartungen gegenseitig auf, nämlich die, reich zu sein, und die, arm zu bleiben. In der Regel wird es jedoch so sein, dass die über Jahre aufgebaute Angst so stark ist, dass sie jede positive Gedankenform überlagern und schließlich neutralisieren kann. Die Angst unseres Kaufmanns, eventuell alles zu verlieren, wird im Laufe der Zeit in bedrohliche Nähe rücken.

Viele Hinweise sind in den alten Wahrheitsschriften zu finden, die auf das Gesetz der Resonanz – was schließlich auch das Gesetz des Karma[6] ist – aufmerksam machen. Das mosaische Gesetz „Auge um Auge, Zahn um Zahn" des Alten Testaments wird von den meisten Theologen falsch verstanden. Im Allgemeinen wird erklärt, dass dieses Gesetz der Vergeltung durch die Lehre Christi, die Nächstenliebe, abgelöst wurde. Auge um Auge, Zahn um Zahn sei das Gesetz der Rache, wobei Christus uns lehrte, auch die andere Wange hinzuhalten und zu vergeben.

Jeder in der Hermetik[7] bewanderte Eingeweihte wird jedoch einsehen, dass die alttestamentarischen Worte

---
6 über ein Leben hinaus wirksames Gesetz von Ursache und Wirkung
7 Geheimlehre, benannt nach Hermes Trismegistos, einer Verschmelzung aus dem griech. Gott der Händler und Reisenden „Hermes" und dem ägypt. Mondgott „Thot"

niemals ein Hinweis oder gar eine Aufforderung zur Rache sind, sondern lediglich ein Hinweis auf das Gesetz des Karma – das Gesetz von Aktion und Reaktion, Ursache und Wirkung.

„Auge um Auge, Zahn um Zahn" erklärt das Gesetz der Resonanz. Es bedeutet, dass alles, was ich als Einzelner denke, fühle und in die Tat umsetze, in meinem Umfeld eine Reaktion irgendeiner Art auslösen muss. Sende ich überwiegend Gedanken und Gefühle des Hasses aus, so werden all diejenigen mit ähnlichen Charaktereigenschaften in meinem mittelbaren und unmittelbaren Umfeld auf mich reagieren müssen; und natürlich umgekehrt bleibt mir selbst dann keinerlei Möglichkeit, als selbst auf diejenigen zu reagieren, die ihrerseits Negativität in Form von Gedanken, Gefühlen und Handlungen verkörpern.

In den Bereichen des Positiven und Konstruktiven funktioniert das Prinzip natürlich genauso – erinnern wir uns an den Stimmgabeleffekt am Anfang dieses Kapitels. In den Büchern „Die Prophezeiungen von Celestine"[8] und „Das Geheimnis von Shamballah"[9] werden diese Mechanismen der Resonanz mit einfachen Worten und aus dem Leben gegriffenen Beispielen veranschaulicht: Jedwede Energie, die auf irgendeine Weise, auf welcher Ebene auch immer, der mentalen (Gedankenebene) oder astralen (Gefühlsebene) aufgebaut und zu einem

---
8/9 siehe Quellennachweis

Punkt gesammelt wird, verändert eine Situation und deren Umfeld.

ELEMENTALE

Jedes Gefühl und jeder Gedanke erzeugt eine sich verselbständigende Wesenheit. Werden Elementale – Energieformen – der Liebe aufgebaut, so sind diese bei genügender Ausdauer in der Lage, den zerstörerischen Anteilen des Lebens die Grundlagen zu entziehen. In „Die Prophezeiungen von Celestine" wird beschrieben, wie eine Gruppe von Wissenschaftlern entdeckte, dass durch das Aussenden von Elementalen der Liebe und Schönheit über ihr Herzzentrum zu verschiedenen Pflanzen, bei diesen nicht nur das Wachstum in Form und Größe beeinflusst wurde, sondern sogar erheblich mehr Vitamine und Nährstoffe in den Gemüse- und Obstsorten nachzuweisen war.

Ein Elemental[10] ist eine sich verselbständigende Energieform, die durch ein Zusammenkommen von Gedankenenergie und Gefühlsenergie entsteht. Dabei entspricht die Gedankenebene (Mentalreich) dem Zeitfaktor und

---

10 Nicht zu verwechseln ist ein Elemental mit einem Elementarwesen oder einem Elemente-Wesen. Ein Elementar-Wesen ist eine vom Magier bewusst geschaffene Wesensform (Energie mit Bewusstsein), die aus einem oder mehreren Elementen – Feuer, Luft, Wasser, Erde – besteht. Elemente-Wesen hingegen bestehen nur aus einem einzigen Element. Sie sind die sogenannten Naturgeister, wie Sylphen, Nixen, Salamander und Gnome.

DAS GESETZ DER RESONANZ

die Gefühlsebene (Astralreich) dem Raumfaktor, d.h. die Gefühle bestimmen den Raum, den das Elemental einnimmt, und die Gedanken seine Lebensdauer.

Seien wir uns bewusst, dass wir ständig, mit jedem Gedanken und mit jedem Gefühl, eine Art Wesenheit, ein Elemental, erschaffen, das seiner Bestimmung nach wirken will! Diese Elementale sind mit der Aura, dem Energiefeld, seines Schöpfers verbunden und wirken dort, also in ihm bzw. in seinem Umfeld. Wir sind also voll von unseren eigenen Schöpfungen, die direkt oder indirekt unseren Charakter und unser Schicksal formen!

Zudem ist ein Elemental eine Art „Klaviertaste", die wir selbst spielen und, was bedeutend gefährlicher ist, die während unseres gesamten Lebens von anderen gespielt werden kann. Das Unterbewusstsein – wobei das sogenannte „Innere Kind" ein Teilaspekt des Unterbewusstseins ist – ist nüchtern gesehen nichts anderes als ein „Speicherort" dieser Elementale. Über diesen Speicher des Unterbewusstseins nehmen wir von Leben zu Leben alle Elementale, ob schädlich oder förderlich, mit uns. Über die Qualität dieser Elementale, die vielleicht über hunderte von Inkarnationen (Wiedergeburten) erzeugt und angesammelt wurden, wird entschieden, zu welcher Zeit, an welchem Ort und unter welchen Umständen meine Wiedergeburt stattfindet. Diese Elementale haben Einfluss darauf, ob ein Mensch gesund oder krank, arm oder reich geboren wird, welche Bekanntschaften er im

Laufe seines Lebens macht und was ihm auch sonst noch widerfährt. Unser freier Wille ist beschränkt – durch von uns selbst geschaffene Energiemuster!

Es gibt nun eine ganze Reihe von Wesenheiten, die ein Interesse daran haben, diese Elementale bei den Menschen zu aktivieren und aktiv zu halten. Diese können unter anderem in unserem Umfeld lebende Personen sein, verstorbene erdgebundene Seelen (Menschen), niedere Astralwesen und ebenso Engel und Dämonen (sanskr. Asuras). Durch die Ansammlung von verschiedenen Elementalen sendet jeder Mensch und jedes Wesen eine bestimmte Frequenz – eine Tonfolge – aus. Diesen Tönen entsprechend werden auf den verschiedensten Ebenen alle möglichen Wesenheiten angezogen – wir erinnern uns an das Resonanzprinzip der Stimmgabeln.

Hat sich nun ein Mensch im Laufe seiner zahlreichen Leben ein gewisses Ungleichgewicht, d.h. eine große Menge zerstörerischer Elementale aufgebaut, so zieht er den physikalischen Gesetzen entsprechend Wesenheiten an, die diese zerstörerische Energie verkörpern. Dies hat dann eine Verschlimmerung der Lebenssituation des betreffenden Menschen zur Folge, da diese Wesenheiten bestrebt sind, die ihnen entsprechenden negativen Charaktereigenschaften des Menschen zu verstärken. Er ist dann nicht mehr Herr seiner selbst, sondern zum Spielball seiner eigenen Schöpfungen und fremder Kräfte geworden, von deren Existenz er nicht einmal im Ansatz eine

Ahnung hat. Er hat sich seines eigenen freien Willens berauben lassen! Sein Schicksal ist im voraus berechenbar und er kann, selbst wenn er seine Zukunft kennen würde, nichts mehr daran ändern.

Um diesen Mechanismus besser zu verstehen, versuche ich nun mit so einfachen Worten wie möglich, die geistigen Hierarchien zu erklären, die unmittelbar auf uns wirken.

DIE GEISTIGEN HIERARCHIEN

Aus verschiedenen Gründen ist der Mensch einzigartig in der Schöpfung. Ja, er ist tatsächlich die Krone der Schöpfung! Diese Behauptung soll weder anmaßend erscheinen noch die Glaubensdogmen der Kirchen bekräftigen. Die Einzigartigkeit und Besonderheit des Menschen begründen sich darin, dass er aus allen Stoffen des Universums und Gottes geformt ist:

Sein Geist ist Akasha – Göttlicher Urstrom – Gott. Sein mehrdimensionaler (Ausdehnung in Raum und Zeit) Körper wurde aus dem Geist – Akasha, das göttliche Element – heraus geschaffen. Und alle vier weiteren Elemente, das Feuer, die Luft, das Wasser und die Erde wurden in ihm verschmolzen. Der Mensch hat eine eigene Intelligenz (Weisheit), einen eigenen Willen (Entscheidung) und die Qualität der Kraft (Handeln) als Teil Gottes einverleibt bekommen. Dies sind auch die heiligen drei Grundeigenschaften Gottes. Erinnern wir uns an die Worte der Genesis:

„26 Und Gott sprach: Laßt uns Menschen machen in unserm Bild, uns ähnlich! Sie sollen herrschen über die Fische des Meeres und über die Vögel des Himmels und über das Vieh und über die ganze Erde und über alle kriechenden Tiere, die auf der Erde sind! 27 Und Gott schuf den Menschen nach seinem Bild, nach dem Bild Gottes schuf er ihn; als Mann

DAS GESETZ DER RESONANZ

und Frau schuf er sie. 28 Und Gott segnete sie, und Gott sprach zu ihnen: Seid fruchtbar und vermehrt euch, und füllt die Erde, und macht sie [euch] untertan; und herrscht über die Fische des Meeres und über die Vögel des Himmels und über alle Tiere, die sich auf der Erde regen! 29 Und Gott sprach: Siehe, ich habe euch alles samentragende Kraut gegeben, das auf der Fläche der ganzen Erde ist, und jeden Baum, an dem samentragende Baumfrucht ist: es soll euch zur Nahrung dienen; 30 aber allen Tieren der Erde und allen Vögeln des Himmels und allem, was sich auf der Erde regt, in dem eine lebende Seele ist, [habe ich] alles grüne Kraut zur Speise [gegeben]. 31 Und es geschah so. Und Gott sah alles, was er gemacht hatte, und siehe, es war sehr gut. Und es wurde Abend, und es wurde Morgen: der sechste Tag."

Gott schuf den Menschen also nach seinem Ebenbild. Der Mensch besitzt das Geheimnis des vierpoligen Magneten[11] und trägt das Geheimnis der Quadratur des Kreises in sich. Der Mensch hat einen freien Willen und kann gleich Gott entscheiden, welchen Weg er gehen möchte, den Weg des Lichts oder den der Finsternis. Der Mensch ist in seiner Schöpfung einzigartig. Er hat den Auftrag, den bewussten Geist Gottes in die stoffliche Welt zu bringen. Im Zeugungsakt hat der Mensch die Chance, sich seiner Göttlichkeit gewahrzuwerden und gleich dem Schöpfer neues Leben entstehen zu lassen. Leider gelingt ihm dies nur schwer.

---
11 Tetragrammaton bzw. JHVH

MAGISCHER GEGENZAUBER

Der Mensch solle herrschen über die Welt und alle Tiere. Doch wie herrscht der weise König? Herrscht er nicht mit Liebe und Großmut? Dieses Herrschen bedeutet nicht beherrschen. Ein weiser König beutet seine Untertanen nicht aus, er liebt sie, denn er weiß, dass er ohne sein Volk auch kein König wäre. Gäbe es ohne die Erde auch nur einen Menschen?

Die Göttliche Vorsehung musste für Nahrung sorgen, denn in der groben Stofflichkeit kann der Mensch nicht nur vom Geiste leben, wie es in allen höheren Sphären möglich ist. Er musste für grobstoffliche, dem Erdelement entsprechende Nahrung sorgen. So stehen dem Mensch Gemüse, Getreide und alle Früchte als Nahrung zur Verfügung. Keinesfalls ist hier eine Aufforderung zu erkennen, Tiere zu töten und zu verzehren. Doch auch in der Wahl seiner Speisen ließ uns der Schöpfer freie Wahl. Denn der Mensch ist gleich Gott Herr der Elemente – zumindest gemäß der Idee seiner Schöpfung.

Viele andere Wesenheiten haben die eine oder andere Einschränkung innerhalb dieser drei in sich harmonierenden Kräfte. Engel oder Dämonen und viele Astralwesen bestehen ebenfalls nur aus Akasha (Geist) und einem einzigen Element. So ist der Erzengel Raphael ein Vertreter des Luftelements, Michael ein Vertreter des Feuerelements, Gabriel ein Vertreter des Wasserelements und Uriel (manchmal auch Auriel) ein Vertreter des Erdelements – natürlich in reinster Form und Vollendung. Keiner dieser Erzengel begibt sich normalerweise in das Element des anderen, obwohl sie sich untereinander ergänzen und beeinflussen. Gemeinsam vereint stellen die vier Erzengel den heiligen vierfachen Namen Gottes dar, denn vereint sind sie vollkommen.

Auch Luzifer – der Lichtbringer – besteht nur aus dem Feuerelement. Jedoch will er nicht das Gleichgewicht des Feuers – Lichtprinzips – fördern, sondern ruft ein Übermaß an Feuer und Elektrizität hervor. Er will der Menschheit Erleuchtung ohne den notwendigen inneren Antrieb bieten, was dann zum Verfehlen des eigentlichen Entwicklungsweges des Menschen führt. Er inspiriert die Techniker und Physiker bei der Entdeckung und Ausbeutung von Energiequellen, die durch Raubbau und Missbrauch die Erde vernichten, statt uns die Nutzung der natürlichen Energiequellen wie die der Sonnenkraft aufzuzeigen und zu lehren. Luzifer fördert Erkenntnis ohne Gefühl, was letztendlich zur Gewissenlosigkeit führen muss.

Jeder Engel aber auch jeder Dämon ist innerhalb seines Elements – seiner Ebene – in seiner Handlungsfreiheit beschränkt. Nur der Mensch vereint alle Elemente in sich, was ihn zur wirklichen Krone der Schöpfung und zum Ebenbild Gottes macht – wüsste er nur darum. Es gibt nun Wesenheiten, die dem Menschen diese gottähnliche Stellung streitig machen wollen. Hierüber werden wir in den nachfolgenden Kapiteln über Logen und Satanismus genauer zu sprechen kommen.

MAGISCHER GEGENZAUBER

Viele Wesen haben ein Interesse daran, den Menschen zu inspirieren und zu beeinflussen. Wie bereits erläutert, ziehen wir die uns entsprechenden Kräfte und Wesenheiten an bzw. begeben uns in deren Raum. Gerät der Mensch in den Bann einer Wesenheit, so ist diese in der Lage, sich von seiner Lebensenergie zu nähren, wovon die meisten im Astralreich wirkenden Wesenheiten regen Gebrauch machen. Außerirdische Intelligenz schließe ich hierbei nicht aus! Deshalb müssen Elementale aufgelöst werden.

Negative Wesenheiten arbeiten nach denselben Prinzipien und Techniken wie die Wesen, die wir als positiv beschreiben würden. Sie wirken auf den Menschen über seine eigenen Elementale. Eine positive Wesenheit versucht beispielsweise, den Menschen dazu anzuregen, fröhlich zu sein. Gelingt ihr dies, so dient die Energie der Freude zumindest teilweise als energetische „Nahrung" für den, sagen wir einmal, Engel. Ein dämonisches Wesen würde nun versuchen, Energieentladungen von Wut, Zorn und Aggression im Menschen hervorzurufen, die dann wiederum als „Nahrung" der entsprechenden Wesenheit dient. Dieser Mechanismus funktioniert so lange, bis der einzelne Mensch zum Adepten[12] herangereift ist und sein Gemüt, seinen Charakter, seine Gedanken und Gefühle vollkommen kontrollieren kann. Nur in diesem seltenen aber unbedingt erstrebenswerten Fall

---

12 Eingeweihter oder Meister einer Geheimlehre

DAS GESETZ DER RESONANZ

menschlicher Entwicklung spielt der Mensch die Klaviertasten seines Schicksals selbst und wird nicht von anderen gespielt!

Das Herausschreien von Wut und Aggression, wie es in manchen Therapien gehandhabt wird, kann zwar eine vorübergehende Erleichterung des Patienten bewirken, ändert jedoch nichts, solange die Elementale der Wut nicht aufgelöst werden. Die kurzfristige Entladung dieser Empfindungen erzeugt ein energetisches Vakuum, das sich sofort wieder zu füllen versucht. Es müßte also unmittelbar nach der Entladung das entstandene Vakuum mit einem positiven – entgegengesetzten – Elemental aufgefüllt werden, um einem erneuten Aufladen der zerstörerischen Energiefelder entgegenzuwirken.

Will ein Therapeut dies bewerkstelligen, so kann er dies nur nach langer hermetischer bzw. alchemistischer Ausbildung. Er muss lernen, wie man Elementale bewusst erschafft und sogenannte magische Volte – eine dynamisierte[13] Form des Elementals – bildet und natürlich auch wieder auflöst. Er sollte im Exorzismus, der Dämonenaustreibung, bewandert sein, was nur durch harte Arbeit an sich selbst zu erreichen ist. Viele unserer Schüler gehen diesen Weg der Charakterveredelung erfolgreich.

Schwarze Magie setzt neue Elementale oder wirkt auf die bereits vorhandenen. Beobachten wir unseren Alltag, so können wir feststellen, dass die Menschen

---
13 mit einem Energiefeld von expansiver Kraft versehen

unbewusst oder auch bewusst über die Elementale eines Einzelnen versuchen, ihr Gegenüber zu beeinflussen. Dies funktioniert durch suggestive Gesprächsführung, Einschüchterung aber auch durch Anregung. Bei allen schwarzmagischen Praktiken, die auf die Manipulation anderer Menschen ausgerichtet sind, werden bestehende Elementale des „Opfers" gesucht und dann verstärkt. Nur wenige Magiere sind in der Lage, neue Elementale bei einer fremden Person zu setzen, die nicht vorher schon zumindest „schlummernd" vorhanden waren. Auch bei Heilungen, selbst bei Techniken wie Reiki oder gar beim Beten, geschieht nichts anderes, als dass der Heiler oder Therapeut zumeist unbewusst ein Heilungselemental erzeugt, das er dann dem Patienten überträgt. Selbst der sogenannte Plazebo-Effekt – Heilung durch Einbildung – wirkt nach den Gesetzen erzeugter Elementale.

Die Absicht dieses Buches ist es, dem Leser zu helfen, seine eigenen negativen Elementale zu erkennen, sie allmählich aufzulösen und im Gegenzug positive Elementale – Charaktereigenschaften – aufzubauen, seine Aura zu stärken, um aus jeglicher Art von Opferrolle herauswachsen zu können. Wer sich nun magisch oder auch weniger spektakulär bedroht fühlt und zur Erkenntnis kommt, dass diese Bedrohung auch wirklich der Realität entspricht, sollte sich schnell überlegen, auf welche Weise er auf diese Bedrohung reagieren will. Viele magisch arbeitende Menschen würden nun zu einem Gegenschlag anraten. Doch: Wer magisch zurückschlägt läuft Gefahr, sich selbst zu vernichten! Solche Gegenrituale sind in der Regel alle „schwarzmagisch", denn es werden keine Kräfte der Einsicht und Heilung angerufen, sondern meistens nur die Dämonen der Zerstörung und des Todes – Gleiches wird mit Gleichem vergolten. Ich kenne genügend professionelle Magier, die solche Rituale für viel Geld verkaufen. Sie glauben, sich selbst dem Bann der zerstörerischen Wesenheiten, die sie anrufen, entziehen zu können und lenken ganz bewusst Verbindungsfäden zum Auftraggeber, der nach Rache verlangt. Kann man Dunkelheit mit Dunkelheit verändern?

Unser Bestreben ist es, unseren Charakter im Gleichgewicht zu halten und uns ständig zu veredeln. Wir verändern uns, um aus den Problemen herauszuwachsen. Wir entwickeln uns weiter und lassen das Schwingungsfeld der zerstörerischen Kräfte hinter uns, werden nicht mehr von ihm beeinflusst und streben danach, unser wahres Selbst zu erkennen. Unser Glaube wird zum unerschütterlichen Wissen, und jede Furcht wird als Illusion erkannt.

MAGIE
UND
KABBALAH

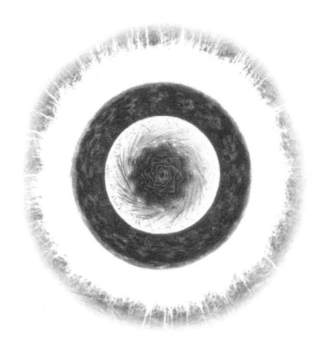

MAGIE

Magie[14] (sanskr. Makha) ist die Heilige Handlung der Gottesverehrung – nicht die Praktik der Zauberer und Blender. Ein Magos (Magier, Magierin) ist ein Priester, ein Druide, Schamane oder Brahmane! Magie ist nichts, wovor man sich fürchten oder nicht fürchten muss. Magie ist das bewusste Aufbauen und Lenken von Energieformen und Wesenheiten. Wer Kräfte ruft, ohne sie genau zu kennen und zu verstehen, verfällt zum Zauberer und Nekromanten (Totenbeschwörer).

Jeder katholische Priester oder Priester jeglicher anderer Religion ist, sofern er sein Handwerk versteht, nichts anderes als ein Magier, denn er ruft ganz bewusst in dafür vorgesehenen Ritualen und Zeremonien die Kräfte Gottes an, um sie dann beispielsweise als Segnung der Gemeinde zu übertragen. Selbst die Feier der Eucharistie[15] ist eine rein magische Handlung. Dabei vollzieht der Priester zwar nicht selbst die sogenannte Wandlung, jedoch ruft er die Kräfte des Heiligen Geistes und Christus an,

---

14 Bereits in unserem ersten Buch „Rituale der Weißen Magie", das 1996 erschienen ist (siehe Quellennachweis), versuchten wir, ausführlich auf das Thema Magie einzugehen und die unserem Verständnis nach bestehenden Unterschiede zwischen der sogenannten „weißen" und „schwarzen" Magie darzulegen. Der Leser findet dort die Grundlagen, seinen Alltag spirituell auszurichten und mit weißmagischen Ritualen umzugehen.
15 Wandlung von Brot/Hostie und Wein in Fleisch und Blut Christi

um diese wiederum zur Wandlung zu bewegen. Auf die richtige Art und Weise gesegneter (gewandelter) Wein riecht und schmeckt übrigens tatsächlich anders und verändert sich für jeden hellsichtig veranlagten Menschen deutlich wahrnehmbar in seiner Ausstrahlung! Allein die Tatsache, dass der Priester bewusst Gotteskräfte mit einem ganz bestimmten Ziel anruft, macht ihn zum Magier, obwohl den meisten Theologen dieser Vergleich nicht gefallen wird.

Wenn die Weisheitsbücher der meisten Religionen vor Magie warnen oder diese gar verbieten, dann nicht, weil Magie schlecht ist, sondern weil ein Großteil Menschen derart entwickelte Kräfte nur schwer handhaben kann, ohne sie zu missbrauchen. Ein weiterer Grund ist zudem, dass die Priesterschaften keinerlei Interesse daran hatten und bis heute auch nicht haben, dass Menschen außerhalb der religiösen Oberschicht zu wahrem Wissen Zugang erhalten.

Häufig wird in okkulten[16] Kreisen bestritten, dass es so etwas wie weiße oder schwarze Magie gibt. Immer wieder wird schlüssig dargelegt, dass die Kräfte an sich neutral sind und lediglich der Mensch es ist, der sie missbraucht oder nicht. Diese Erklärung ist für uns jedoch zu einfach, wie wir im Folgenden darlegen werden.

Natürlich gibt es das Feuer, das mich einerseits wärmt, andererseits verbrennt. Und doch ist es das gleiche Feuer!

---

16 magisch aktiv

MAGIE UND KABBALAH

Wer die geistigen Hierarchien des Kosmos aber wirklich kennt – und das sind nur wenige – der weiß genau, dass es die normalen, sich widerspiegelnden und einander bedingenden Kräfte von Aufbau und Abbau gibt, wie der Tag der Nacht folgt. Keiner dieser Aspekte ist an sich gut oder schlecht. Die eine Kraft und Eigenschaft ist lediglich die physikalische Folge der anderen. Sie halten gegenseitig das Universum zusammen und in Bewegung. Hinter diesen, im Baum des Lebens der Kabbalah[17] dargestellten Säulen (Hierarchien) von Strenge, Ausgewogenheit und Barmherzigkeit existiert aber auch das organisierte Böse, das in der Kabbalah als Klipoth bezeichnet wird. In den „Flying Rolls", dem Unterrichtsmaterial des Ordens der Goldenen Dämmerung[18] heißt es unter anderem:

„…bei diesen Klipoth handelt es sich um jene, die unrein und böse sind, und auch um die Verzerrung und Perversion der Sephiroth; die gefallene Begrenzung des Universums, die Strahlen der Windungen des fallenden Drachens. Elf sind ihre Klassen, aber Zehn werden sie genannt, Sieben sind ihre Häupter, und doch erhebt sich ein achter. Sieben sind die Höllischen Paläste, und dennoch tragen sie zehn in sich…"

Wo sich in Kether (Sonne, Krone, Scheitelchakra) des Baums des Lebens der Erzengel Metatron aufhält, so ist in der verzerrten und verblendeten Klipoth Satan zuhause. Ein Schwarzmagier ruft eben diese perversen

---
17 jüd. Geheimlehre – siehe Abb. S. 53
18 Hermetic Order of the Golden Dawn, 1887 ins Leben gerufen

MAGISCHER GEGENZAUBER

Kräfte und Eigenschaften an, um seine Ziele zu verwirklichen. Doch den Preis, den er dafür zu zahlen hat, kann er in den meisten Fällen gar nicht abschätzen. Der bedeutende Magier und Eingeweihte des Ordens der Goldenen Dämmerung, William Wynn Westcott, schrieb in einem Artikel:

„...Einige der okkulten Schulen geben in ihren Ritualen lange Namenslisten für die gesamte Vielfalt der Welt der Teufel an. Ich jedoch glaube, dass man auf dieses Studium verzichten kann, wobei ich hierin einer Meinung mit dem verstorbenen Höchsten Magus Dr. William Robert Woodman bin. Unsere Lehrer sind nämlich ein Stück weitergegangen und haben uns den Nutzen der Dämonen für Zwecke der okkulten Macht dargelegt; sie bekennen sich dazu, sie für nützliche Absichten zu bezwingen, aber wir fürchten, dass eine bittere Vergeltung auf jene zukommen könnte, die sie so zu gebrauchen denken. Die verstorbene Madame Blavatsky[19] warnte einen meiner Freunde vor einem solchen Vorhaben, und sie war durchaus eine sehr gelehrte Studentin des Okkulten, wenn gleich auch eine etwas unberechenbare. Viele der großen Okkultisten der Vergangenheit haben ganze Kapitel ihrer Lehre den Dämonen mit ihrem bösartigen Wesen gewidmet, und viele sprechen von der Macht, sie zu benutzen. Sehen Sie als Beispiel die „Magia" von Dr. Faustus ein. Es ist aber mit Sicherheit auch wahr, dass viele von ihnen ein schlimmes Ende ihrer Mühen erlebt haben.

---
19 Begründerin der Theosophischen Gesellschaft

MAGIE UND KABBALAH

Vielleicht haben wir hier einen Schlüssel für den Grund eines derart schlechten Schicksals. Auch einige der alten Alchimisten haben gelehrt, dass der Erfolg am leichtesten zu erreichen sei, indem man einem Dämon zu dem Werke zwinge, wohingegen die wahren Alchimisten immer auf die Notwendigkeit einer Göttlichen Inspiration bestanden haben. Auf jeden Fall aber ist es so, dass viele Alchimisten mit ihrem Werk zugrundegingen und viele andere fanden ihre Operationen unerwartet durch eine Einmischung des Geistes des Unheils zunichte gemacht. Die Rosenkreuzer verdammten jeden Versuch, mit den bösen Kräften der Natur Kontakt aufzunehmen und sie lehrten, dass alleine die guten Geister unserer Umgebung zu Rate gezogen werden sollten. Denn mit ihrer Hilfe und Gottes Erlaubnis könne jedes gewünschte Ding erlangt werden, falls die Bemühung mit Willenskraft, Energie und einer guten Absicht einherginge..."

Auf eine schriftliche Anfrage bei einem Magischen Orden, der sich unter anderem auch auf den Meister Franz Bardon[20] beruft, betreffend die dortige Arbeitsweise erhielt ich folgendes Antwortschreiben:

„Sehr geehrter Herr Hodapp!

Es tut mir leid, aber ich komme erst jetzt zur Beantwortung Ihres Schreibens.

Aus Ihrer kurzen Vorstellung konnte ich einiges herauslesen und möchte dazu noch einige ... spezifische Anmerkungen

---
20 tschech. Okkultist

geben, um eventuelle falsche Vorstellungen zu vermeiden.

Der ... sieht sich nicht als ein „weißmagisches Instrument", wohl verfolgt er als höchste Ziele „die Revelation der Primordialität, die Erkenntnis der eigenen Individualität, die Übereinstimmung des eigenen Willens mit dem göttlichen Willen", dabei wird mit magischen Techniken gearbeitet, die gleich ob sie als „schwarz-" oder „weißmagisch" zu definieren sind – Verwendung finden. Wir sind der Ansicht, dass erst derjenige, der am tiefsten Punkt der Tiefe war, die Befähigung dazu erlangen kann, auch die höchsten und lichtesten Sphären zu erreichen.

Hat die Besessenheit der Menschen bereits solche Ausformungen angenommen, ein Expertenteam für Exorzismus ins Leben zu rufen?!

Mit freundlichen Grüßen
..."

In diesem Schreiben wird die Haltung und Einstellung der meisten magisch arbeitenden Organisationen deutlich: Es gilt die Meinung, dass es schon richtig, ja für die eigene geistige Entwicklung gar notwendig sei, die tiefsten und dunkelsten Kräfte hervorzurufen, um sie in sich selbst erlösen zu können. Der weithin bekannte Magier Aleister Crowley, der sich selbst als das Tier 666 bezeichnete, Hauptgelehrter verschiedenster magischer Orden wie der O.T.O.[21] oder der Fraternitas Saturni[22],

---

21 Ordo Templi Orientis, Geheimgesellschaft
22 Bruderschaft des Saturns, freimaurerähnl. Orden

starb beispielsweise nach dem Evokationsversuch einer dämonischen Wesenheit. So wurde es mir durch einen mit mir befreundeten Magier aus Rom zugetragen, der seinerseits Mitglied eines bedeutenden magischen Ordens in Italien ist.

Ich bin unbedingt der Ansicht, dass wir durchaus unsere eigenen tiefen Schatten suchen und anschauen sollten, um sie dann allmählich aufarbeiten zu können (vgl. dazu den Abschnitt über Elementale). Doch warum sollte man dazu Wesenheiten anrufen, die an Zerstörung und Lüge Gefallen finden und bestrebt sind, genau diese zerstörerischen Eigenschaften im Menschen zu stärken? In den meisten Fällen der mir bekannten Magier ist es doch eher der Gefallen an der Macht, das++ zur Kontaktaufnahme mit dunklen Kräften verleitet. Ist ein Mensch einmal in den Bann eines Dämons geraten, kommen Gewissen und Ethik nur allzu schnell abhanden.

Die geistigen Lehrer, mit denen wir verkehren, sind durchaus in der Lage, uns verständnisvoll auf unsere Schwächen hinzuweisen. Diese positiven Wesen sind dann auch in der Lage, jedem ehrlichen Sucher zur Seite zu stehen und bei der Charakterveredelung, auf die wir ebenfalls noch zu sprechen kommen, wertvolle Hilfe zu bieten. Negative Energieformen und schwarzmagische Angriffe verlieren dann ihren Schrecken und die Möglichkeit, Macht auf uns auszuüben.

DIE HEILIGE KABBALAH –
DAS WORT GOTTES

Das wohl höchste und bisher meistgehütete Mysterienwissen dieser Erde dürften die Schlüssel der Kabbalah – wie es die jüdischen Rabbiner nennen – sein. Bis in die 50er Jahre des 20. Jahrhunderts lag über diesem Wissen ein von den Eingeweihten selbst verhängtes Schweigegelübde. Ein Verrat dieses Wissens wurde bis zu dieser Zeit unter Umständen gar mit dem Tode bestraft. Erst mit dem Erscheinen von Franz Bardon, der ein Meister der Weißen Bruderschaft ist und 1958 verstarb, wurde dieses Wissen zum ersten Male nach dem Zerfall der atlantischen Kultur der breiten Öffentlichkeit zugänglich gemacht. Bardon übersetzte das Buch der Schöpfung, Sepher Jezirah, in eine verstandesmäßig erfaßbare Sprache und offenbarte demjenigen, der in der Lage ist, ausreichend zwischen den Zeilen lesen zu können, das Geheimnis des Lebens und der Göttlichen Vorsehung. Bardon umschrieb die Grundlagen der wahren Kabbalah, unterließ es jedoch, eine einfach verständliche Übungsmethode zu nennen.

Bis zu dieser Zeit waren zwar bereits zahlreiche Werke über die Kabbalah erschienen, ihre Lehren wurden jedoch teilweise absichtlich entstellt und fehlerhaft dargestellt, um dem Suchenden Fallen zu stellen. So kamen z.B. um

MAGIE UND KABBALAH

1900 Schriften auf den Büchermarkt, die von einem Rabbi verfasst waren und Anweisungen zur Ton-Magie preisgaben, die in direktem Zusammenhang mit dem Wissen der Heiligen Kabbalah stehen. Ein Schüler dieses Rabbis brachte dann ebenfalls sogenannte Lehrwerke über dieses Wissen heraus, die allerdings die gleichen verhängnisvollen Fehler enthielten, wobei letzterem keine böse Absicht sondern lediglich Unwissenheit unterstellt werden darf.

Blume des Lebens *Blume des Lebens mit Lebensbaum*

Die Ahnungslosen, die sich fleißig den Übungen widmeten, liefen große Gefahr, durch das Üben der Versetzung des Bewusstseins in die Füße unwissend ihr Bewusstsein zu spalten und schwere Krankheiten wie Schizophrenie[23] hervorzurufen – einige landeten tatsächlich in der

---
23 Persönlichkeitsspaltung

Psychiatrie. Und genau dies wurde von den unseligen Verfassern solch entstellter Werke beabsichtigt – nämlich das heilige Wissen in der breiten Öffentlichkeit, dem „niederen Volk", unglaubwürdig zu machen, um es ungestört im Verborgenen selbst zu nutzen. Kein „Unwürdiger" soll deren Meinung nach wirklichen Zugang zum Wahren Wissen erhalten.[24]

Doch was verstehen wir nun eigentlich unter dem Begriff „Kabbalah"? Das wohl allgemein bekannteste Wissen der Kabbalah dürfte die Numerologie sein – die Kenntnis um verborgene Zahlenschlüssel in allen Daseinsformen, Namen, Daten und geometrischen Formen und Darstellungen. Doch in Wirklichkeit ist das Gebiet der Numerologie nicht einmal ein Bruchteil dessen, was wir unter Kabbalah verstehen. Die wahre Kabbalah erfasst das Wissen des gesamten Universums, der Schöpfung Gottes und des wahren Schöpferwortes. Diese Wahrheiten und Geheimnisse wurden seit Anbeginn der Zeit in einer allumfassenden Graphik dargestellt – der Blume des Lebens und dem aus ihr entstandenen Baum des Lebens.

---

24 Mehr zu diesem Thema im Kapitel „Magische Orden und Geheimbünde".

MAGIE UND KABBALAH

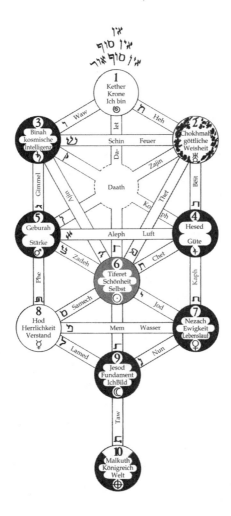

Baum des Lebens
(nach Heinrich Benedikt, siehe Anhang)

MAGISCHER GEGENZAUBER

Das für uns Menschen zurzeit wohl größte Geheimnis und die wichtigste Erkenntnis ist die Wahrheit über die Herkunft des Menschen und seine Beziehung zu Gott. Über diese Erkenntnis verfügten die frühen Hochkulturen, die weit älter sind, als unsere moderne Wissenschaft zugeben möchte: Es gibt Schätzungen einiger Wissenschaftler, nach denen die Cheops-Pyramide in Ägypten nicht ein paar tausend sondern etwa eine Million Jahre alt ist. Nach dem in jüngerer Zeit getätigten Fund eines Schädels eines „modernen Menschen" – homo sapiens[25] – im Neandertal, der dasselbe Alter wie der bereits bekannte Neandertaler-Schädel aufweist, also zur gleichen Zeit lebte, ist die gesamte Evolutionstheorie, wie wir sie bisher kennen, mehr als nur in Frage gestellt.

Vor etwa 3000 Jahren sank die Menschheit meiner Beobachtung nach erneut in eine tiefe Unbewusstheit, wobei sie das Wissen ihrer wahren Herkunft gänzlich verlor. Dies hat folgenden Grund: Durch die Geometrie der Cheops-Pyramide und das starke Energiefeld, das sie ausstrahlt, entstehen über die gesamte Erde ausgebreitet sogenannte Gitternetze. Die bekanntesten sind das Hartman- und das Curry-Netz, zwischen denen es Verbindungen gibt. Das Hartmann-Gitter bildet sich aus von Norden nach Süden und von Osten nach Westen ausgerichteten Energielinien. Sie sind etwa 20 cm breit und alle 2,00 x

---

[25] zum Vergleich: Wir sind „homo sapiens sapiens", also noch eine Entwicklungsstufe weiter.

2,50 Meter zu finden. Ursprünglich scheint dieses Feld positiv geladen gewesen zu sein, denn viele historische Tempelanlagen sind auf wichtigen Kreuzungen dieser Linien errichtet worden. Irgendwann, vermutlich um 1000 v. Chr. erfuhren diese Energielinien eine Umwandlung. Sie haben seitdem die Eigenschaft, alles Leben, das sich auf diesen Linien befindet oder bewegt, energetisch zu entladen. Das heißt, sie entziehen die Lebenskraft, die dann wie in einer Pipeline[26] zur Cheops-Pyramide geführt und dort von irgendjemandem (oder irgend etwas), der die Kenntnis darüber hat, genutzt wird.

Alle drei bis vier Schritte werden Menschen (und Tiere) also ganz automatisch ihrer Lebenskraft beraubt. Nach Erkenntnissen der Geobiologie und Radiästhesie ist bekannt, dass diese Gitternetze gesundheitsschädlich sind, wenn sich ein Lebewesen über längere Zeit darauf aufhält – z.B. darauf schläft. Mit der Rute z.B. können starke krankheitserzeugende Felder gefunden werden, die oft Hauptursache von Krebserkrankungen sind. Diese Felder umklammern den gesamten Globus und wirken wie eine Art modernes geistiges Gefängnis: Sie schränken das menschliche Bewusstsein ein und verhindern so eine spirituelle und freiheitliche Entwicklung des Menschengeschlechts zu Höherem.

---

26 Rohrleitung

MAGISCHER GEGENZAUBER

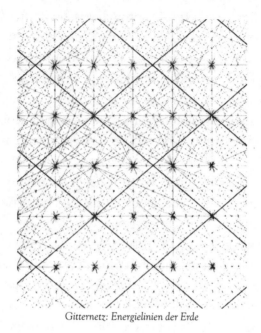

Gitternetz: Energielinien der Erde

Nur jemand, der das Buddha- oder Christusbewusstsein erlangt hat, ist in der Lage, dieses Gitter von außen oder innen her zu durchschreiten. Die Aufgabe Buddhas und Christus war es, ein Samenkorn Bewusstsein in diesen „abgeriegelten" Bereich zu pflanzen, um das Gitter von innen heraus zu schwächen. Wie uns der Stand der Sterne zeigt, wirkt nun seit Sommer 2000 ein starkes, von der Sonne ausgehendes Magnetfeld auf die Erde. Diese magnetische Einwirkung konnte nun das

MAGIE UND KABBALAH

„Gefängnis" lockern, sodass seither viele Menschen auf der Erde schlagartige Entwicklungsprozesse in bisher ungeahntem Ausmaß durchleben dürfen.

In der Prophezeiung der Hopi[27] ist die Rede davon, dass die Helfer des Bahana (Weißer älterer Bruder) zu Tausenden vom Himmel fallen werden, um ihm (dem Bahana) zu helfen, die Erde (…von diesen negativen Machtstrukturen…) zu reinigen. Die Apokalypse des Johannes spricht von „Apokalyptischen Reitern" und die tibetischen Sagen über Shamballa von den „Kriegern Shamballas". Gemeint sind die hohen, Karma-freien Seelen[28], die bereits auf der Erde leben und durch hartes geistiges Training „erwachen" oder diejenigen unserer Brüder und Schwestern, die aus hohen geistigen Ebenen (z.B. Shamballa) von nun an auf der Erde geboren werden können, ohne dabei ihr vorgeburtliches Bewusstsein zu verlieren, was normalerweise beim Geburtsvorgang geschieht. Dies sind die in den Prophezeiungen beschriebenen „Krieger Gottes", die mit einem „Schwert der Macht" (Strahl Gottes) versuchen, das Bewusstsein der Menschen anzuheben, damit diese ihre Versklavung durch die niedere Materie (Geld, Politik, Gentechnik uvm.) und den „Einfluss Baphomets"[29] erkennen und sich dann

---

27 vgl. Rinkenbach/Hodapp: „Weiße Naturmagie", siehe Anhang
28 erleuchtete Menschen – sie verfügen über meßbare Boviseinheiten von mehr als 20 Millionen statt der sonst üblichen 7000.
29 Erniedrigung unseres göttlichen Kerns. Baphomet wird in verschiedenen magischen Orden als das Oberste Wesen verehrt und dort als „Herr der Welt" angebetet. Er ist eine Erscheinungsform Satans, sein Symbol ist das

MAGISCHER GEGENZAUBER

„göttlich" ausrichten können. Das Erscheinen des Joshvah Ben Joseph, den wir im allgemeinen als Jesus Christus kennen, sollte also das „eingefrorene" Bewusstsein der Menschen wieder lockern. Seine Gleichnisse und Lehren waren gedacht, zum Aufwachen – Auferstehen! – anzuregen, in der Hoffnung, die Menschen würden wieder beginnen, das Wesen des Lebens zu erkennen.

Die Kabbalah und mit ihr alle wahren Lehren wie z.B. der tibetische Buddhismus – so wie ich ihn verstehe – haben allesamt eine verborgene Grundaussage: Der Mensch ist Gott, war Gott und wird es immer sein! Ich hoffe, dass es mir gelingt, diese Aussage, die in scheinbarem Widerspruch zu den äußeren Weltreligionen steht, erklären zu können. Wir werden später auch auf den Satanismus[30] und seine gefährlichen Verzerrungen dieser Wahrheiten zu sprechen kommen. Betrachten wir zuerst einmal die bekannten Gleichnisse der Bibel:

- Gott schuf den Menschen als sein Ebenbild. (AT[31])
- Du sollst mir kein Bildnis machen. (AT)
- Ich bin, der Ich Bin, war und sein werde (AT)
- Gehet hin und leget Kranken die Hände auf. (NT[32])

---

auf dem Kopf stehende Pentagramm mit einem Ziegenkopf.
30 Es sei hier nochmals in aller Deutlichkeit darauf hingewiesen, dass wir, die Autoren, jedwede Form des Satanismus oder Luziferismus entschieden ablehnen und vor jeder Ausübung dieser Praktiken nur warnen können.
31 Altes Testament
32 Neues Testament

- All diese Wunder könnt ihr auch und noch viel mehr! (NT)
- Der Vater und ich sind eins (NT)
- Ich bin die Auferstehung und das ewige Leben. (NT)

GOTT SCHUF DEN MENSCHEN ALS SEIN EBENBILD

Stellen wir uns einmal vor, Gott sei ein unendliches Meer, chemisch also Wasser, H_2O. Das Meer Gott schickt nun, um sich selbst zu erfahren, unzählige kleine Teilchen Wasser auf die Reise – H_2O-Tropfen! Mit jedem dieser aus sich selbst hervorgebrachten Teilchen bleibt er in Verbindung. Jedes dieser Teilchen trägt zu 100% alle Anlagen und Eigenschaften Gottes in sich. Das Meer ist H_2O und der Wassertropfen ist H_2O. Der einzige scheinbare Unterschied der beiden ist die Quantität, die Masse, doch die Qualität, das Molekül, ist stets das gleiche.

Einige der Wasser(Gottes-)Moleküle entscheiden nun, sich sehr weit vom Urmeer zu entfernen, denn sie wollen im Dienste Gottes besonders viele Erfahrungen sammeln, bevor sie wieder zu ihrem Ursprung (Gott) zurückkehren. Durch diese Erfahrungen tragen sie zur Bereicherung Gottes bei, doch sie sehnen sich danach, bald wieder ganz zurückzukehren. Dies ist die Gruppe, die Mensch

MAGISCHER GEGENZAUBER

genannt wird. Durch die (räumlich) sehr große Entfernung, die sie auf ihrer Reise in Kauf nehmen, werden sie träge und in ihrer Molekularschwingung langsam.

Wenn wir uns den Gottesgeist als Wassergas (das Urmeer) vorstellen, verdichten sich die H_2O-Moleküle immer mehr, sodass sie bald die Form eines in sich sehr trägen Eistropfens annehmen. Dieser Eistropfen ist unser stofflicher Körper. Durch die Trägheit der (irdischen) Materie schwindet die Erinnerung an den Ursprung, an den Vater, so wie es Jesus gerne nannte. Wir vergessen, wer wir eigentlich sind und waren.

Nun aber bilden sich Gruppierungen unterschiedlicher Ziele. Zwei Gruppen, jede durch Vergessen gezeichnet. Die eine glaubt, dass die Erinnerung an den Vater eine Selbsttäuschung ist, und macht die Materie zu ihrem Lebensinhalt. Die andere Gruppe aber kann die Erinnerung an den Ursprung, die Erinnerung an den Vater (die Mutter) nicht aufgeben und sucht ständig nach Möglichkeiten, das einstige Wissen abzurufen, wieder bewusst zu machen. Doch beide Gruppen nehmen ihre noch vorhandene Schöpfermacht (…der Glaube versetzt Berge…) nicht ernst genug und erschaffen mit ihren Gedanken und Gefühlen ständig neue Elementale, Schemen und Larven, die unmittelbar die Existenzebenen beeinflussen.

Die Menschen machen Gott verantwortlich für die großen Missstände auf der Erde und zweifeln deshalb an seiner Existenz. Wieso sollte Gott in die Handlungen eingreifen, wenn wir, die dieses Chaos erschaffen, selbst ein Teil von IHM (IHR) sind? Die Göttliche Vorsehung in ihrer feinsten und größten Erscheinung wird erst dann eingreifen, wenn die Mächte der Abspaltung und Verblendung (Satanismus) eine unmittelbare Gefahr für das gesamte Universum darstellen sollten. Dies geschieht dann durch SIE (die Vorsehung) mittels der Mächte, die wir in der christlichen Kultur als Erzengel Michael und der tibetisch-buddhistischen als Mahakala kennen, die den „Verblendeten" die Augen für die Wahrheit öffnen werden.

DU SOLLST DIR KEIN BILDNIS MACHEN

Diese Aufforderung des Alten Testaments meint im tieferen Sinn, dass wir das Göttliche nicht im Außen sondern in unserem Inneren finden. Verehren wir Gott außerhalb von uns, so trennen wir uns zwangsläufig von IHM (IHR) und verlieren den Bezug zu den Gesetzen und Harmonien des Universums. Götterbildnisse sowie auch Engelbilder oder Buddhadarstellungen sind jeweils gegenständlich dargestellte Teilerscheinungsformen Gottes, aus Sicht der jeweiligen Religion. Wir sollten sie als Teil von uns selbst wahrnehmen, um sie dann wieder bewusst zu einem Teil unserer selbst zu machen. Ein Magier oder Tantriker[33] macht dies durch sogenannte „Invokation", d.h. bewusste Aufnahme eines Gottesaspekts oder dessen Verkörperung und nachfolgende Verschmelzung.

ICH BIN

Im Alten Testament nennt Gott Moses seinen wahren Namen: „Ich Bin, der Ich Bin". Diese Formulierung greift Jesus im Neuen Testament auf, indem er zahlreiche seiner Gleichungen mit ICH BIN beginnt. Jesus gibt durch diese Worte zu erkennen, dass ihm seine göttliche Herkunft bewusst ist. Dieses Bewusstsein ist die Quelle all seiner getätigten Wunder.

Mit seiner Aufforderung: „All diese Wunder könnt Ihr auch und noch viel mehr!" deutet Jesus unmissverständlich an, dass sich jedem Menschen, der sich seiner göttlichen Herkunft bewusst ist und – das ist dabei das entscheidende – auch danach lebt, die gleiche große Quelle der Offenbarung öffnen wird. Niemals hat er gesagt: Betet mich, Jesus, an! Er sagte: „Folgt mir nach und Ihr folgt dem Vater!" Folgt mir nach, ist nicht die Aufforderung, Jesus als Gott anzubeten, sondern die Aufforderung, ihm in seinen Taten zu folgen, nämlich das gleiche zu tun: Gottesbewusstsein zu einem Teil sei-

---
[33] Anhänger des tib. Buddhismus

MAGIE UND KABBALAH

ner selbst zu machen und dadurch Vertreter Gottes auf Erden zu sein. Erst dann, und nur dann, hat ein Mensch sich das Recht erworben, sich CHRIST zu nennen. Diese Bezeichnung ist religionsübergreifend und bedeutet schlicht und einfach „von Gott gesalbt"!

Sieht der Mensch Gott als etwas außerhalb von ihm, so spaltet er sich selbst vom Göttlichen ab. Und genau hier finden wir viele Weltreligionen und Sekten: Sie maßen sich die Mittlerrolle zwischen Gott und dem Menschen an. Wenn der Mensch Gott ist – oder zumindest ein Ebenbild und somit Teil des Göttlichen – weshalb bedarf es da einer Vermittlung von dritter Seite, der der Religionsführer und Priester? Unserer Überzeugung nach liegt die einzige und durchaus wichtige Aufgabe der Priester darin, dieses Wissen um Gott den Menschen wieder beizubringen, ihnen zu zeigen, wie man richtig – d.h. wirkungsvoll – betet, und wie man das Gottesbewusstsein wieder zu einem lebendigen Bestandteil unseres Alltags macht.

In allen kabbalistischen Systemen – dazu gehören auch die Wissenschaften um die asiatischen Mantras oder die der Runensprache – dreht sich die Innere Lehre um das Wiedererlangen dieses integrierten Gottesbewusstseins. Kern dieser Lehren ist in allen Fällen das Geheimnis der kosmischen Klänge, der Ursprache des Universums. Wer es versteht, in dieser Ursprache zu sprechen, eignet sich langsam aber sicher das Gottesbewusstsein und alle

MAGISCHER GEGENZAUBER

damit in Zusammenhang stehenden Fähigkeiten wieder an, die er einst als unendliche Gottwesenheit besaß. Wird uns die Macht, die dahintersteht bewusst, so kann man den Antrieb der Priesterschaft verstehen, die das Wissen über die Jahrtausende zurückhielt. Ein Grund dafür ist sicherlich, das Wissen vor Missbrauch zu schützen. Der andere Grund war und ist der, Wissen, und damit Macht, für sich alleine zu beanspruchen.

Den jüdischen Eingeweihten ist es nach deren Glauben verboten, den wahren Namen Gottes auszusprechen. Dies liegt an der Tatsache, dass die (richtige, kabbalistische) Aussprache dieses Namens ganz automatisch ein Schöpferbefehl wäre. Jeder sprachliche Laut, jeder Buchstabe des Alphabets einer jeden Sprache entspricht einem Element, einem Ton auf der Notenskala, einer Farbe, einer Eigenschaft/Qualität, und dem Klang der Aussprache. Die Eurythmie[34] Rudolf Steiners[35], der übrigens seiner Seelenabstammung nach Druide[36] war, ist ein Weg, diese Kabbalah zu erlernen. Allerdings verschweigt er in seinen Anweisungen den wahren Charakter und Sinn der Eurythmie, wodurch den Übenden der Fortschritt erschwert wird.

Jeder Gottesname und Engelsname ist eine kosmische Melodie, die in einem bestimmten Ton- und Farbspek-

---

34 Tanztherapie
35 Begründer der Anthroposophie
36 kelt. Priester

MAGIE UND KABBALAH

trum gespielt wird. Ist ein Kabbalist in der Lage, diese Schöpfersprache aus sich heraus zu übertragen, so wird er der Wesenheit, die einer solchen Klangfolge entspricht, gleichrangig. Würde er dann diese Macht missbrauchen, so hätte das unter Umständen die sofortige Vernichtung nicht nur seines irdischen Lebens sondern auch seiner Seele zur Folge! Hier schützt sich das System selbst und beugt Missbrauch vor.

Der Unterschied zwischen Magie und Kabbalah wird hier ganz deutlich: Ein Magier ruft externe Kräfte – Engel, Dämonen oder sonstige Wesenheiten – um sie zu bitten oder ihnen zu befehlen, irgendeinen Auftrag für ihn auszuführen.[37] Wohingegen der wahre Kabbalist – Avatar[38] – in der Lage ist, selbst aus sich heraus zu schöpfen. Er ist dann auf die Hilfe anderer Wesen nicht mehr angewiesen und natürlich auch nicht von ihnen abhängig! Er versteht den Lauf und Gleichklang des Universums und würde deshalb auch niemals gegen die Gesetze der Göttlichen Vorsehung verstoßen. Im Anhang zu „Das Tibetanische Totenbuch" (siehe Quellennachweis) heißt es über Mantras und Machtworte:

„Ein Schlüssel zur Kraft der Mantras, durchweg im Sinne des Bardo Thödol[39] verstanden, liegt in der altgriechischen

---

[37] Ein Schwarzmagier würde versuchen, eine gerufene Wesenheit unter schlimmsten Androhungen zu zwingen, einem Befehl zu gehorchen. Oder er ruft die entsprechend negative Wesenheit, deren Freude es ist, zerstörerisch zu wirken.
[38] sanskr. Gott in Gestalt eines Menschen/Tieres
[39] Tibetisches Totenbuch

Theorie der Musik, und zwar insofern, als, wenn der Grundton eines bestimmten Körpers oder Stoffes bekannt ist, dieser Körper oder Stoff mittels seines Grundtones zerlegt werden kann. Wissenschaftlich lässt sich dieses ganze Problem verstehen durch die Kenntnis des Schwingungsgesetzes. Jeder Organismus weist sein eigenes Schwingungsmaß auf, und das trifft auch zu für jeden unbelebten Gegenstand, vom Sandkorn bis zum Berge, und sogar für jeden Planeten und jede Sonne. Ist dieses Maß bekannt, so kann mit dessen okkulter Anwendung der Organismus oder die Form zerlegt werden. Für den Adepten des Okkultismus bedeutet die Kenntnis des Mantras irgendeiner Gottheit gleichzeitig zu wissen, wie man auf psychische Weise oder gabendarbringend, ähnlich wie bei drahtloser oder telepathischer Verbindung, aber über diese hinausgehend, eine Verbindung mit dieser Gottheit herstellen kann. Zum Beispiel kann ein Adept „des linken Pfades", d.h. ein Schwarzmagier, mittels Mantras Elementarwesen und andere Geister niederen Ranges aufrufen und beherrschen, weil einem jeden ein bestimmtes Schwingungsmaß zu eigen ist, und wenn dies bekannt und als Klang in einem Mantra formuliert ist, gibt es dem Magier die Macht, dieses Elementarwesen oder den Geist, dem es zugehört, durch Auflösung sogar zu vernichten. Wie ein Wegelagerer einen Reisenden mit vorgehaltener Pistole zwingt, ihm sein Geld auszuliefern, so zwingt ein Schwarzmagier mittels eines Mantras einen Geist, so zu handeln, wie der Magier es will. Infolge dieser überlegenen Macht des Klanges, wenn er in Mantras, dem bestimmten Schwingungsmaß von Geistern und geistigen wie physischen Kräften entsprechend, formuliert ist, werden die Mantras eifersüchtig gehütet. Und um diese Schutzherrschaft zu wahren, sind Reihen von Gurus (d.h. Religionslehrer) eingesetzt, unter deren Obhut die Kraftworte gestellt sind. Anwärter für die Einweihung in diese Bruderschaft von Hütern der Mysterien müssen notwendigerweise geprüft werden, bevor ihnen die Schätze anvertraut werden können, und sie dadurch zu deren Hütern gemacht werden."

Übung: Anrufung der Göttlichen Offenbarung

Diese Übung hilft, unseren göttlichen Kern neu zu beleben und uns bewusst zu machen, wohin unser Weg führen sollte.

„Ich ... (Ihr Name) rufe den reinsten Strahl
und die Kraft
der Einen göttlichen Vorsehung,
die mich jetzt durchdringt und sich in mir manifestiert[40].
Ich fühle die Göttliche Vorsehung,
die sich durch mich zum Ausdruck bringt."

„Mutter/Vater/Schöpfer/Gott,
der sich in mir in seiner höchsten Form
vollendet manifestiert,

---
40 manifestieren: sich verankern und sichtbar werden

MAGISCHER GEGENZAUBER

der ICH BIN, war und sein werde,
geheiligt ist Dein Name.
In Deinem Reich lebe ich,
Dein Wille geschieht und manifestiert sich in mir
durch mich.
Mein tägliches Brot erhalte ich immer und überall,
meine Schuld ist mir vergeben,
so wie ich meinen Schuldigern vergebe.
Du führst mich aus der Versuchung
und löst mich von dem Bösen,
denn Dein ist das Reich und die Kraft und Herrlichkeit
in Ewigkeit. AMEN."

Diese Anrufung und das in seiner ursprünglichen (und esoterischen, d.h. der inneren Macht folgenden) Form verfasste Vaterunser wurde dem Autor von Melchior Melchisedek, einem Lehrer aus Shamballa[41], medial übermittelt. Melchior Melchisedek erklärt die veränderten Worte so:

Macht Euch klar, um was Ihr im Gebet bittet. Der Schöpfer und Ihr seid eins. Sein Name ist bereits geheiligt und wird es nicht erst in Zukunft sein, so wie es im überlieferten (und exoterischen, d.h. der äußeren Macht folgenden) Gebetstext

---

41 Magisches Reich, das auch im Buddhismus bekannt ist. Es zieht sich von Rußland über die Wüste Gobi bis hin zum Himalaya sowie über Gebiete Indiens. Shamballa ist in einem Zustand extrem hoher Vibration, weshalb es nur von Adepten gefunden werden kann.

heißt. Bestätigt in Eurem Gebet, dass Ihr bereits im Reich – Malkuth – Gottes lebt und nicht erst in Zukunft. Das Reich des Vaters muss nicht erst kommen, es existiert in und um Euch. Erkennt es! Die Vorsehung offenbart sich in Euch, wenn Ihr das wollt. Bestätigt es! So seid sicher, alles von Ihr – der Vorsehung – zu erhalten. Eure Karma-Schuld ist Euch bereits vergeben, falls Ihr selbst Euren Mitmenschen alles vergebt und in Liebe und Frieden zusammenlebt. Seid Euch der Gottverbundenheit immer zu jeder Zeit bewusst. Nichts und niemand kann Euch dann wirklichen Schaden zufügen. Somit löst Ihr Euch selbst durch den in Euch manifestierten Gott aus dem Wirkungskreis des Bösen, denn die Vorsehung strahlt in Euch als lebende Sonne! Ihr seid die Hoffnung der Menschen. Übernehmt diese Verantwortung in Liebe und Dankbarkeit. Gott ist immer mit Euch! M.M.

Kabbalistische Formeln

Nachfolgend wollen wir einige kabbalistische Formeln weitergeben, die in ihrer Wirkungsweise besonders erfolgreich sind und sofort anschlagen – jedoch nur für die Dauer der eigentlichen Anwendung. Wer jedoch die Kabbalah in vollem Umfang erlernen will, und sich einen dauerhaften Kraftspeicher aufzubauen wünscht, bedarf jahrzehntelangen Übens, wie es Franz Bardon in seinem Werk „Die wahre Kabbalah"[42] beschribt.

---

42 siehe Quellennachweis

MAGISCHER GEGENZAUBER

Wem Bardons Anweisungen zu schwierig erscheinen – er fordert zuvor die Meisterung seiner ersten Schrift, „Der Weg zum wahren Adepten" – hat die Möglichkeit, das System bei uns, in der Alrunia-Mysterienschule[43] zu erlernen. Sie steht unter geistiger Führung, die uns und unsere Schüler mit ihrem Segen inspiriert.

Praxis: Nachstehende Formeln gebe ich ihrem lautlichen Klang, der deutschen (lateinischen) Aussprache entsprechend an. Die einzelnen Buchstaben sind nacheinander in der „Erstkläßler-Aussprache", d.h. ohne stimmhaften Anhang auszusprechen (also „H", nicht „Ha"). Gleichzeitig muss die jeweilige Vorstellung und ein bestimmtes Körpergefühl, das der jeweiligen Elementeschwingung entspricht, durch Imagination – Vorstellung, Einbildung – aufgebracht werden. Jede der Formeln ist je 15 Minuten lang ohne Pausen zu üben, um einen Erfolg zu erzielen.

Formel zur Reinigung der eigenen Aura und zum Auflösen negativer Elementale

Formel: S – A – L
gesprochen: SSSSSSAAAAAAALLLLLLL
Element: Feuer + Luft

---

[43] siehe Anhang

MAGIE UND KABBALAH

Körpergefühl[44]: Heißer Luftzug (Wüstenwind) – heiß und leicht
Bild[45]: Violettes Feuer, das mich umgibt und durchdringt.
Ziel[46]: Alles Negative löst sich jetzt auf.

Die SAL-Formel entspricht reinster Liebesschwingung und lässt bei ihrer Meisterung alles Erdenkliche, der reinen Liebe Entsprechende, erzielen.

Formel in höchster, lebensbedrohlicher Not

Formel: Jod-He-Vau-He
gesprochen: JodHeVauHeJodHeVauHeJodHeVauHe
Element: Wasser + Feuer + Akasha
Körpergefühl: Angenehm heißes Wasser, das mich umgibt und durchdringt.
Bild[47]: Ein Engel Gottes in blau-silber-violettem Licht umhüllt mich.
Ziel: Die Macht Gottes umhüllt und schützt mich.

---

44 Versuchen Sie, diese Vorstellungen nachzuempfinden.
45/46/47 Versuchen Sie, diese Vorstellungen nachzuempfinden.

Formel zur Entwicklung seines Wahren Selbst

Formel:	EHJH
gesprochen:	EEEEEHJH EEEEHJH EEEEHJH
Element:	Akasha + Wasser + Feuer
Körpergefühl:	Vom Kosmos durchdrungen, wässrig und warm
Bild:	Mein wahres Gott-Selbst umgibt mich: Ich Bin.
Ziel:	Ich erhebe mich aus Verblendung und Selbsttäuschung, denn mein Gott selbst verbindet sich jetzt mit meiner irdischen Erscheinung.

Die hier vorgeschlagenen Anwendungen wirken in jedem Falle, solange Sie den Sinn der Übung im Auge behalten. Die Formelpraxis ist außerordentlich wirksam, und bei dauerhaftem Üben werden Sie nicht lange auf einen spürbaren Erfolg warten müssen. Wenn Sie die Übungen längere Zeit durchführen, werden Sie zu der Erkenntnis gelangen, dass die wahren Geheimnisse dieses Wissens nur in beständiger Geistes- und Charakterschulung erfasst werden können. Dazu übt der Kabbalist dann das gesamte Alphabet der kosmischen Klänge. Jeder Klang wird einzeln zu einem Kraftfeld aufgebaut, jedes menschliche Organ wird dem ihm entsprechenden Planeten des Universums

„gestimmt", bis er selbst zu einem bewussten Universum geworden ist. Er ist dann ein Theurg – ein Gottmensch, in vollkommener Harmonie und Übereinstimmung mit der Einen Göttlichen Vorstellung. Mehr möchten wir über dieses Thema nicht schreiben. Der wahrhaft Suchende wird seinen Weg finden!

SCHWARZE MAGIE
UND
SATANISMUS

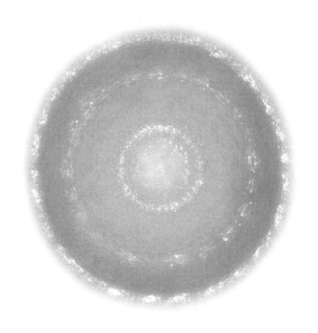

SCHWARZE MAGIE UND SATANISMUS

Leider nimmt die Flut schwarzmagischer Praktiken und Angebote in Büchern, Zeitungen und dem Internet immer mehr zu. Versteckt oder ganz offenkundig wird manipuliert, um reicher, mächtiger und stärker zu werden oder „nur", um die Gunst oder Liebe einer anderen Person – koste es, was es wolle – zu erhalten. Craig Carpenter schrieb in unserem Buch „Weiße Naturmagie" einige treffende Sätze zu diesem Thema:

„In diesen „letzten Tagen" dieser großen Ära, welche mit der letzten großen Überflutung begann, und welche mit der großen Reinigung (oder dem jüngsten Gericht) endet, diese ist nun hier unter uns; in diesen „letzten Tagen", wenn der Großteil der Menschheit in Zerstörung oder Selbstzerstörung unterzugehen scheint; in diesen „letzten Tagen", in denen uns so viele Bücher, Zeitschriften und öffentliche Vorträge lehren, wie man Wunderkräfte entwickelt, damit wir uns noch teurere Autos, Nahrungsmittel, Kleider, Unterhaltung, Sex und die Dominierung anderer Menschen kaufen können; ist es äußerst erfrischend und inspirierend, ein praktisches und zugleich einfaches Buch zu finden, welches uns lehrt, wie man die Tatsache, dass Gottes Königreich hier auf Erden ist, erkennt, und wie ein Sterblicher in dieses

MAGISCHER GEGENZAUBER

Königreich durch Stärken des eigenen Charakters eintreten kann, damit wir noch mehr Ehrlichkeit, Großzügigkeit, Opferung von eigennützigen Interessen manifestieren können zum Wohle der anwachsenden Gruppe. Ein Buch, das uns lehrt, wie man eine immer größer werdende Bewusstheit von der immerwährenden Gegenwart der unübertroffenen Intelligenz, des nicht zu übertreffenden Mitgefühls/Respekts, und der unübertreffbaren Macht des wahren Schöpfers, Aufrechterhalters und Auflösers aller Dinge, gesehen und ungesehen (sichtbar und unsichtbar) in der momentanen Gegenwart sowie der Zukunft entwickelt. Diese „größere Bewusstheit" erzeugt nicht nur den Grad an Vertrauen, welcher für einen Sterblichen nötig ist, um außergewöhnlich gute Arbeit an Kranken oder Behinderten, an Gefängnisinsassen und an Hungernden und Heimatlosen zu leisten, sondern auch den Grad an Vertrauen, welcher in uns einfachen Menschen die „Drei Göttlichen Eigenschaften" von Intelligenz, Mitgefühl/Respekt und Macht zu solch einem Ausmaß offenbart, dass diese drei sich manifestierenden Eigenschaften die Aufmerksamkeit und Kooperation der mächtigsten der wundermanifestierenden Engel anzieht (Engel sind Geistes-Botschafter des wahren Schöpfers). Der Pfad des Charakterbildens durch selbstaufopfernde Dienste an anderen, die in Not sind, ist nicht nur der EINZIG sichere Pfad für wundermanifestierende Kräfte, sondern dieser Pfad der „Selbstaufopferung" ist auch der langsame, aber sichere Pfad, um die Freuden zu erfahren, Zeuge an den größten *weltbewegenden Siegen zu sein, Siege, die sich durch die Manifestationen der mächtigsten/größten Wunder ergeben – und „Wunderkräfte" sind schließlich die stärksten und letzten Waffen" "*.

In unserer täglichen Arbeit besuchen uns regelmäßig Menschen, die sich nicht nur bedroht fühlen sondern tatsächlich aus den unterschiedlichsten Gründen magisch bedrängt oder regelmäßig angegriffen werden. Oftmals handelt es sich um professionelle Auftragsarbeit, die irgend jemand einem Magier, einer Magierin oder einer Hexe erteilt hat. Die Beweggründe, ein meist sehr teures Ritual zu kaufen, sind vielschichtig. Oft sind es Eifersuchtsgeschichten, der eine will den anderen oder der eine will den Job oder die Firma des anderen oder dem einen gefällt die Nase des Nachbarn nicht. Aber gar nicht selten haben wir es wirklich mit härtesten Fällen von Satanismus und Dämonologie zu tun. Menschen suchen dann in letzter Not Rettung, denn kein Arzt findet die Ursache für Krankheiten wie Herzrasen und chronische Erschöpfung; abgesehen davon, dass kein erkennbarer Grund den plötzlichen Misserfolg und die Pleiten in allen Lebenslagen erklären könnte.

Aber nicht nur die offenkundigen Rituale und sogenannten schwarzen Messen, sind Verherrlichungen des „gefallenen Satanael". Viele sogenannte technische Errungenschaften, die uns Menschen das Leben leichter machen sollen – uns aber einen hohen Preis zahlen lassen – entstehen oft durch die Eingebung dieser geistigen Hierarchie, an deren Spitze Wesenheiten wie Satanael, Ahriman, Luzifer und Baphomet stehen: Lebensverachtende Waffentechnik, Biochemie und Gentechnik gehen genauso auf deren Konto wie so manche Musik bzw. deren Texte. Versteckten Satanismus finden wir aber auch an Stellen, an denen wir ihn am wenigsten erwarten: In Kirchen, auf Firmenschildern und nicht zuletzt auf Werbeplakaten. Schauen wir hier genauer hin, so sind wir schnell bei logenartigen Verbindungen.[47]

Die heutigen Freimaurer-Orden verpflichten ihre Mitglieder, wenn sie die höchsten Grade erreichen[48], und zwar den Ritter-Kadosch-Grad (Rachegrad), einen Schwur abzulegen, der in seinem genauen Wortlaut die Rache bis zum Tod der Henker de Molays[49], also der Kirche, fordert. Jeder, der in diesen Grad eingeweiht wird, verpflichtet sich mit seinem persönlichen Einsatz zur Vernichtung der römisch-katholischen Kirche und zwar um jeden Preis. Ab diesem Grad wird alle nach außen hin bezeugte Gemeinnützigkeit über Bord geworfen und erklärt, dass

---

[47] Loge ist die Bezeichnung für den Zusammenschluß der Freimaurer, entstanden aus der Tradition der aus der Kirche ausgeschlossenen und von ihr verfolgten Templer, der Angehörigen des Ordens der armen Ritter Jesu. Gleichzeitig ist es auch der Ort – Tempelraum – an dem deren Zusammenkünfte stattfanden

[48] Es gibt 33 davon

[49] 22. und zugleich letzter Großmeister des Templer-Ordens vor dessen Verfolgung

der Zweck jedes Mittel heiligt. Hier wird betont, dass der Bruder Freimaurer, wenn einmal das Schwert der Rache gezogen wurde, nicht mehr umkehren kann. Dieser Todesschwur wird bei gezogenem Schwert und Kettengerassel durchgeführt. Dabei muss der Einzuweihende die rechte und linke Säule des Tempels niederreißen als Symbol dafür, dass die bisherigen Lehren (die der unteren Grade, die Lehren von Menschenrecht und hohen Idealen) ab sofort keine Gültigkeit mehr haben und er jetzt zur wahren Erkenntnis hingeführt wird. Die Einweihung zum 33. Grad wird in der Cheops-Pyramide in Ägypten durchgeführt, obwohl diese derzeit eigentlich für jeglichen Besucherverkehr geschlossen ist[50]. Dort in der Pyramide erscheinen dann Wesenheiten, deren Existenz die meisten Menschen sich nicht einmal im Traume ausdenken könnten.[51]

Sicherlich wissen nicht alle Mitglieder des Lion's Club oder der Rotarier, dass sie sich im sogenannten äußeren Kreis einer Freimaurer-Loge befinden. Den wenigsten Mitgliedern des A.M.O.R.C.-Ordens (Rosenkreuzer) dürfte bekannt sein, dass im Orden eine Gruppe, ein sogenannter Innerer Kreis existiert, der sich Martinisten nennt. Diese Martinisten treffen sich in Deutschland in Baden-Baden. Sie sind innerhalb des Logentempels

---
50 Stand 1999/2000
51 All dies kann nur jemand wissen, der entweder diesen Verschwörergrad innehat oder auf die eine oder andere Weise die Möglichkeit hat, unbemerkt bei solchen Versammlungen anwesend zu sein...

ausschließlich maskiert und mit weißen Handschuhen gekleidet, um im Tempel und während der Tempelarbeit unerkannt zu bleiben, wobei sie sich auch mit ihren Logennamen ansprechen. Der Tempelraum an sich ist mit einer roten und schwarzen Säule ausgestattet, was den Farben Baphomets (Satans) entspricht. Der Gründer des A.M.O.R.C. war selbst in den 33. Grad des A.A.S.R. – dem Alten und Angenommenen Schottischen Ritus der Weltfreimaurerei – vorgerückt, obgleich der Orden in einigen Schriften jede Verbindung zur Freimaurerei leugnet. Und Albert Pike, Mitbegründer des Kukluxklans war in den höchsten Freimaurergrad eingeweiht – und das im Namen der Brüderlichkeit und Freiheit...

Albert Pike schrieb in einem Brief vom 15.08.1871 (Britisches Museum, London):

„Wir werden die Nihilisten[52] und Atheisten[53] loslassen, wir werden einen gewaltigen gesellschaftlichen Zusammenbruch provozieren, der in seinem ganzen Schrecken den Nationen die Auswirkungen von absolutem Atheismus, dem Ursprung der Grausamkeit und der blutigsten Unruhen klar vor Augen führen wird. Dann werden die Bürger – gezwungen, sich gegen die Minderheit der Revolutionäre zur Wehr zu setzen – diese Zerstörer der Zivilisation ausrotten. Die Mehrheit der Menschen wird, gottgläubig wie sie ist, nach der Enttäuschung durch das Christentum und daher ohne Orien-

---

52 die an nichts glauben
53 die nicht an einen Gott glauben

SCHWARZE MAGIE UND SATANISMUS

tierung, besorgt nach einem neuen Ideal Ausschau halten, ohne jedoch zu wissen, wen oder was sie anbeten soll. Dann sind die Menschen reif, das reine Licht durch die weltweite Verkündigung der reinen Lehre Luzifers zu empfangen, die endlich an die Öffentlichkeit gebracht werden kann. Sie wird auf die allgemeine reaktionäre Bewegung folgen, die aus der gleichzeitigen Vernichtung von Christentum und Atheismus hervorgehen wird."

Und weiter in einem Schreiben aus dem Jahr 1889:

„... Folgendes müssen wir der Menge sagen: Wir verehren Gott, aber unser Gott wird ohne Aberglauben angebetet. Euch, den souveränen großen Generalinstruktoren sagen wir, was ihr den Brüdern der 32., 31., und 30. Grade wiederholen sollt: Die Maurer-Religion sollte von uns allen, die wir Eingeweihte der höchsten Grade sind, in der Reinheit der luziferischen Doktrin erhalten werden. ... Luzifer ist Gott; unglücklicherweise ist auch Adonai[54] Gott. Denn nach dem ewigen Gesetz gibt es Licht nicht ohne Schatten, Schönheit nicht ohne Häßlichkeit, Weiß nicht ohne Schwarz. Das Absolute kann nur in Gestalt zweier Gottheiten existieren: das Dunkel dient dem Licht als Hintergrund. ..."

Armin Risi kommentiert diesen Brief in „Der multidimensionale Kosmos, Band 3" folgendermaßen:

„... Wer meint, das Absolute könne nur in Form zweier Konkurrenz-Gottheiten existieren, hat keine Ahnung vom

---

54 einer der jüdischen Namen Gottes: Adonai = Herr, Adonai Elohim = Herr der himmlischen Heerscharen

Absoluten und verabsolutiert bloß ein relatives Wesen. Im Beispiel mit Licht und Schatten besagt dieser Glaube, dass es jenseits der Dunkelheit kein unabhängiges Licht gebe. Schatten ist jedoch per Definition vom Licht abhängig, aber das Licht ist nicht vom Schatten abhängig und kann nie von der Dunkelheit erreicht werden[55] …"

Da erstaunt es nur noch wenig, dass alle Mitglieder, gleich welcher Loge sie angehören, bei Erreichen eines bestimmten Grades nicht nur ein Testament zugunsten ihrer Loge zu schreiben haben, nein, sie verpflichten sich im Rahmen einer magischen Zeremonie, auch nach dem Tode und in jeder neuen Inkarnation erneut der Loge zu dienen. Weiterhin „spenden" die Mitglieder aller logenartigen Orden unaufhörlich Lebenskraft an die oberen Grade, ebenfalls meist ohne eine Ahnung davon zu haben. Diese „Oberen" nutzen dann die fremde Lebenskraft der äußeren Grade, um in ihren Ritualen mehr magische Kraft aufbauen zu können.

Es dürfte kaum einen Einflussreichen Industriellen oder Politiker geben, der nicht Angehöriger einer Loge ist. All diese Organisationen vollziehen im inneren „geheimen" Kreis magische Rituale, mit deren Hilfe sie zu mehr Macht und Reichtum gelangen wollen – und all dies im Namen der Brüderlichkeit und Freiheit. Man darf hier getrost fragen, für wessen Freiheit? All diese Orden sind durchwandert von den sogenannten „Edlen

---

[55] Anm. d. Autors: … und auch nicht verdrängt werden …

Maurern", einer bestimmten Gruppe von Menschen, die sowohl die Weltpolitik als auch die Weltbank fest in ihren Händen halten. Wer die Zusammenhänge versteht, erkennt, in welchem machtkontrollierten System wir Menschen leben.[56]

SATANISMUS UND KIRCHE

Nach reiflichen Überlegungen und auf das Drängen von Freunden, haben wir uns entschlossen, einmal die grundlegende Ritualistik[57] der römisch-katholischen Kirche zu erörtern. In dem folgenden Kapitel belegen wir anhand der kulturübergreifenden Symbolik, derer sich die römisch-katholische Kirche bedient, wie diese Institution Satanismus bewusst praktiziert, dies aber vor unwissenden Priestern und der Öffentlichkeit verheimlicht. Unsere Absicht ist es, hier aufzuklären und auf Missstände hinzuweisen, die sicherlich nur wenigen bekannt, für den gläubigen Christen aber von elementarer Bedeutung sind. Alles was wir nachfolgend darlegen, kann und soll von dem Leser kritisch betrachtet und – sofern er die Möglichkeit hat – überprüft werden.

Neben der christlichen bergen auch viele andere Welt-

---
56 Weitere Ausführungen oder nähere Erklärungen zu diesem Thema finden Sie in den Büchern von Armin Risi und Dieter Rüggeberg. Empfehlenswert ist auch die Autobiographie von Franz Bardon, „Frabato", siehe Anhang
57 Aufbau der Rituale

religionen versteckte Elemente von Satanismus in sich, ohne dass dies auffallen würde. Unsere Kompetenz reicht hier nicht aus, um die Rituale des Islams, des Hinduismus oder des jüdischen Glaubens zu erörtern. Wir wollen aber dazu anregen, zum Beispiel über Tieropfer und das Schächten[58] nachzudenken: Wenn wir davon ausgehen, dass Mensch und Tier Geschöpfe Gottes sind, wie kann dann demselben Gott durch Hinrichtung seiner Schöpfung gehuldigt werden? Jeder in den Geheimlehren Bewanderte weiß, dass sich nur die niedersten Wesenheiten und die dunklen Kräfte am Blut, also der Lebenskraft anderer (= Vampirismus), bereichern müssen, um die Kraft aufzubringen, auf unsere grobstoffliche Erde einwirken zu können. Es handelt sich dabei um jene Wesenheiten, die die Kirche Dämonen nennt und die im Sanskrit *Asuras* und in der hebräischen Geheimlehre *Klipoth* genannt werden.

Das fließende Blut ist Träger der Lebenskraft und der Seele, die bei jedem Tötungsritual der verehrten dämonischen Gottheit dargebracht werden. Der eigentliche Sinn des kosheren Fleisches – das geschlachtete Tier ist rein, wenn es ausgeblutet ist und die Seele sich verflüchtigt hat – ist, dass es im jüdischen Glauben nicht erlaubt ist, sich mit der Tierseele zu verbinden (z.B. über die Nahrung), da diese in ihrer spirituellen Entwicklung

---

58 jüdische Form der Schlachtung, bei der das Tier langsam sterbend ausbluten muß, um „kosheres", reines Fleisch zu erhalten

SCHWARZE MAGIE UND SATANISMUS

auf einer niedereren Ebene ist als die des Menschen. Ist aber dann nicht auch die Gottheit, die das Blut anderen Lebens fordert, niederer als der Mensch? Man möge sich Festmahl und Schmaus dieser Asuras und Klipoth vor Augen führen, den diese durch Kriege und Ereignisse wie die schrecklichen BSE-Massenschlachtungen serviert bekommen!

Doch zurück zur römisch-katholischen Symbolik: Genauer betrachten wollen wir nun das Zeichen des Kreuzes und dessen esoterische (innere) Bedeutung. Allgemein wird das Symbol des Kreuzes als Zeichen des Leidens Jesu und die von Ihm übernommenen Sünden der Welt verehrt. In der Tat ist diese Symbolik im Kreuz enthalten – jedoch in viel tieferem und verborgenerem Sinn. Wir wissen, dass das Christentum mit seinen Lehren und Überzeugungen unter anderem aus dem jüdischen Glauben – Jesus war immerhin ein Rabbiner – entstanden ist. Es liegt also nahe, die christlichen Symbole mit denen des Judentums zu vergleichen. Besonderes Augenmerk schenken wir dem kabbalistischen Lebensbaum (siehe Abb. S. 53), der in sich das Geheimnis des Universums – Makrokosmos – und des Menschen – Mikrokosmos – birgt:

Legen wir nun das katholische Kreuz über den Lebensbaum, so erkennen wir eine gewisse Übereinstimmung: Der Längsbalken des Kreuzes ist die mittlere Säule, die Linie, die von Kether, der Krone (Erzengel Metatron), zu

Malkuth, dem Reich (Erzengel Sandalphon) führt[59]. Der Querbalken des Kreuzes bildet die Verbindung zwischen Binah und Chokmah, den beiden äußeren Säulen, die jeweils die männliche bzw. die weibliche Kraft des Universums darstellen. Der am Kreuz hängende Christus (= der Messias, d.h. der [von Gott] gesalbte) symbolisiert den erwachten Menschen, der durch Charakterveredelung und „Christuswerdung", d.h. Entwicklung von Christusbewusstsein, also Selbstaufopferung und damit Überwindung des niederen Egos, die Versuchungen der Materie (der dunklen Kräfte/Asuras) bezwungen hat. Damit ist es in keinem Falle Symbol der physischen Ermordung des Jesus. – Das Kreuz entpuppt sich nach esoterisch-kabbalistischer Betrachtung als versteckter Hinweis auf den Lebensbaum, indem es dessen Eckpunkte markiert.

Von der Zeugung bis hin zur Geburt durchläuft die menschliche Seele innerhalb der Schwangerschaft jede Station[60] des Lebensbaums. Die Seele steigt herab von den hohen nicht erfaßbaren Ebenen, Ain, Ain Soph, Ain Soph Aur, und nimmt Verbindung auf mit den zukünftigen Eltern. Durch die Energieentladung im Zeugungsakt wird der Kinderseele eine Schleuse geöffnet, um sich über die Ebene von Kether energetisch an das befruchtete Ei im

---

[59] vgl. Vaterunser: „... Dein Reich komme, im Himmel und auf Erden..."
[60] sg. sephirah, pl. sephiroth

SCHWARZE MAGIE UND SATANISMUS

Mutterleib zu binden[61]. Nun verweilt das Kind jeweils 28 Tage im Energieort jeder Sephirot und wandert somit auch durch alle Planetenkräfte unseres Universums[62]. Dabei werden dort dann die jeweils zugeordneten Organe und Eigenschaften des Kindes ausgebildet und geprägt. Es sind 10 Stationen im Lebensbaum vorhanden[63]. Die Schwangerschaft dauert genau 10 mal 28 Tage also exakt 40 Wochen! Auch diese Entsprechung ist im Symbol des Kreuzes bzw. Lebensbaumes enthalten.

DIE KATHOLISCHE BEKREUZIGUNG – SYMBOL SATANS?

Ein römisch-katholischer Christ bekreuzigt sich beim Gebet. Doch wie macht er das? Im allgemeinen wird

---

61 Anmerkung: Gentechnisch erzeugtes „Material" kann nicht menschlich, tierisch oder pflanzlich beseelt werden. Bei gentechnischen Erzeugnissen verbindet sich nicht die natürliche Seele mit der Materie, sondern irgend etwas. Dies ist der Grund dafür, daß geklonte Tiere bisher keine lange Überlebensspanne hatten, da der lebende Geist – die Seele – in den Körpern fehlte. Aus diesem Grund wird beispielsweise in einer uns bekannten Zucht von Hochleistungspferden oft nicht mehr künstlich besamt, sondern wie früher die Stute zum Hengst geführt. Genetisch veränderten Lebensmitteln fehlt die Lebenskraft, deshalb sind sie als Nahrung nicht nur unnütz sondern sogar gefährlich, weil sie Lebenskraft entziehen. Durch künstliche Befruchtung gezeugte Kinder haben Seelen, jedoch kann es aufgrund der fehlenden „Kraftentladung" beim Orgasmus zu Entwicklungsstörungen kommen.

62 Jedem Sephirot ist ein Planet zugeordnet

63 1. Kether/Uranus/Gehirn, 2. Chokmah/Neptun/Lunge, 3. Binah/Saturn/Herz, 4. Chesed/Jupiter/Magen, 5. Geburah/Mars/Leber, 6. Tipharet/Sonne/Galle, 7. Nezach/Venus/Milz, 8. Hod/Merkur/Nieren, 9. Jesod/Mond/männl. Glied, 10. Malkuth/Erde/weibl. Scham

MAGISCHER GEGENZAUBER

zuerst die Stirn berührt, dann das Herz (Brustmitte), dann zieht man den Querbalken von der linken zur rechten Schulter. Die gesprochenen Worte sind dabei: *„Im Namen des Vaters, des Sohnes und des Heiligen Geistes."*

Wie auf der umseitigen Abbildung zu sehen ist, zieht der Katholik auf diese Weise ein auf dem Kopf stehendes Kreuz. Außerdem zieht er es entgegen dem Sonnenlauf[64] also auflösend, negativ. Damit ist es das Zeichen Satans, zeigt den auf den Kopf gestellten Christus und den umgedrehten Lebensbaum und sendet so seinen Ruf in die Sphären der Klipoth, Asuras und Dämonen.

Die einzige Art sich positiv ladend zu bekreuzigen kann nur die sein, die wir im „Kabbalistischen Kreuz" erklären (siehe S. 180): Dabei wird der Längsbalken des Kreuzes bis hinunter über das Wurzel-Chakra (siehe S. 202) zur Erde (Malkuth, das Reich) gezogen, so wie es übrigens auch die Priester des orthodoxen Christentums wissend tun. Der dazu gesprochene Text lautet: *„Du bist*[65] *das Reich und die Kraft und die Herrlichkeit in Ewigkeit. Amen"*. Die Segnungsworte: *„Im Namen des Vaters, des Sohnes und des Heiligen Geistes"* beziehen sich nicht auf das Kreuzzeichen mit vier Punkten, sondern auf das Dreieck Gottes, das den ersten Akt der Schöpfung in der Materie darstellt: „Vater" ist 1, das Zeugungsprinzip (Kether im Lebensbaum), „Sohn" ist 3, die männliche

---

64 Christus entspricht der Sonne
65 oder auch: Ich bin – aus Sicht des Hohen Selbst

SCHWARZE MAGIE UND SATANISMUS

Kraft (Jesus), „Heiliger Geist" ist 2, die weibliche Kraft (Maria, Mutter Gottes oder die Göttin als Mutter Erde). Gott teilt sich in männlich und weiblich und schafft dadurch die zwei aus denen viele werden.

Jeder, der das Kreuzzeichen auf katholische Weise zieht, zieht innerhalb seiner Aura das Siegel Satans[66] und verbindet sich so mit diesem! Die unmittelbare Folge auf physischer, körperlicher, Ebene ist eine Schwächung der Thymusdrüse und somit eine negative Schwächung des Immunsystems. Auf geistig-spiritueller Ebene schneidet es uns von unser Seelenherkunft und göttlichen Führung ab. Wer die glückliche Gabe hat, Auras zu sehen, oder zumindest kinesiologisch[67] testen kann, wird das, was hier gesagt wurde, bestätigen können.

links: Römisch-katholische Bekreuzigung
rechts: Griechisch-orthodoxe Bekreuzigung

---

66 oder Baphomets, Herr der (materiellen, nicht vergeistigten) Welt
67 über die Muskelspannung

MAGISCHER GEGENZAUBER

Papst mit Dämonen im Hintergrund

Als wir 1997 in München die Frauenkirche besuchten, fanden wir zu unserem Erstaunen ein „modernes Bild" gegenüber der Taufkapelle, auf der rechten Seite. Auf diesem Bild ist ein mit schmierigen Farben dargestelltes auf dem Kopf stehendes Kreuz zu sehen. Als wir den Zuständigen darauf ansprachen, sagte er wörtlich: „Dieses Bild symbolisiert das neue Christentum des neuen Jahrtausends, und wenn es nach mir ginge, würde es in der Taufkapelle und nicht daneben hängen" (Man lese diese Worte zweimal!) Als er, der Kirchenfürst, dann mitbekam, dass sein Gesprächspartner (der Autor) ein nach katholisch-apostolischem Ritus (in Rom) eingeweihter

Exorzist ist und sich über die Symbolik des Bildes nicht täuschen ließ, brach er das Gespräch unvermittelt ab und wies uns die Tür.

ALLTÄGLICHE BEEINFLUSSUNG DURCH DIE DUNKLE SEITE

Nicht nur einzelne Menschen werden von dunklen Mächten beeinflusst, sondern auch ganze Massen. Achten Sie einmal ganz genau auf Produktnamen und Symbole, die Ihnen begegnen. Werbespots sind mittlerweile so raffiniert ausgearbeitet, dass das Unterbewusstsein des Zuschauers massiv manipuliert wird. Da gibt es zum Beispiel eine Kleidermarke für Kinder, auf der steht, dass die nächste Generation böse ist; die entsprechenden Fratzen sind ebenfalls auf den Sweatshirts zu sehen. Die Träger der Kleidung werden somit auf ganz spitzfindige Weise energetisch gelenkt. An vielen Häusern hängen Satellitenantennen, auf denen der Name des Teufels steht[68]. Fällt das keinem auf? Zeichentrickfilme für Kinder sind oft brutaler als Action-Filme für Erwachsene. Die Hemmschwelle für Gewalt wird so bewusst herabgesetzt. Da braucht sich niemand zu wundern, warum schon Kinder zu Mördern werden.

---

68 setzt sich aus den zu einem Wort verbundenen Anfangsbuchstaben der Worte „Satelliten" und „Antenne" zusammen

MAGISCHER GEGENZAUBER

Vor kurzem kaufte ich ein paar schöne blaue Kunststoffbecher, da unsere Kinder alle Gläser zu Bruch bringen. Ich trank einen Becher Saft leer und stand „zufällig" so, dass unsere Lampe auf den Boden des Bechers schien (siehe Bild). Da glaubte ich meinen Augen nicht zu trauen. Ganz unauffällig und winzigklein war ein auf dem Kopf stehendes Pentagramm eingeprägt – das Symbol, das die Schwarzmagier verwenden, um Dämonen zu rufen.

Stellen Sie sich einmal die Frage, wer Interesse daran haben könnte, die ganze Bevölkerung magisch zu beeinflussen? Werden Sie wachsam, kritisch und energetisch stark. Werden Sie zum spirituellen Krieger. Stellen Sie sich auf die Waagschale des Lichts, damit sie gewichtiger wird als jene der Finsternis. Nur unselbständige, träge Menschen können manipuliert werden. Hier auf der Erde wird ein Spiel gespielt, und wir alle sind die Spieler. Wir sind uns dessen nur nicht bewusst. Die dunkle Seite weiß dies ganz genau, und deshalb, nur deshalb ist sie im Vorteil. Sie möchte die Menschheit auch weiterhin in ihrem Winterschlaf halten, auf dass es auch so bleibe. Aber immer mehr Menschen erwachen und erkennen, was gespielt wird.

Um deutlich zu machen, dass wir alle von erheblichen

Einflussnahmen betroffen sind, führen wir hier einige Beispiele aus dem Alltag an:

Thema Handy und Mobilfunk

Zugegeben, wir sind selbst auch Handy-Nutzer. Aber wir sollten uns den unten angeführten Artikel genauer betrachten und überlegen, wie oft wir diese Geräte nutzen wollen, und uns vor allem die Frage stellen, ob es nicht auch ohne geht!

Flächendeckende Manipulation über Handy, aus der Zeitschrift „raum & zeit" Nr. 104:

„Eine erste unabhängige Gesundheitsuntersuchung zur Strahlung von Mobilfunksendern in der Schweiz kommt zu erschreckenden Ergebnissen. Demnach sollen die Mobilfunksender die gleichen Pulsfrequenzen benutzen, wie sie von Gentechnikern zum Öffnen und Manipulieren von Zellen verwendet werden. Damit wäre zu befürchten, dass durch den flächendeckenden Mobilfunk bald auch eine großflächige Erbgutveränderung ausgelöst werden kann...

Zitat aus einem Interview mit Herrn Dr. Hertel, „ZeitenSchrift" Nr. 24/ 4. Quartal 1999:

„...Die Handys könnten nämlich auch mit viel niedrigeren Ausgangsleistungen der Mobilfunk-Sendeanlagen betrieben werden. Warum also weigert man sich so verbissen, die Grenzwerte herabzusetzen? Ich glaube fast, gewisse Kreise wollen diese schädliche Strahlung in Wirklichkeit noch für etwas anderes nutzen als für Handys. Mit dieser Strahlung ist

eben auch Bewusstseinskontrolle bei den Menschen möglich. Ihre Psyche kann damit willentlich beeinflusst werden, indem von außen direkt in die Gehirnfrequenzen eingegriffen wird, was mit den geplanten Sendeleistungen der Mobilfunkanlagen durchaus möglich ist.

Frage: Man will ja das Implantieren von winzig kleinen Chips vorantreiben, welche dann von kranken Menschen ununterbrochen sogenannte lebenswichtige Daten an einen Zentralcomputer übermitteln sollen, damit sie noch besser und schneller medizinisch betreut werden können. Kindern sollen Identifikations-Chips eingespritzt werden, damit man sie sofort orten kann, wenn sie entführt werden oder sich verirren. Solche Vorstellungen vertreten immer mehr Wissenschaftler. Da erstaunt es nicht, dass England in diesem Jahr die sechsmonatige Quarantäne für eingeführte Tiere unter der Bedingung aufhob, dass diesem Tier unter anderem ein individueller Identifikations-Chip eingepflanzt werden soll. Aus verlässlicher Quelle vernahm ich nun, man müsse durch den Mobilfunk eine gewisse flächendeckende elektromagnetische Hintergrundspannung erreichen, damit diese implantierten Minichips überhaupt funktionieren können, da man sie ja nicht mit Batterien ausstatten kann, die periodisch ersetzt werden müssen. Was meinen Sie dazu?

Antwort: Das kann ich mir gut vorstellen. Mit der bestehenden Technologie kann das durchaus gemacht werden…"

SCHWARZE MAGIE UND SATANISMUS

Thema Kreditkarte

Bereits in vielen Veröffentlichungen wurde auf die Gefahren und die spirituelle Bedeutung der Kreditkarte, Abschaffung von Bargeld etc. hingewiesen. Hier wollen wir einmal die europaweit eingeführte EC-Karte genauer betrachten. In der Regel bekommt jeder Inhaber eines Girokontos – sofern er kreditwürdig ist – eine EC-Karte. Diese EC-Karte ist bankübergreifend in ganz Europa mit demselben Hologramm im oberen rechten Karteneck ausgestattet. Bis zum Jahre 1996/97 war auf dem Hologramm der EC-Karte das Portrait Beethovens abgebildet (siehe oben links – leider war keine Abbildung in besserer Qualität aufzufinden, alle scheinen wie vom Erdboden verschluckt... dennoch ist deutlich erkennbar, dass das Gesicht ein anderes ist). Der Beethoven-Kopf war dort in sich unbeweglich: Das Hologramm hat sich also bei unterschiedlichem Lichteinfall nicht ver-

MAGISCHER GEGENZAUBER

ändert – außer innerhalb des Farbspektrums. Stillschweigend wurde dann das Hologramm plötzlich bei allen Karten, in allen Ländern Europas, ausgetauscht. Dies geschah im Jahr 1997 (siehe rechts).

Das neue Hologramm ist so interessant, dass wir jeden Leser auffordern wollen, die eigene EC-Karte aus der Brieftasche zu ziehen und sie näher zu betrachten. Wir sehen noch die Perücke Beethovens – aber ein anderes Gesicht, und zwar das eines bekannten deutschen Politikers (leicht erkennbar). Kippen Sie nun die Karte – je nach Lichteinfallswinkel – nach links ab, so werden Sie bemerken, dass das eigenartig anmutende Gesicht dreimal mit den Augen blinzelt! Bei weiterem Lichtspiel erscheint plötzlich aus dem Nichts eine Hand am rechten Ohr des Kopfes (Big Brother is watching you!) und – man staune! – in deren Handfläche ein schwarzer rechter Winkel zu sehen ist: das Logenzeichen unseres Politikers[69]. Kippen Sie nun Ihre Karte so, dass der Spiegeleffekt des Hologramms verschwindet und es nur noch wie ein Negativ eines Schwarzweißfotos aussieht. Sie sehen einen affenähnlichen Tierkopf am oberen Teil der Perücke, was uns an das Tier der Apokalypse des Johannes erinnert, dessen Symbol die Zahl 666 ist.

Neues Testament, Das prophetische Buch, Die Offenbarung des Johannes, Kapitel 13:

„11 Und ich sah ein anderes Tier aus der Erde auf-

---
[69] Er ist Mitglied der Illuminaten.

SCHWARZE MAGIE UND SATANISMUS

steigen, und es hatte zwei Hörner gleich einem Lamm, und es redete wie ein Drache. 12 Und die ganze Macht des ersten Tieres übt es vor ihm aus, und es veranlaßt die Erde und die auf ihr wohnen, dass sie das erste Tier anbeten, dessen Todeswunde geheilt wurde. 13 Und es tut große Zeichen, dass es selbst Feuer vom Himmel vor den Menschen auf die Erde herabkommen lässt; 14 und es verführt die, welche auf der Erde wohnen, wegen der Zeichen, die vor dem Tier zu tun ihm gegeben wurden, und es sagt denen, die auf der Erde wohnen, dem Tier, das die Wunde des Schwertes hat und [wieder] lebendig geworden ist, ein Bild zu machen. 15 Und es wurde ihm gegeben, dem Bild des Tieres Odem zu geben, so dass das Bild des Tieres sogar redete und bewirkte, dass alle getötet wurden, die das Bild des Tieres nicht anbeteten. 16 Und es bringt alle dahin, die Kleinen und die Großen, und die Reichen und die Armen, und die Freien und die Sklaven, *dass man ihnen ein Malzeichen an ihre rechte Hand oder an ihre Stirn gibt; 17 und dass niemand kaufen oder verkaufen kann, als nur der, welcher das Malzeichen hat, den Namen des Tieres oder die Zahl seines Namens. 18 Hier ist die Weisheit. Wer Verständnis hat, berechne die Zahl des Tieres; denn es ist eines Menschen Zahl; und seine Zahl ist sechshundertsechsundsechzig.*[70]

Wir alle werden hintergangen und verspottet, jeder

---

[70] Anmerkung des Autors: Hier erkennen wir die biblische Aufforderung zum Studium der Kabbalah, der Numerologie.

trägt die Symbole der Satansloge (dem wahren Herrn des Geldes) im Geldbeutel – und kaum jemand bemerkt es. Viele Deutsche, denen wir die Karte erklärten, lachten darüber und fanden es „witzig!" Nur die Engländer, Australier oder Holländer, die wir auf unseren Asien- und Amerikareisen trafen, konnten nicht darüber lachen. Sie erkannten in der Regel schneller, welcher Manipulation wir von einer einzigen (Geheim-)Gesellschaft ausgesetzt sind.

SCHWARZMAGISCHE ANGRIFFE

ANZEICHEN

Nicht jede körperliche Unpässlichkeit oder fehlgeschlagene Unternehmung ist auf einen schwarzmagischen Angriff zurückzuführen. Da sollten wir vorsichtig sein und die Lage erst einmal genau prüfen. Wer pendeln kann, wird mit der nachfolgenden Pendeltafel aus dem Gegenzauber-Set[71] die Ursache des Übels erkennen können[72].

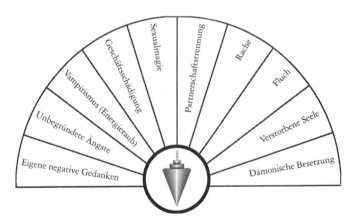

Steigern wir uns erst in irgendwelche Einbildungen hinein, erschaffen wir damit Elementale (siehe S. 28), die dann Herr über uns werden. Dies würde einen Teufelskreis

---

71 siehe Anhang
72 Pendeln kann in unseren Seminaren erlernt werden, siehe Anhang

MAGISCHER GEGENZAUBER

erzeugen, dem nur schwer zu entrinnen ist, und es könnte gar in einen regelrechten Verfolgungswahn ausarten. Nichtsdestotrotz gibt es einige Symptome, die auf einen schwarzmagischen Angriff schließen lassen:

- Wenn Sie trotz warmer Temperaturen plötzlich frösteln, wäre es möglich, dass sich ein Schwarzmagier mittels Astralprojektion[73] im Raum aufhält. In diesem Fall hat der Magier seinen Astralleib von seinem stofflichen Körper abgespalten und hält sich als Spion oder Kundschafter bei Ihnen auf. Die Kälte könnte jedoch auch durch die Anwesenheit eines Verstorbenen oder eines Astralwesens verursacht sein.
- Wenn Sie plötzlich Stiche oder akute Schmerzzustände erleiden, ohne zuvor krank gewesen zu sein, kann dies eventuell durch ein schwarzmagisches Voodoo-Ritual mittels einer Puppe ausgelöst worden sein. Eine Klientin, die sich hilfesuchend an uns wandte, bekam bei solchen Angriffen, die bei ihr stets nachts im Schlaf stattfanden, am ganzen Körper blaue Flecken, begleitet von schrecklichen stichartigen Schmerzen während des Angriffs.
- Wenn Sie plötzliche Schmerzen (Druck) im Nacken verspüren, ohne dass Ihre Halswirbel verrenkt sind, ist es möglich, dass gerade ein schwarzmagischer Angriff stattfindet. Auch jede andere Körperzone kann davon betroffen sein. Das Herzchakra ist ein beliebtes

---

[73] Entsendung des energetischen Körpers

Angriffsziel, wie auch der Solarplexus[74] und das 3. Auge[75]. Mein kleiner Sohn wachte eines Nachts schreiend auf. Ein Angriff, der eigentlich auf mich abzielte, durch meinen starken Schutz jedoch keine Chance hatte, traf den Schwächsten der Familie, mein unschuldiges kleines Kind. Schwarze Energiekugeln schleuderten mit rasender Geschwindigkeit auf sein drittes Auge und verursachten ihm üble Schmerzen. Seit diesem Vorfall schläft er nicht mehr ohne sein von uns gefertigtes magisches Dryade-Schutzengel-Amulett und ist seitdem vor solchen Übergriffen geschützt.

- Ein plötzlicher Energieabfall ohne erkennbaren Grund kann ebenfalls mit einem Angriff in Zusammenhang stehen. Während meines Aufenthalts in Paris vor ein paar Jahren verübte eine schwarzmagische Loge ein Tötungsritual an mir: Mir wurde in Sekundenbruchteilen fast sämtliche Lebensenergie entzogen. Mir wurde schwarz vor den Augen, ich konnte keinen Schritt mehr gehen, meine Gedanken waren wie gelähmt. Hätte ich nicht ein so großes Energiereservoir gehabt, wäre das Tötungsritual sicherlich geglückt. Nur durch meinen großen energetischen Schutz, den ich mir in vielen Jahren aufgebaut hatte, und durch meine geistige Führung, die eine Tötung nicht zugelassen

---

74 Sonnengeflecht, unteres Brustbeinende
75 Stirn-Chakra, liegt leicht erhöht zwischen den Augenbrauen

hat, kam ich davon. Nach zwanzig Minuten war der Spuk schlagartig vorbei.

- Wenn Ihre Geschäfte plötzlich schlecht laufen, keine Kundschaft oder Aufträge mehr kommen, ständig Dinge schiefgehen und Pannen und Unfälle sich häufen, haben Sie vielleicht einen Neider, der einen Schwarzmagier für teures Geld beauftragt hat, Sie finanziell zu ruinieren und als Konkurrenten loszuwerden. Schieben Sie aber nicht alle Geschäftsschwierigkeiten auf eine magische Manipulation. Schauen Sie genau hin: Leiden Sie unter Verlust- und Existenzängsten? Sind Sie ein pessimistischer Mensch? Sind Sie geizig? Dann sollten Sie diese Blockaden bearbeiten, damit das Geld fließen kann.
- Ein Angriff trifft meist auf die Schwachstellen des Opfers. Hat das Opfer zum Beispiel einen schwachen Magen, wird der Solarplexus (Magengrube) bevorzugtes Angriffsziel sein. Wird eine magische Partnerschaftstrennung vorgenommen, ist vielleicht die Eifersucht des Partners ein wunder Punkt. Da kann man wunderbar einhaken, die Eifersucht bis zur Unerträglichkeit steigern und somit die Partnerschaft zerstören.

Wir können hier nicht alle Möglichkeiten einer schwarzmagischen Manipulation aufzeigen. Die Vorgehensweisen sind vielseitig und auch je nach Kulturzugehörigkeit des

Magiers unterschiedlich. Zudem entwickelt jeder Magier seine ganz persönlichen Techniken, die er nicht unbedingt weitererzählt. Was alle Angriffe gemeinsam haben, ist die geballte Empfindung, die an einen gezielten Auftrag gekoppelt und zielgerichtet losgeschickt wird. Das macht eine Attacke erst so wirksam. Somit wird aber auch ganz deutlich, dass ein Fluch, der mit Hass und Aggression geladen, ausgesprochen oder gedacht wird, eine gewaltige negative Wirkung hat. Dazu braucht man kein Schwarzmagier zu sein. Die Handlung an sich ist schwarzmagisch; ob es der Täter weiß oder nicht, spielt keine Rolle.

Jeder Gedanke, jedes Gefühl ist als feinstoffliches Energiefeld wahrnehmbar und wirkt. Wir handeln demzufolge ständig magisch, indem wir Energien erzeugen, die dann auf die eine oder andere Art wirken. Wir können unseren Mitmenschen mit positiven Gefühlen und Gedanken etwas Gutes tun oder aber mit Hass, Neid und Missgunst schaden.

Dazu ein Beispiel aus meiner Heimat: Ein alter Mann weigerte sich, sein Obstbaumgrundstück, an dem sein ganzes Herz hing, zugunsten einer öffentlichen Straße zu verkaufen. Er wurde deshalb von der Gemeinde zum Verkauf gezwungen (Zwangsenteignung). Der verbitterte alte Mann schleuderte in seiner Ohnmacht folgenden Fluch in die Welt: „Wenn jemand mein Grundstück anrührt, muss er sterben!" In den darauffolgenden Wochen sollten die Obstbäume mit einem Bagger entfernt werden. Ein großer Obstbaum fiel dabei auf die Führerkabine des Baggerfahrers und verletzte diesen schwer. Zwei Tage später starb er auf der Intensivstation des Krankenhauses.

BEEINFLUSSUNG DURCH VERSTORBENE

Auch aus dem Jenseits kann Einfluss auf uns genommen werden! Wenn ein Mensch stirbt, löst sich der feinstoffliche Körper vom materiellen Körper ab. Diese Trennung dauert in der Regel drei Tage. Dabei zerreißt die sogenannte Silberschnur oder Astralmatrize, die zu Lebzeiten den feinstofflichen Körper an den fleischlichen Körper bindet und verhindert, dass im Schlaf oder während einer tiefen Trance der Astralkörper nicht mehr zurückfindet. Sicher hat schon jeder während der Einschlafphase ein heftiges unangenehmes Zusammenzucken erlebt. Dies kommt zustande, wenn der feinstoffliche Körper zu schnell in den grobstofflichen Körper zurückgezogen wird, ähnlich einem überspannten Gummi, der zurückschnalzt.

Was geschieht nun mit den verstorbenen Seelen? In der Regel werden sie von bereits hinübergewechselten Verwandten und von Lichtwesen abgeholt, die sich ganz speziell dieser Aufgabe widmen. Im Jenseits gibt es verschiedene Ebenen, die in unterschiedlichen Frequenzen

SCHWARZE MAGIE UND SATANISMUS

schwingen. Die verstorbene Seele wechselt nun auf die ihrem persönlichen Entwicklungsstand entsprechende Ebene. Eine Seele, die auf der Erde rein materiell eingestellt war und sich nicht um eine Charakterveredelung bemüht hat, wird auf eine sehr träge schwingende Ebene gelangen und in eine Art Schlaf verfallen, bis sie für eine neue Wiedergeburt vorbereitet wird. Eine Seele, die zu Lebzeiten viel an sich gearbeitet und sich verfeinert hat, sich stets mit dem Göttlichen verbunden fühlte, wird in eine sehr bewusste hochschwingende Ebene gelangen und dort geschult oder gar mit Aufgaben betraut werden.

Nun gibt es aber eine ganze Menge Seelen, die sich nach dem Tod aus verschiedensten Gründen nicht von der Erde lösen können. Die Engel der Heimführung achten den freien Willen des Menschen und seiner Seele und zwingen die Verstorbenen nicht dazu, mit ihnen zu kommen. Menschen, die durch einen plötzlichen Unfalltod oder durch Ermordung ums Leben kommen, können sich oft nicht mit ihrem Schicksal abfinden. Sie haben das Gefühl, sie hätten noch viel zu erledigen und müßten deshalb hierbleiben. Auch auf den Schlachtfeldern der Kriege wimmelt es von Verstorbenen, die nicht begreifen, dass sie tot sind. Oftmals kämpfen die Verstorbenen in ihren Geistkörpern weiter gegeneinander. Dann gibt es Verstorbene, die einen lieben Hinterbliebenen beschützen wollen, oftmals eine Oma ihren Enkel. Sie erkennen nicht, dass sie auf diese Weise keine Hilfe sein können,

MAGISCHER GEGENZAUBER

sondern Kraft kosten und Verwirrung stiften. Darauf werden wir später noch genauer eingehen.

Es gibt Seelen, die sich nicht von ihrem Besitz trennen können. Sie bleiben hartnäckig in ihren ehemaligen Häusern und versuchen, die neuen Bewohner daraus zu vertreiben. Dies sind die sogenannten Spuk- und Poltergeister, die es in alten Gemäuern zuhauf gibt. Viele sind auf Burgen und Schlössern in England und Schottland anzutreffen, aber auch anderswo sind sie nicht selten. Auch Selbstmörder halten sich oft am Ort ihres tragischen Endes auf und sind verwirrt darüber, dass nicht alles zu Ende ist, die Sorgen und Nöte noch genauso schmerzen, aber eine Verbesserung oder gar Erlösung noch weniger greifbar ist. In Häusern, in denen sich Menschen umgebracht haben, ist meistens eine sehr bedrückte Stimmung wahrzunehmen, die sich erst auflöst, wenn der Verstorbene ins Licht geht.

Und dann gibt es noch eine Sorte Seelen, die sich nach ihrem Tod rächen wollen. Sie tragen eine geballte Ladung Hass in sich. Diese Seelen sind gefährlich, denn sie wollen ganz bewusst Schaden anrichten und können dies auch. Oftmals sind es Einzelgänger, aber manchmal rotten sie sich zu Horden zusammen und verursachen großes Unheil.

Was geschieht mit den erdgebundenen Seelen? Wenn eine Seele nicht ins Licht geht und in die für sie bestimmte Sphäre, sondern auf der Erde verweilt, verliert sie zunehmend ihre Lebenskraft. Diese Lebenskraft, auch Od, Prana oder Chi genannt, umgibt jeden Menschen. Wir nehmen ständig Od auf und geben es wieder ab. Dies ist mit der Atmung zu vergleichen. Je mehr Od sich um unseren Körper anlagert, desto gesünder sind wir, desto stärker sind unsere Abwehrkräfte und auch unsere seelische Verfassung.

Da die Verstorbenen sehr schnell erkennen, dass sich ihre „Batterien" entladen, müssen sie sich eine „Stromquelle" suchen, um sich wieder aufzuladen. Also zapfen die Verstorbenen die Lebenden an, um selbst zu „überleben". Die Oma, die ja eigentlich ihr Enkelkind beschützen will, nährt sich von dessen Lebenskraft. Ein ehemaliger Alkoholiker oder Drogenabhängiger sucht sich seinesgleichen und bekommt so seinen energetischen Rausch. Gedanklich und gefühlsmäßig versucht der verstorbene Süchtige, seinen „Wirt" zu einem verstärkten Drogenkonsum anzutreiben. Nicht selten werden Drogenabhängige von mehreren Verstorbenen begleitet. Und der Selbstmörder, den die Angebetete nicht erhörte, versucht vielleicht nun zu verhindern, dass sie eine glückliche Beziehung hat. Der sexuell enttäuschte Mann vergewaltigt astral die Frauen, die er zu Lebzeiten nicht bekam. Das kann sich bei den betroffenen Frauen in Form von sehr wirklichkeitsnah anmutenden Träumen zeigen, worüber eine Frau dann auch nicht spricht, weil sie es nicht einordnen kann und weil es ihr peinlich ist.

MAGISCHER GEGENZAUBER

Wenn die Verstorbenen sich im Aurafeld eines Menschen aufhalten, spricht man von einer Besetzung. Es gibt die zeitweise und die ständige Besetzung durch einen Verstorbenen. Menschen, die ständig besetzt sind, verändern sich langsam und oftmals unmerklich, schleichend. Unerklärliche Ängste, Aggressionen, Unzufriedenheit, Müdigkeit, Schwäche, ein schwaches Immunsystem, veränderte Interessen und das Gefühl von „zwei Seelen in meiner Brust" sind typische Merkmale einer Besetzung. Vielen Betroffenen könnte geholfen werden, wenn mehr Menschen um diese Dinge wüssten.

Besetzungen durch verstorbene Verwandte können manchmal selbst aufgelöst werden, indem man sie gefühlsmäßig loslässt und ihnen liebevoll zu verstehen gibt, dass man sein Leben alleine leben möchte. Dabei helfen Sätze wie:

„Liebe Oma, ich ehre dich und achte dein Schicksal. Deine Zeit auf Erden ist abgelaufen. Gehe heim ins Licht. Ich bleibe noch ein Weilchen hier und komme dann, wenn meine Zeit hier abgelaufen ist. Ich bin stark und kann mein Schicksal auch ohne deine Hilfe meistern. Ich danke dir für deinen Beistand."

Beim Familienstellen nach Bert Hellinger werden ähnliche Ablösungssätze verwendet, und es ist möglich, dass eine Seele dadurch ihren Frieden findet. Wenn sich jedoch eine Seele angehängt hat, die einem völlig fremd ist, die nicht aus der Verwandtschaft stammt, wird es

SCHWARZE MAGIE UND SATANISMUS

schwierig und ein erfahrener Helfer sollte hinzugezogen werden.

Elisabeth M. kam zu mir und klagte über unerklärliche Ängste und einen ständigen Druck auf der Brust. Die aufgesuchten Ärzte konnten nichts Organisches feststellen und ordneten ihr Problem als psychosomatisch[76] ein. Die darauf folgende Therapie konnte ihr jedoch nicht weiterhelfen. Nach einem Gespräch mit ihr wurde klar, dass sie diese Symptome seit einer Blinddarmoperation vor fünf Jahren hatte. Während der darauf folgenden Sitzung stellte ich fest, dass sich ein vierjähriges Mädchen mit Namen Natalie in Höhe des Herzens in die Aura von Elisabeth M. gesetzt hatte. Es war nach einem Unfall in der Notaufnahme des Krankenhauses gestorben, zu genau der Zeit, als Elisabeth M. ihre Blinddarmoperation hatte und in Narkose war. In diesem Zustand war ihre Astralmatrize[77] gelockert und ihr Geistkörper etwas außerhalb des grobstofflichen Körpers. Das Kind wurde geradezu von ihr angezogen.

Natalie teilte mir mit, dass sie Angst habe und zu ihrer Mama wolle. Ich erklärte dem kleinen Mädchen, dass es gestorben sei und zeigte ihr die Lichtwesen, die darauf warteten, sie ins Licht mitzunehmen. Ich machte der verängstigten Natalie verständlich, dass sie dann auch

---

76 seelisch verursachte körperliche Beschwerden
77 Die Schicht, die wie ein „Klebstoff" die verschiedenen Körper der Aura und jenen aus Materie durchdringt und zusammenhält.

wieder zur Erde kommen könne und eine Mama bekäme. Erleichtert ließ sie sich daraufhin von den Engeln der Heimführung mitnehmen. Der Druck auf dem Herzen von Elisabeth M. verschwand schlagartig. Sie fühlte sich erleichtert und befreit. Als ich sie schließlich fragte, ob sie seit längerem den Wunsch habe, ein Kind zu bekommen, bejahte sie diese Frage erstaunt. Durch diesen Wunsch hatte sie das kleine Mädchen angezogen, das verzweifelt seine Mutter suchte. Die Ängste von Elisabeth M. verschwanden, wie sie gekommen waren.

Wenn Ihre Aura groß und stabil ist, kann keine verstorbene Seele eindringen. Die nachfolgenden Übungen helfen Ihnen, Ihr Energiefeld zu stärken und zu vergrößern.

Kleines Befreiungsritual
- Bringen Sie eine Kohletablette in einem feuerfesten Gefäß (Räucherkessel) zum Glühen und legen Sie Weihrauchharzstücke darauf.
- Legen Sie eine sanfte Hintergrundmusik auf[78].
- Stellen Sie 7 Teelichter vor sich. Halten Sie beide Hände über die Lichter und sprechen Sie:
  „Ich segne diese Lichter, sie sollen stellvertretend leuchten für die Mächte des Lichts und der All-Liebe.
  So sei es! So sei es! So sei es!"

---
[78] Ideal wäre die CD: „Taizé – alleluia"

Stellen Sie die 7 Teelichter in einem Kreis um sich und entzünden Sie die Lichter im Uhrzeigersinn
- Ebenfalls im Kreis steht ein Räucherkessel. Sprechen Sie mit zu Schalen geformten und nach oben erhobenen Händen:
„Ich bitte die Mächte des Lichts, mit Hilfe dieser Lichter ein Kraftfeld aufzubauen."
Warten Sie etwa eine Minute. Sprechen Sie dann:
„Ich bitte die Engel der Heimführung um Begleitung und Hilfe. Ich bitte euch, dieser verlorenen Seele beizustehen und sie ins Licht zu führen."
- Beten Sie nun 15 x das Vaterunser.
- Bedanken Sie sich anschließend für die Hilfe und verabschieden Sie sich von den lichtvollen Helfern. Sie können den Lichtkreis nun verlassen. Die Kerzen lassen Sie vollständig abbrennen.

OBSESSOREN

Wie im vorangegangenen Kapitel schon erwähnt, gibt es verstorbene Seelen, die nach dem Tod Rache üben wollen. Diese Seelen bezeichnet man als Obsessoren (Besatzer). Sie sind voller Hass und trachten danach, ihre sadistischen Triebe auszuleben. Sie schüren das Feuer des Bösen und begießen die Samen der Zwietracht, auf dass sie wachsen und Früchte tragen. Sie verführen Menschen dazu, üble Dinge zu tun. Besonders empfänglich für eine solche Einflussnahme sind Jugendliche, die charakterlich noch nicht gefestigt sind. Aber auch erwachsene Menschen können das Opfer einer Obsession (Besetzung) werden. Über einen besonders hartnäckigen Fall aus meiner Praxis (der im Augenblick, da ich schreibe – August 2000 – noch nicht abgeschlossen ist) möchte ich hier kurz erzählen:

Christine S. kam zu mir und erzählte mir, dass sie, ihre ganze Familie und einige Freunde seit mehreren Jahren von einer verstorbenen Frau belästigt würden. Ungewöhnliche Unfälle, Poltergeräusche, viele Aggressionen untereinander und Pechsträhnen waren an der Tagesordnung. Die Betroffenen lebten in ständiger Angst vor dieser Frau. Sie wussten, wer es war: Marliese Q., die bereits zu Lebzeiten ihre ganze Umgebung terrorisiert hatte. Alle jetzt betroffenen Personen hatten im Laufe ihres Lebens mit Marliese Q. zu tun gehabt, zum Teil als Verwandtschaft, zum Teil als Arbeitnehmer. Verzwickte Zusammenhänge, die hier zu erklären jetzt zu weit führen würden, erregten das Missfallen und den Neid von Marliese Q. und ließen ihr auch nach ihrem Tode keine Ruhe. Sie beschloß, dass diese Menschen nicht mehr glücklich leben können sollten!

Alois S., der Mann von Christine S., wusste sich in dieser unerträglichen Situation keinen Rat und tat etwas sehr Verhängnisvolles. Um seine Familie vor weiterem

Unheil zu schützen, handelte er mit Marliese Q. einen Pakt aus, nach dem sie dann den Rest der Familie in Ruhe lassen sollte. Was genau Alois S. ihr als Gegenleistung versprach, wusste selbst seine Frau nicht. Kurz darauf verstarb Alois S. und hinterließ eine verzweifelte Frau und zwei kleine Kinder. Die Familie fand trotzdem keine Ruhe. Nach langem Ringen entschied sich Christine S. dann, meine Hilfe in Anspruch zu nehmen. Alle anderen Betroffenen hatten Angst, durch mein Eingreifen würde Marliese Q. verärgert und alles nur noch schlimmer werden. In anstrengenden Sitzungen konnte ich Christine S. und ihre Kinder von der Besetzung befreien.

Meine Arbeit ist jedoch noch nicht beendet. Ich werde nun mit Hilfe der geistigen Welt versuchen, Marliese Q. dazu zu bewegen, von ihren Belästigungen abzulassen und in die ihr zugedachte Ebene zu wechseln. Das wird keine leichte Aufgabe. Anschließend werde ich versuchen, dem verstorbenen Alois S. zu helfen, dem der mit Marliese Q. abgeschlossene Pakt zum tödlichen Verhängnis wurde.

MASSENMANIPULATION

Auch ganze Menschenmengen können von Geistwesen beeinflusst werden. Man denke an die ausgerasteten Fußballfans, die, ohne ihren Verstand einzusetzen, in völligem Blackout aufeinander losgehen. Diese Menschen sind zu Hause brave Bürger, die niemandem etwas antun würden. Horden von hasserfüllten Seelen bauen in einem solchen Fall ein Energiefeld um diese Menschen auf, das jeden, dessen Bewusstsein nicht ganz klar ist, in einen Strudel von Gewalt und Aggression zieht. Hierbei sind allerdings nicht nur verstorbene Seelen am Werk, auf den folgenden Seiten kommen wir noch darauf zurück, wer hier Einfluss nimmt.

In einer solchen Lage zeigt es sich ganz deutlich, wie wichtig es ist, den eigenen Charakter zu veredeln, um sich von solchen Energien nicht mitreißen zu lassen. Sie werden jetzt vielleicht sagen: „Mir kann so etwas nicht passieren! Ich lasse mich nicht von irgendwelchen Energien beeinflussen!" Dann beglückwünsche ich Sie. Aber denken Sie einmal ganz ehrlich darüber nach. Gab es bei Ihnen nicht schon mal eine ähnliche Situation wie diese: Sie stehen morgens gutgelaunt auf, richten sich pfeifend das Frühstück und begeben sich voller Elan an Ihren Arbeitsplatz. Sie betreten den Raum. Ein merkwürdiger Druck legt sich auf Ihren Magen. Es liegt was in der Luft. Und schon kommt ihre Kollegin an Ihnen vorbeigeschossen. Kein freundliches „Guten Morgen", kein Lächeln, nein ein giftiger Blick wird Ihnen zuteil. „Peng!" – Wo ist nun Ihre gute Laune geblieben? Ist sie noch da? Welche Gefühle grummeln nun in Ihrem Bauch? Wenn Sie jetzt nicht ganz bewusst sind und Ihr Energiefeld stabil halten, fällt es wie ein Kartenhaus in sich zusammen und Ihre gute Laune ist futsch.

In dem Raum, den Sie soeben betraten, hat sich ein negatives Energiefeld aufgebaut. Dies spürten Sie in der Magengrube als unangenehmen Druck. Irgendein Anlass hat jemanden geärgert, der dann durch seinen Frust zerstörerische Energien ausstrahlte. Von diesen Energien werden negative Geistwesen und negative von Hass erfüllte Seelen angezogen. Hier fühlen sie sich wohl. Hier bekommen sie Nahrung. Diese Schwingung muss nun weiter gestärkt werden, damit sie möglichst lange anhält und sich die Geistwesen daran nähren können. Was für ein Fest! Jeder, der sich nun in diesem Raum befindet, ist dieser niederen Schwingung ausgesetzt. Das eigene Energiefeld passt sich der Raumschwingung an, und man wird selbst aggressiv oder, in abgemilderter Form, niedergeschlagen, was auch nicht besser ist.

Die meisten Menschen sind den auf sich einströmenden Energien hilflos ausgeliefert. Das liegt aber nicht daran, dass sie daran nichts ändern können, sondern an ihrer Unwissenheit, wie Energiefelder Einfluss nehmen und selbst beeinflusst werden können. Und genau dies wollen wir in nachfolgender Übung lernen.

Übung: Wie beeinflusse ich ein Energiefeld

Ein negatives Energiefeld ist niederfrequent schwingend, träge. Für einen Hellsichtigen zeigen sich schmutzige dunkle Farben wie dreckiges Gelb, Rotbraun, Olivgrün (die Farbe der Soldatenuniformen!) bis zu Grau und Schwarz. Ein Hellfühliger nimmt diese Felder je nach Eigenschaft als Schwere, Trägheit, Traurigkeit, Hass usw. wahr. Ein empfindsamer Mensch spürt einen Druck in der Magengegend, Benommenheit, Druck im Kopf, Herzbeklemmung und ähnliches. Der gute Beobachter sieht zerfahrene, aggressive, niedergeschlagene, traurige, hektische, gierige Menschen.

Um ein solches Feld zu ändern, das heißt, es in eine höhere Schwingung zu versetzen, gibt es viele Möglichkeiten. Wir wollen hier ein paar einfache Vorgehensweisen vorschlagen:

1. Wütende Menschen wieder freundlich stimmen
Singen Sie in Gedanken die Rune Wunjo in den Raum. Sie brauchen nur ständig „Wunjo, Wunjo, Wunjo, Wunjo…" mit der Vorstellung zu denken, dass sich Freude und Fröhlichkeit darin ausbreiten. Etwas schwieriger aber noch wirksamer ist es, wenn Sie sich die Form

SCHWARZE MAGIE UND SATANISMUS

der Rune – W – vorstellen. Dann verankern Sie lauter kleine goldene Wunjo-Runen im Raum und lassen sie strahlen. Machen Sie dies so lange, bis Sie spüren, dass die Menschen fröhlicher werden.

2. Positive Gedanken verströmen
Diese Methode ist wunderbar geeignet, um sie in großen Kaufhäusern, Fußgängerzonen und bei sonstigen größeren Ansammlungen von Menschen einzusetzen:

Versetzen Sie sich mit Ihrem Bewusstsein in Ihre Herzgegend und stellen Sie sich dabei vor, dass hier die Produktionsstätte für Freude, Fröhlichkeit und Harmonie ist. Geben Sie als Chef nun dieser Produktionsstätte den Auftrag, in Großproduktion zu gehen und einen Überschuss herzustellen. Dehnen Sie dann mit Hilfe Ihrer Vorstellungskraft Ihr Energiefeld aus – es wird immer größer, Zentimeter um Zentimeter. Schließlich dehnt es sich über einige Meter, und Sie berühren die Menschen um sich herum und durchdringen deren Energiefelder mit Freude, Harmonie und Fröhlichkeit. Die Großproduktion in Ihrem Herz-Chakra[79] läuft auf Hochtouren, und es bereitet Ihnen Freude, soviel Harmonie und Fröhlichkeit zu verschenken. Wenn Sie keine Lust mehr haben, ziehen Sie einfach Ihr Energiefeld auf Normalgröße ein und lassen Ihr Herz-Chakra auf Normalproduktion übergehen.

---

[79] eines der Energiezentren des Körpers

EXORZISMUS BEI BESETZUNGEN DURCH DÄMONEN

Viele spirituell Interessierte werden jetzt die Hände über dem Kopf zusammenschlagen und sagen: „Dämonen gibt es doch gar nicht! Das sind alles arme Seelen, die man nur ins Licht zu führen braucht!" Dem müssen wir leider widersprechen – es gibt sie doch! Genauso wie es positive Geistwesen – die Engel – gibt, existieren auch negative Geistwesen, eben Dämonen. Sie sind, genauso wie die positiven Wesen, mit bestimmten Eigenschaften ausgestattet und für verschiedene Aufgabengebiete zuständig.

So wie die Engel bemüht sind, den Menschen Impulse für ein positives Seelenwachstum zu geben, so versuchen die negativen Wesen, die negativen Seelenanteile des Menschen zu fördern. Ein positives Wesen hält sich nur in Räumen mit positiv schwingenden Energien auf. Ein Dämon dagegen fühlt sich in niederer, zerstörerischer Schwingung am wohlsten und versucht, durch Verstärkung dieser niederen Energie seinen Einflussbereich zu vergrößern. Damit kein Missverständnis aufkommt: Unter negativen Schwingungen sind nicht nur Neid, Wut, Hass, Missgunst, Lüge und Aggression zu verstehen, sondern auch Trauer, Niedergeschlagenheit, Schwarzseherei, Eifersucht

SCHWARZE MAGIE UND SATANISMUS

und Angst. Sie alle verursachen eine niederfrequente, träge und somit negative Schwingung.

Jesus beim Exorzismus (Stadtkirche zu Gengenbach)

Werden wir uns bewusst, dass wir mit unseren Schwingungen, die wir aussenden, entweder positive oder aber negative Wesen anziehen (siehe Kapitel *Elementale* S. 28). Wir erschaffen und gestalten unsere Wirklichkeit durch unsere Gedanken, Gefühle und Handlungen. Wir sind dafür verantwortlich, welche Besucher (Engel oder

MAGISCHER GEGENZAUBER

Dämonen) sich hier auf unserem Planeten Einfluss verschaffen.

Bild: *Maske von Mahasona, einer buddhistischen Heilerwesenheit, mit neun für bestimmte Krankheiten zuständigen Dämonen an jeder Seite, die sie beherrscht und bei einem Exorzismus aus dem Körper des Kranken vertreibt.*

Geht nun ein Mensch mit seinen Gefühlen und Gedanken in Resonanz (siehe Kapitel *Das Gesetz der Resonanz* S. 19) mit der Eigenschaft eines negativen Wesens, bekommt dieses die Möglichkeit, in die Aura, das Energiefeld des Menschen einzudringen und sich dort niederzulassen. Im schlimmsten Fall kann es dort über mehrere Leben hinweg verweilen. Diese Dämonen können sich eine ganze Zeitlang still verhalten und dann bei passender Gelegenheit aktiv werden.

Oftmals ist ein Mensch, der über mehrere Leben hinweg von einem Dämon besetzt ist, in einem früheren Leben schwarzmagisch tätig gewesen und hat einen Pakt mit diesem Wesen geschlossen. Solche Verträge, die oftmals mit Blut geschrieben werden, jedoch auch mündlich vereinbart Gültigkeit haben, verschaffen dem Schwarzmagier finanzielle Vorteile und Macht, allerdings zu einem hohen Preis. Solche Verbindungen zwischen Dämon und Magier lassen sich in der Regel nicht mehr lösen. Nur durch harte Arbeit und unerbittliche Charakterveredelung, absolute Demut und selbstlosen Dienst am Nächsten gibt es Hoffnung auf Erlösung. Dann lässt die göttliche Vorsehung vielleicht Gnade walten.

Was sehr häufig vorkommt, ist die Besetzung durch einen Dämon, wenn die eigene Aura, das Energiefeld, unbeständig ist. Durch negative Gefühlsregungen verursacht, ist es dann ein Leichtes für einen Dämon, in die Aura einzudringen. Solche Besetzungen sind nicht so dramatisch, wie eine durch einen Pakt erfolgte, sie lassen sich in der Regel beheben.

Häufig betroffen von dämonischen Besetzungen sind Alkoholiker und Drogensüchtige (siehe Kapitel *Beeinflussung durch Verstorbene* S. 106). Durch die Drogen reißt die Aura gewaltsam auf und öffnet Tür und Tor für negative Besucher. Ein Drogensüchtiger, der nicht von seiner dämonischen Besetzung befreit wird, kann keinen erfolgreichen Entzug erwarten, da der Dämon

MAGISCHER GEGENZAUBER

ständig Einfluss auf die Gedanken und Gefühle nimmt und dadurch die Sucht steigert. Auch Epileptiker[80] haben in der Regel verstorbene Seelen und/oder einen Dämon in der Aura. Ihr Scheitel-Chakra[81] ist zu weit geöffnet und lässt fremde Wesen in ihr Energiefeld eindringen.

Während unserer langjährigen Arbeit haben wir festgestellt, dass dämonische Besetzungen nicht nur in der Aura, sondern auch im Körper selbst stattfinden können. Solche Besetzungen sind selbst für einen Hellsichtigen, der einen Dämon in der Aura sehr wohl als dunkles Wesen wahrnimmt, nicht so leicht zu erkennen. Viel Erfahrung gehört dazu, sich von diesen negativen Wesen nicht täuschen zu lassen. Mit Erstaunen stellten wir fest, dass fast jeder Krebskranke einen Dämon im Körper (nicht in der Aura) hat. Nicht umsonst werden Schwerkranke bei den Naturvölkern zuerst einmal vom „bösen Geist" befreit, bevor der Schamane dann seine Heilkräuter zum Einsatz bringt.

Eine ausgesprochen niederträchtige Art, jemandem zu

---

80 Fallsüchtige
81 Energiezentrum auf dem Schädeldach) – Bilder: Ritualmasken aus Sri Lanka, werden von buddhistischen Schamanen zur Dämonenaustreibung/Heilung eingesetzt.

SCHWARZE MAGIE UND SATANISMUS

schaden, besteht darin, einem Dämon zu befehlen, einen Menschen systematisch durch Besetzen zu zerstören. Ein Schwarzmagier, der anderen Menschen auf diese Weise Schaden zufügt, braucht sich über die Folgen seiner Tat für sein Karma[82] nicht zu wundern.

Die Störungen bei dämonischen Besetzungen können sehr unterschiedlich sein. In der Regel ist eine Zunahme von Aggressionen zu beobachten. Aber auch Ängste und Depressionen können vermehrt in Erscheinung treten. Pechsträhnen, Unfälle, ein innerer Zwang, Dinge zu tun oder zu sagen, die man eigentlich gar nicht möchte, innere Stimmen, Schmerzen ohne medizinischen Grund bis zu schweren Krankheiten sind möglich.

Besteht begründeter Verdacht einer dämonischen Besetzung, kann nur ein erfahrener Exorzist[83] helfen. Nur ein Magier, der von den Geistwesen respektiert und geachtet wird, ist in der Lage, einen Dämon zu exorzieren. In vielen Ländern gibt es Schamanen und Magiere, die sich dieser für den Exorzisten zum Teil lebensgefährlichen Aufgabe widmen. Auch die katholische Kirche hat ihre Exorzisten, was in der Öffentlichkeit in unserem aufgeklärten Zeitalter nicht so gerne zugegeben wird. Allerdings kamen die kirchlichen Exorzisten in der Vergangenheit öfters zu Schaden, was gar bis hin zum Verlust ihres Lebens führte. Deshalb kommen nur noch wenige Exorzisten

---
82 Schicksal in folgenden Leben
83 Dämonenaustreiber

MAGISCHER GEGENZAUBER

aus kirchlichen Kreisen. Es reicht eben bei weitem nicht aus, bestimmte Gebete zu rezitieren, wenn man selbst energetisch nicht stark genug ist.

Ein mir bekannter Heiler in Sri Lanka hat sich auf das Exorzieren von Dämonen spezialisiert, die von Schwarzmagiern in Form von tödlich giftigen Schlangenbissen auf Menschen gehetzt wurden. Er konnte schon vielen Menschen das Leben retten. Er arbeitet mit bestimmten Mantras[84]. Um den Dämon auszutreiben, muss er das positive Gegenstück des schwarzmagischen Mantras kennen, das der Schwarzmagier verwendet hat. Das ist wie Gift und Gegengift.

Jeder Exorzist entwickelt mit der Zeit seine ganz eigene Methode zu arbeiten. Es spielt dabei keine Rolle, welcher Religion er angehört. Er kann Buddhist, Mohammedaner, Christ, Hinduist oder Anhänger einer Naturreligion sein. Manche Exorzisten versetzen sich in Trance, manche vollführen stundenlange Tänze und Rituale. Wir selbst bevorzugen die ruhige Art zu arbeiten. Nicht jedem Klient teilen wir mit, dass er gerade von einem Dämon befreit wurde, weil dies neue Ängste wecken würde. Dies wiederum würde das gerade stabilisierte Energiefeld wieder schädigen.

Wenn die professionelle Arbeit des Exorzisten getan ist, sollte sich der Befreite selbst an die Arbeit machen und sein Leben ordnen, seinen Charakter veredeln, sein

---

84 Anrufungen, vgl. S. 196

SCHWARZE MAGIE UND SATANISMUS

Energiefeld stärken und harmonisieren. Nur so ist er vor erneuten Zugriffen sicher. Ist der Klient nicht bereit, zu lernen und an sich zu arbeiten, war die mühevolle, enorm anstrengende Arbeit des Exorzisten umsonst. Der Dämon findet dann den Weg zurück.

Der größte Feind des Dämons ist die Liebe. Damit ist nicht Sexualität, sondern die reine selbstlose Herzensliebe gemeint. Was liegt also näher, als diese reine Herzensenergie in uns zu entwickeln und zu fördern? Dabei kann das von uns für Sie magisch geladene Schutzamulett mit dem Symbol aus Kelch und Schwert[85] oder ein von uns individuell in Handarbeit angefertigtes und magisch geladenes Dryade-Schutzengel-Amulett[86] behilflich sein. Nachfolgend nun eine Übung zur Erweckung der Herzensenergie.

Übung: Erwecken der reinen Herzensenergie

Nehmen Sie sich ab und zu etwas Zeit für sich, um in die Stille zu gehen und zu sich selbst zu finden. Am besten funktioniert dies, wenn Sie sich in Ihrem Kalender einen regelmäßigen festen Termin einplanen, der nur Ihnen alleine gehört, eine Zeit der Stille und Besinnlichkeit. Richten Sie sich in Ihrer Wohnung eine Ecke ein, in die Sie sich zurückziehen und sich geborgen und wohl fühlen

---

85 siehe Anhang
86 zu bestellen über die Kontaktadresse im Anhang

können. Entzünden Sie eine (geweihte) Kerze. Lassen Sie Ihrer Duftlampe ätherisches Rosenöl entströmen. Seien Sie sich selbst dieser Kostbarkeit wert: Echtes ätherisches Rosenöl öffnet das Herz-Chakra. Bitte verwenden Sie kein synthetisches Rosenöl, es ist absolut wirkungslos. Wenn Sie wollen, können Sie eine meditative Musik im Hintergrund spielen lassen.

Praxis: Begeben Sie sich in eine entspannte Position, das kann sowohl liegend als auch sitzend sein. Schließen Sie Ihre Augen. Atmen Sie einige Male tief ein und aus. Mit jedem Atemzug vertieft sich Ihre Entspannung. Konzentrieren Sie sich nun auf Ihr Herz-Chakra (in Höhe der Lunge). Stellen Sie sich vor, dass Sie nun nicht mehr nur durch die Nase ein- und ausatmen, sondern zusätzlich atmet Ihr Herzchakra durch die Haut in Ihren Körper ein und aus. Atmen Sie auf diese Weise ca. eine Minute lang. Stellen Sie sich nun einen rosaroten Nebel um sich herum vor. Atmen Sie nun diesen Nebel in Ihr Herz-Chakra ein. Ein Gefühl von Harmonie und Ausgeglichenheit begleitet Ihre Atmung. Ihr Herz-Chakra schwingt nun allmählich in der Frequenz der Liebe. Versuchen Sie dieses wunderbare Gefühl wahrzunehmen. Verströmen Sie nun das Gefühl der selbstlosen Liebe im ganzen Raum. Dehnen Sie es aus auf die ganze Wohnung, die ganze Stadt und schließlich um den ganzen Erdball. Mit jedem Atemzug den Sie durch Ihr Herz-

SCHWARZE MAGIE UND SATANISMUS

Chakra vornehmen, vermehrt sich die Herzensenergie, und Sie können Sie weiter verschenken. Tun Sie dies solange Sie Lust dazu haben und kommen dann wieder mit Ihrer Aufmerksamkeit zurück in den Raum, in dem Sie sich befinden.

Diese Herzensenergie können Sie auch unterwegs im Bus, im Kaufhaus oder der Fußgängerzone verströmen, überall dort, wo sich viele Menschen aufhalten, dann natürlich nicht mit geschlossenen Augen. Solche Energieanhebungen lassen sich ganz unauffällig durchführen und dienen dem allgemeinen Wohlbefinden.

Es gibt im Exorzismus[87] eine Vielzahl von Vorgehensweisen. Es ist jedoch nicht alleine die Methode oder das Ritual, das wirkt, sondern in erster Linie die Stärke und Autorität des Exorzisten, die zu einem positiven Ergebnis führt. Hier folgt dazu ein alter überlieferter Lehrtext aus Tibet[88]

---

87 Austreibung
88 Zitat aus: Galerie Tibet, www.thangka.de

MAGISCHER GEGENZAUBER

Medizinisches Lehrthangka
Dämonische Besessenheit – Divination[89]

Das letzte Thema der Urinanalyse, die Untersuchung von Urinproben auf dämonische Aktivität, wird auf dieser Tafel fortgesetzt. Nach der Untersuchung des Urins nach Art der auf der vorherigen Tafel vorgestellten Methode sind weitere Methoden anzuwenden, durch die die Natur der dämonischen Art noch genauer bestimmt werden kann. Dazu beobachtet man den Oberflächenfilm der Probe, die für längere Zeit unberührt stehengeblieben sein muss, wenn er von den ersten Strahlen der aufgehenden Sonne gestreift wird. Nachdem er so das übernatürliche Wesen, das für die Krankheit des Patienten verantwortlich ist, identifiziert hat, muss der Arzt zur Beseitigung der Ursache des Leidens die entsprechenden Rituale durchführen.

Die tatsächliche Entlarvung der Dämonen sollte anhand der Sektoren in der Divinationstafel des Schildkrötenpanzers für Proben männlichen und weiblichen Urins entsprechend erfolgen. Bei männlichem Urin kann es sein, dass der südöstliche Sektor der Götter enthüllt, dass verschiedene Dämonen die täuschende Verkleidung von Göttern angenommen haben. Das zeigt sich am Bild eines Skorpions, eines Hirschgeweihs, einer Lichtsphäre, der Sonne, eines Pfeils, einer Spindel, eines Mauselochs oder eines Büffels.

---

[89] Weissagung

SCHWARZE MAGIE UND SATANISMUS

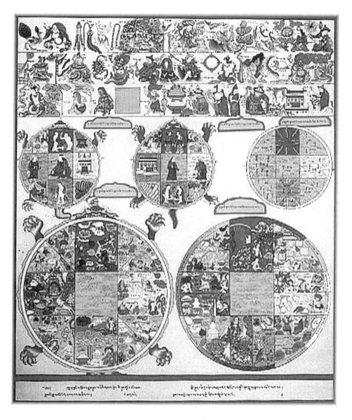

Thangka mit Divinationstafeln zur Erkennung von Krankheiten

Ähnlich kann der nordöstliche Sektor der Dämonen schädliche Aktivitäten aufgrund des Zorns der Götter enthüllen, die sich als Dämonen getarnt haben, was sich an Bildern im Urin zeigt, die an einen Speer, einen Wacholderstamm oder eine Lotosblume erinnern. Die entsprechenden Rituale müssen sich daher an die tatsächlichen und nicht an die vorgetäuschten Übeltäter richten. Wird die Urinprobe einer Frau untersucht, ist die Anordnung der Sektoren im Gitter wieder spiegelbildlich von der des Mannes. So würden hier die täuschenden Dämonen, die sich als Götter tarnen, im südwestlichen Sektor festgestellt und die zornigen Götter in der Verkleidung von Dämonen im nordwestlichen Sektor.

Die drei übrigen Divinationstafeln zeigen die Divinationstafeln gemäß der Abhandlung „König des Mondes" (zla-ba'i rgyal-po). Die Tafel unten links ist unter dem Namen „Vier Yakhaar-Strähnen" bekannt (re-thag-bzhi), weil die Sektoren nicht nur von zwei vertikalen und zwei horizontalen Achsen geteilt werden, wie die vorher beschriebenen, sondern auch noch von vier diagonalen Fäden, wodurch die Karte in zwölf statt neun Sektoren eingeteilt wird. Wie zuvor ist auch hier das Zentrum unwesentlich. Es gibt drei östliche, südliche, westliche und nördliche Sektoren, die entsprechend mit Frühling, Sommer, Herbst und Winter assoziiert werden. In jedem der zwölf Sektoren verweisen Urinblasen, Oberflächenfilm und Sediment auf den schädlichen Einfluss unterschiedlicher Dämonen und daraus folgender Krankheiten. Nach einer anderen Analysemethode sind Schleimstörungen mit den oberen Sektoren, Gallestörungen mit den mittleren und Windstörungen mit den unteren Sektoren verbunden.

ERSTE HILFE BEI EINEM SCHWARZMAGISCHEN ANGRIFF

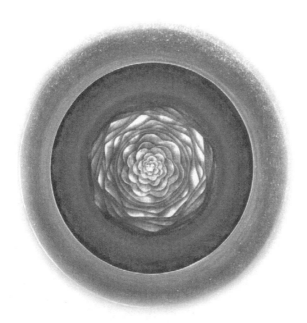

WIE VOM BLITZ GETROFFEN –
DER ÜBERRASCHENDE SCHWARZMAGISCHE ANGRIFF

Das Wichtigste in diesem Fall ist erst einmal: Ruhe bewahren! Wenn Sie jetzt in Angst und Panik ausbrechen, hat der Angreifer leichtes Spiel, ohne sich große Mühe geben zu müssen, denn Sie schwächen sich dadurch selbst. Mit wenig Kräfteaufwand kann er dann sein Zerstörungswerk fortsetzen bis er sein Ziel erreicht hat.

In Asien, Afrika und in Südamerika, wo Schadzauber jedem in der Bevölkerung ein lebendiger Begriff ist, wird ganz gezielt mit der Angst gearbeitet. In Peru zum Beispiel legt der Schwarzmagier Fischinnereien vor die Tür des Opfers. Jeder in Peru weiß, dass dies das Zeichen für einen Schadenszauber ist. Das Opfer gerät in Panik und die halbe Arbeit ist schon getan.

Bild: Wanga, ein von einem Voodoo-Schwarzmagier zusammengestellter und aufgeladener Fetisch, der mit der Angst des Opfers arbeitet.

MAGISCHER GEGENZAUBER

In einem solchen Fall wäre es äußerst hilfreich, wenn Sie Ihre Aura bereits durch die von uns hier vorgeschlagenen Übungen soweit gestärkt hätten, um einen Energiepuffer zwischen sich und dem Angreifer zu haben. Falls Sie Ihr Energiefeld noch nicht gestärkt haben, brauchen Sie trotzdem keine Angst zu haben, wir geben Ihnen nun verschiedene Möglichkeiten an die Hand, um den Angriff abzuwehren. In Zukunft werden Sie dann sicher für Ihr Kraftfeld sorgen.

Die folgenden Vorschläge können einzeln und auch in Verbindung miteinander angewendet werden.

Übung: Hilfe durch das Element Wasser

Wasser ist einer der besten Trägersubstanzen für energetische Informationen. Dies können wir uns zunutze machen, um schädliche Energien zu binden und zu beseitigen:

Halten Sie Ihre Hände unter fließendes Wasser und visualisieren Sie (stellen Sie es sich bildlich vor), dass die Energien des magischen Angriffs in das Wasser abgeleitet und fortgespült werden.

Übrigens können Sie auf diese Weise jede Art von Fremdenergie wieder loswerden. Haben Sie schon einmal jemandem die Hände geschüttelt, der Ihnen ganz unsympathisch war? Sehen Sie, das wäre zum Beispiel ein guter Grund, sich die Hände zu waschen. Menschen,

ERSTE HILFE BEI EINEM SCHWARZMAGISCHEN ANGRIFF

die viel mit Kranken zu tun haben, zum Beispiel Krankenschwestern, Physiotherapeuten, Psychotherapeuten, Heilpraktiker und Ärzte, sollten sich die ableitende Eigenschaft des Wassers zunutze machen, viele tun es ja bereits aus „hygienischen" Gründen und rein instinktiv.

Wir selbst leiten nach jeder energetischen Behandlung die Energien, die wir von unseren Klienten aufgenommen haben, über Wasser ab. Haben wir einmal einen zeitlichen Engpass oder kein Wasser zur Hand, schütteln wir die Hände, als ob wir Wasser abschütteln wollten. Würden wir diese Reinigung vernachlässigen, hätten wir nach kürzester Zeit selbst mit Krankheiten zu rechnen.

Noch wirksamer als Händewaschen ist das Abduschen des ganzen Körpers, wobei Sie sich wiederum vorstellen, wie die negativen Energien abgespült werden. Falls ein magischer Angriff andauert, verlassen Sie Ihre Wohnung und durchqueren Sie einen Bach oder Fluss. Sie kennen das sicher aus Filmen, wenn der von Suchhunden Verfolgte durch einen Fluss watet und von seinen Häschern nicht mehr gefunden wird. Verwischen Sie auf diese Weise Ihre energetische Spur, und lassen Sie wieder mit Ihrer ganzen Überzeugung und Vorstellungskraft das Wasser für Sie arbeiten. Es wird die negativen Energien mit sich nehmen.

Übung: Der dreidimensionale Schutzkreis

Mit dem dreidimensionalen Schutzkreis können Sie eine schützende Hülle um sich ziehen, die Sie vor weiteren energetischen Angriffen schützt.

- Stellen Sie sich ein flammendes Leuchtfeuer vor, das aus Ihrem rechten ausgestreckten Zeigefinger schießt. Der ganze Arm ist nach vorne ausgestreckt. Drehen Sie sich dreimal im Uhrzeigersinn um Ihre eigene Achse, während Sie die flammende Energie um sich ziehen. Dann schlagen Sie dreimal einen leuchtenden Kreis vom linken Arm über den Kopf nach rechts und unter den Füßen durch zurück nach links. Anschließend ziehen Sie die Energie noch dreimal von den Fußsohlen über die Fersen hinten über den Rücken nach oben, über den Kopf nach vorne, über die Brust wieder nach unten zu den Fußzehen und wieder unter die Fußsohlen.

- Dieser dreidimensionale Schutzkreis ist im Grunde eine goldene Kugel, in der Sie nun stehen. Stellen Sie sich dabei vor, dass nichts Negatives diese goldene Kugel zu durchdringen vermag.

- Rufen Sie den Erzengel Michael mit seinem Feuerschwert. Rufen Sie einfach seinen Namen dreimal in jede Himmelsrichtung und stellen Sie sich vor, dass er in vierfacher Ausführung um Sie herum steht, die Spitze seines flammenden Feuerschwerts nach außen gerichtet – keinen Angreifer durchlassend. Wenn Sie nicht alleine sind, können Sie Michael auch in Gedanken rufen.

Übung: Lachen

Lachen Sie laut und herzhaft. Das ist kein Scherz, denn wer lacht, erzeugt eine Menge Glückshormone. Dadurch sendet er positive Energien aus und kann nicht gleichzeitig vor Angst wie gelähmt sein. Angst fördert und verstärkt alles Negative. – In Amerika stellten Ärzte fest, dass Schwerkranke viel schneller genesen, wenn sie lachen und fröhlich sind.

SCHUTZ DURCH SYMBOLE UND AMULETTE

DAS SATOR-QUADRAT

Das SATOR-Quadrat ist wohl eines der am meisten untersuchten Palindrome[90] überhaupt. Schon immer deuteten unterschiedlichste Gruppierungen vielfältigste Wirkungsweisen und Deutungsmöglichkeiten in dieses Quadrat hinein.

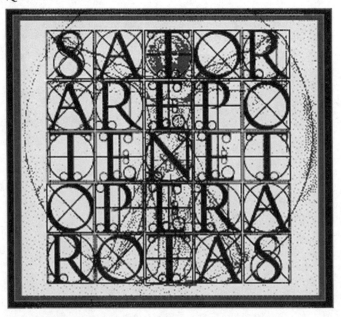

---

90 Wort/Satz, das/der vorwärts und rückwarts gelesen werden kann

ERSTE HILFE BEI EINEM SCHWARZMAGISCHEN ANGRIFF

Der Ursprung des Quadrats ist ein Mysterium. Niemand weiß, wo es entstanden ist, geschweige denn, wer es entworfen hat. Der älteste belegte Fund stammt aus Pompeji, wo es auf einer verbrannten Tontafel (ca. 75 v. Chr. – siehe S. 144) abgebildet ist. Nicht belegte Behauptungen besagen, dass das SATOR-Quadrat auf ägyptischen Papyrusrollen gefunden worden sei oder gar persischen Ursprungs sein soll. Im Laufe der Zeit wurden in allen eurasischen[91] Ländern immer wieder Funde von Steintafeln, Amuletten und anderen Zeugnissen seiner Geschichte gemacht.

Die älteste Überlieferung (ca. 2000 v. Chr.) geht davon aus, dass die mit dem Quadrat – besser: mit der Buchstaben-Mystik desselben – verknüpfte Energie mit der persischen Gottheit Mithras verbunden ist. Diese Gottheit erschien normalerweise als Humanoid[92] mit einem Löwenkopf und Flügeln. Mithras war der Verteidiger des Lichtes und der Wahrheit und der Gegner der Dunkelheit und des Bösen. Er wurde im alten Pompeji angebetet, wo man seiner Energie einen Bullen opferte und in dessen Blut badete. Mithras wurde oft als „Unser Vater" und als Gott des Lichtes zitiert, der den Anfang und das Ende in Händen hält. Ganz so wie wir nun, 4000 Jahre später, Christus ansehen.

Mit diesem Hintergrundwissen stellt sich nun dem auf-

---

91 Eurasien = EURopa + ASIEN/Vorderer Orient
92 humanoid: von menschenähnl. Gestalt

merksamen Leser die Frage, wie ein paar Buchstaben in der Lage sein sollen, Brände zu verhindern, die Pest zu bekämpfen, Darmgicht, Tollwut und andere Krankheiten zu heilen (weit verbreiteter Glaube im Mittelalter) – ja sogar vor Dämonen zu schützen. Weiterhin sagt man dem Quadrat nach, dass es, auf den eigenen Körper geschrieben, das Ego stärkt und Angriffe, die z.B. in Worten erfolgen, einfach abprallen lässt. Aber auch bei schwarzmagischen Angriffen soll es seinen Träger schützen, da von ihm besonders starke positive Energie ausgeht.

Das SATOR-Quadrat entspringt im Ursprung einer Art Kreuzworträtsel. Jeder Buchstabe von A-Z erhält einen Zahlenwert. Die große Kunst bestand nun darin, die einzelnen Buchstaben so zusammenzustellen, dass

die Summe aller addierten Buchstaben senkrecht wie auch waagrecht immer das gleiche Ergebnis hatte. Doch noch eine zweite Besonderheit zeigt sich in dem Quadrat. Alle Wörter lassen sich von links nach rechts, von rechts nach links, unten nach oben, usw. lesen und ergeben immer wieder einen Sinn. Interessanterweise sollte man hier anmerken, dass das Wort TENET nicht ganz diesen alphanumerischen Symbolen entspricht.

ERSTE HILFE BEI EINEM SCHWARZMAGISCHEN ANGRIFF

Es bildet ein vierpoliges Kreuz mit einem „N" in der Mitte. Hier sei nur kurz angemerkt, dass ausgerechnet dieser Buchstabe im bekannten Kryptogramm[93] der Templer[94] ebenfalls eine verblüffende Zentralstellung einnimmt. Das N steht in der Mitte des Kreuzes, symbolisiert durch ein X.

Welche Bedeutung hat nun das N? Es ist der Buchstabe für die Kraft zur geistigen Verwirklichung, den Durchbruch. Das Himmelszeichen der Fische ist ihm zugedacht[95]. Bis zu diesem Punkt kann man guten Gewissens sagen, dass das ursprünglich aus dem Lateinischen kommende Symbol eine sehr positive Schwingung und Ausstrahlung auf seinen Träger oder den mit ihm verbundenen Gegenstand (z.B. Haus) hat. Doch wie immer, wenn Mystik und Wissenschaft aufeinandertreffen, scheiden sich die Gelehrten. So gibt es Theorien, die besagen, dass im Quadrat die Worte „Pater Noster" (Vater unser), das [christliche] Kreuz (Tenet) und die Worte „Alpha" und „Omega" (Anfang und Ende) integriert sind.

Letztendlich bleibt unklar, woher das Quadrat eigentlich stammt und welche bedeutende Symbolik die immense Macht des Guten darin offenbart. Aber ist Liebe messbar? Gesichert ist jedoch, dass der ursprüngliche Templerorden, ein mystisch-magischer Ritterbund,

---
93 Wortbild mit verschlüsselter Bedeutung
94 kurz für „Tempelritter", ursprüngl. Kreuzritterorden, später Geheimgesellschaft
95 s.a. Rudolf Steiner, Lauteurythmiekurs

aufgebaut nach dem Vorbild der Artus-Runde und mit gnostisch-urchristlicher Ausrichtung, sein Zeichen, das Kreuz, aus diesem SATOR-Quadrat bildete.

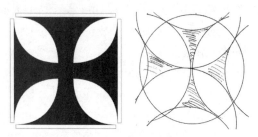

Bild links: Kopten-/Templerkreuz
Bild rechts: Kopten-/Templerkreuz in der Blume des Lebens

Die Templer kannten die große Schutzmacht, die hinter dem Quadrat und seinen Worten verborgen ist. Doch unabhängig von dem, was Lexika zu berichten haben, verlassen wir uns lieber auf unsere eigene Erfahrung. Es steht fest, dass das SATOR-Quadrat die exakte Auflösungsenergie zum Quadrats Satans enthält. Beobachtet man die Aura des SATOR-Quadrats, so kann man eine rosa Farbschwingung erkennen. Rosa steht für die Liebe, die aus dem Herzen kommt.

Bei einer durch schwarzmagische Attacken verursachten Krebserkrankung eines Bekannten konnten wir an bestimmten Stellen innerhalb der Aura des Betroffenen schwarze Energiewolken feststellen. Diese schwarzmagische Energie, die den Tod unseres Bekannten herbeiführen sollte, löste sich in Sekundenschnelle auf, nachdem wir das SATOR-Quadrat einfach auf ein weißes Stück Papier malten und ihm in die Aura hielten. Wir fertigten dann ein spezielles Dryade-Schutzengel-Amulett mit verschiedenen Engelssiegeln und dem SATOR-Quadrat an, was zur Folge hatte, dass die Schmerzen unseres Freundes schnell nachließen.

Anwendung des SATOR-Quadrats

1. Zeichnen Sie ein Pentragramm in das Quadrat und kleben Sie ein Foto von sich in dessen Mitte.[96]
2. Zeichnen Sie das SATOR-Quadrat[97] auf, und tragen Sie es bei sich, z.B. in einem Beutel.
3. Bringen Sie das Quadrat unauffällig über Ihrer Hauswand an.
4. Zeichnen oder sticken Sie das SATOR-Quadrat auf ein großes Laken und legen Sie es unter Ihren Schlafplatz

---

96 Genaue Anweisungen dazu finden Sie in unserem Gegenzauber-Set, das Sie über die Adresse im Anhang bestellen können.. Das gesamte Set wurde von uns zusätzlich in einem Ritual mit Schutzkraft aufgeladen.
97 Siehe auch Kapitel *Henna*

KELCH UND SCHWERT

Das Amulett aus unserem Gegenzauber Set

Dieses Amulett wurde von uns in der abgebildeten Form durch die Inspiration unserer geistigen Führung entworfen[98]. Es symbolisiert den Heiligen Gral, den Kelch der Schwestern Avalons und das Schwert Excalibur, das einst der Druidenkönig Artus Pendragon trug, dessen Namen, Pendragon, es auch in Runenform trägt. Das Amulett verbindet den Träger mit den Ebenen der sogenannten Meister der Weißen Bruderschaft[99], die es sich zur Aufgabe machten, durch eigene Aufopferung die Menschen in spirituelle Freiheit und Wissen zu führen. Weiterhin stellt es die Verbindung mit Weisheit und Kraft her und soll die „Spirituelle Kriegerschaft", d.h. den Willen zum Kampf um inneres Wachstum im Men-

---

[98] Das Amulett, das Bestandteil des Gegenzauber-Sets ist, wurde von uns magisch geladen und aktiviert. Dort finden Sie auch eine nähere Beschreibung.

[99] deren geistiger Sitz Shamballa ist

ERSTE HILFE BEI EINEM SCHWARZMAGISCHEN ANGRIFF

schen fördern. Das Amulett bietet Schutz vor negativen Energien aller Art. Aurasichtige Menschen erkennen um dieses Amulett eine besonders weite Ausstrahlung in den Farben Gold und Blau!

DRYADE-SCHUTZENGEL-AMULETT

Hierbei handelt es sich um ein magisches Lebens-, Schutz-, Heil- und Erfolgsamulett der Elfin[100] und Druiden. In diesen besonderen Holzamuletten aus ausgesuchten Holunderbäumen befindet sich ein lebender Baumgeist, Dryade genannt, der sich freiwillig dazu bereit erklärt hat, den

---

[100] sg. Elf, pl. Elfin

MAGISCHER GEGENZAUBER

Menschen zu helfen. Dieses hochentwickelte Naturwesen ist viele tausend Erdenjahre alt. Es ist in der Lage, dem Träger sein Wissen mitzuteilen. Es öffnet energetische Kanäle im feinstofflichen und grobstofflichen Körper des Trägers.

Diese hohe Intelligenz aus dem Naturreich sollte mit viel Liebe, Achtung und Freundschaft behandelt werden, denn der Besitz einer Dryade ist etwas Besonderes und Einmaliges. Dryaden haben einen freien Willen, man kann sie um Hilfe bitten, jedoch niemals zu einer missbräuchlichen Tat überreden oder gar zwingen.

Die Symbole auf einem solchen Amulett bieten zusätzliche Hilfe von Engeln verschiedener Planetenhierarchien, die sich ebenfalls bereit erklärt haben, gemeinsam mit der Dryade dem Menschen auf wirksamste Weise zu helfen. Sie sind unsere Schutzengel, die unser Aurasystem stärken und schützen sowie auch geistige Schulung über unsere Intuition gewähren.

Die von uns mit viel Liebe individuell hergestellten magischen Dryade-Schutzengel-Amulette sind über viele Generationen vererbbar, solange sie nicht missbraucht werden. Nur sehr wenige Schamanen bzw. Magiere weltweit haben die Kenntnis, solche Amulette herzustellen. Dabei haben die Amulette durchaus nichts mit Aberglauben oder Plazebo-Effekt zu tun. Durch ein von uns hergestelltes Amulett werden tatsächliche Verbindungen zu verschiedenen geistigen Ebenen und positiven Wesenheiten (Engeln) geknüpft, die physikalisch z.B. durch Biofeedbackverfahren[101] oder kinesiologisch[102] gemessen und nachgewiesen werden können. Hellsichtige Menschen nehmen bei einem Träger eine deutlich verstärkte Aura und einen goldfarbenen Lichtkranz, ähnlich einem Heiligenschein wahr. Empfindsame Menschen spüren beim Berühren des Amuletts ein starkes Kribbeln oder Beben. Einige unserer Schüler und Klienten sind in der Lage, sich mit den Dryaden oder Engeln zu verständigen und erhalten so wertvolle Hinweise oder Unterricht durch die Geistige Welt.[103]

TALESIN ENERGIETHERAPIE-CHIP

Die Talesin[104]-Chips[105] sind acht verschiedene ca. zwei cm große hochwirksame Energieträger, die mit kabbalistischen Heilfrequenzen[106] aufgeladen wurden. Die einzelnen Talesin-Chips wirken auf das feinstoffliche Körpersystem des Menschen anregend und zugleich ausgleichend ein

---

101 bewußte Kontrolle von Körperfunktionen durch mikroelektronische Geräte
102 Meßmethode, die mit der Muskelspannung, dem Tonus, arbeitet.
103 Nähere Informationen zur individuellen Anfertigung dieser Amulette erhalten Sie über die Alrunia-Mysterienschule, siehe Anhang.
104 anderer Name von Merlin, dem Magier, wobei Merlin als Titel des Oberdruiden und nicht als Einzelperson zu sehen ist.
105 Momentan nicht im freien Handel erhältlich. Für weitere Informationen wenden Sie sich bitte an die Autorin.
106 kabbalistische Urtöne – siehe das Kapitel *Die heilige Kabbalah* S. 50

MAGISCHER GEGENZAUBER

und regen es in seiner Eigenfrequenz zu einer höheren feinstofflichen Elektronenschwingung an. Störungen und Blockaden des Energieflusses im feinstofflichen System können sanft aufgelöst werden, sodass alles wieder harmonisch fließen kann.

Eine Vielzahl von Versuchen hat gezeigt, dass das bloße Berühren einer unserer Energie-Chips das eigene Aurafeld in der Abstrahlungsgröße etwa verzehnfacht. Dies ist normalerweise nur nach langem Durchführen beispielsweise spiritueller Yoga-Übungen möglich. Selbst beim Ablegen des Chips bleibt die Größe der Aura noch einige Zeit erweitert. Es hat sich auch gezeigt, dass besonders starke negative geistige Einflüsse während des Tragens eines Chips (insbesondere von Chip Nr. 1) abgewiesen werden und die eigene Aura stabil bleibt. Dadurch war zu erkennen, dass die Wirkungsweise über den Ursprungsgedanken bei der Entwicklung der Chips – die Selbstheilungsprozesse in der Seele und im grobstofflichen Körper anzuregen – hinausgeht, es sogar schädliche Fremdeinflüsse massivster Art weitgehend abhält.

Die inzelnen Chips können nach den bekannten Bioresonanzmethoden[107], mittels der Radiästhesie[108], der Kinesiologie[109] oder nur der Beschreibung nach für den jeweiligen Einsatz ausgewählt werden. Die feinstoffliche

---

[107] Biofeedback, Radionik, Radiästhesie, Informationstherapie nach Vega
[108] Auspendeln/Wünschelrute
[109] Austesten mit Muskeltonus

ERSTE HILFE BEI EINEM SCHWARZMAGISCHEN ANGRIFF

Information eines jeden Chips kann mittels Geräten der Informationstherapie[110], Bioresonanz[111] und via Orgonstrahler[112] auf Lebewesen und Nahrungsmittel übertragen werden. Einige Menschen tragen einen oder eine Kombination von Chips bei sich, wobei hier gilt: Weniger ist oft mehr!

Jedem Arzt und Therapeuten möchte ich empfehlen, während seiner Arbeit in der Praxis, den Chip Nr. 1 oder 4 ständig bei sich zu tragen. Dies stärkt die eigene „Schutzwand" des Therapeuten vor den Krankheitsschwingungen

---

110 Die System-Informations-Therapie, die zum Teil in (noch nicht) meßbaren Bereichen arbeitet, ist das Ergebnis einer konsequenten Weiterentwicklung, basierend auf den Erkenntnissen von Samuel Hahnemann (1755 - 1843). In der von ihm begründeten Homöopathie wirkt ein Medikament hochwirksam jenseits der Potenzen D20 – D22. Nach der Loschmidt'schen Zahl, die die Anzahl der Moleküle mit $6,02 \times 10^{23}$ in ein MOL (= Molekulargewicht eines Stoffes in Gramm) angibt, dürfte in diesen Potenzbereichen bei Übereinstimmung der theoretischen Zahl mit der tatsächlichen nicht ein Molekül des Arzneiausgangsstoffes vorhanden sein. Wenn also eine Potenz höher als D22 noch wirkt – teils sogar wirksamer als niedrigere Potenzen – so ist dies mit Sicherheit nicht mehr die Chemie, die Ausgangssubstanz, auf die diese Wirkung zurückzuführen ist. In Ermangelung von physikalischen Geräten hat Hahnemann sich der Verdünnung (mit Wasser oder Alkohol) und Verschüttelung bedient. Die unbestrittene Wirkung der Homöopathie – seit 200 Jahren im praktischen Einsatz – ist bis heute naturwissenschaftlich nicht erklärbar. Hahnemann selbst spricht in der „Heilkunde der Erfahrung" (1805) von Reiz und Gegenreiz. Die Homöopathie steht und fällt mit der Simile-Regel. „Similia similibus curentur" – wähle, um sanft, schnell und dauerhaft zu heilen, in jedem Krankheitsfalle eine Arznei, welche ein ähnliches Leiden für sich erregen kann, als sie heilen soll! (Der Leser wird sich an diese „Simile-Regel" erinnern, wenn im Folgenden vom individuellen Frequenzspeicher (IFS) des VEGASELECT-Gerätes die Rede sein wird.) Man könnte die Homöopathie auch als eine spezifische Reiz- oder Regulationstherapie bezeichnen, die vorzugsweise mit Schwellenreizen und für die objektive Registrierung oft sogar mit unterschwelligen Reizen arbeitet. Heilung ist, so verstanden, immer Selbstheilung im Sinne dieser Eigentätigkeit.
111 anderer Begriff für Informationstherapie
112 Gerät zum Speichern und Angeben von Lebensenergie

seiner Patienten bzw. Klienten. Besonders empfindsame Menschen werden spüren, wie lange der Chip guttut, was er bewirkt und ob eine eventuelle Überladung bei zu langem ununterbrochenen Tragen möglich ist. Ich selbst trage den Chip Nr. 1 fast täglich in einem Beutel auf Brusthöhe.

CHIP INDIKATION

1 **Schutz vor negativer Beeinflussung von Außen**
   - Unterstützt bei allen physischen und psychischen Beschwerden, mangelnder Lebensfreude
   - Erfolglosigkeit im Alltag
   - Vereinsamung
   - Bei allen schweren Erkrankungen unterstützend wie Krebs, Aids

2 **Unausgeglichenheit von Körper, Seele und Geist**
   - Fördert die eigenen Heilkräfte (beim oftmaligen Auflegen in die Handflächen beider Hände)

3 **Unerklärliche Angstzustände**
   - Unterstützt die Heilung aller Krankheiten, deren Ursache Phobien (krankhafte Ängste) sind
   - Disharmonie des Seelenzustandes

4 **Bei allen schweren Erkrankungen**
- Mangelnde Lebensfreude und Zufriedenheit

5 **Unterstützt den Fluss des elektrischen Lebenskraftstoffs**
- Ist demnach Nahrung für Nerven und Gehirn
- Alle Arten von Nervenerkrankungen, Nervosität, Lähmungen
- Fördert die Aufnahmefähigkeit des Gehirns und alles, was mit dem Intellekt in Verbindung gebracht wird.

6 **Mangelnde Eigenliebe, Selbstakzeptanz, Zufriedenheit, Lebensfreude**
- Dieser Chip trägt eine besondere Energie, durch deren Gebrauch langsam positive Situationen im Alltag geschaffen werden.

7 **Behebt ein gestörtes Verhältnis und Beziehung zur Mutter Erde und Natur.**
- Diese Energie ist eine besondere Verbindung zu dem „Hüter der Erde", den die Hopi Massau nennen. Die Beziehung zwischen Mensch, Erde und Natur wird allmählich ausgeheilt.

8 **Öffnet die oberen Energiezentren des Menschen dem Göttlichen.**
- Fördert Inspiration und spirituelle Ent-

wicklung. Die Energie dieses Chips wurde von „White Eagle", einem der sogenannten aufgestiegenen Meister, inspiriert und unterstützt.

CHRISTLICHES MANTRA – DER ROSENKRANZ

Der Rosenkranz wird seit dem 13. Jahrhundert gebetet. Vor allem die Dominikaner[113] und später die Jesuiten[114] wollten den katholischen Glauben im Volk erneuern und weiter verbreiten. Beide Orden benutzten zu diesem Zweck in der Hauptsache den Rosenkranz. Überall, wo die Jesuiten seelsorgerisch tätig waren, gründeten sie Rosenkranzbruderschaften, die sich zum regelmäßigen Rosenkranzgebet verpflichteten. Sie bestehen zum Teil bis heute. Auch die Päpste, vornehmlich die des 20. Jahrhunderts, empfahlen immer wieder, den Rosenkranz zu beten:

- Leo XIII: „Das Rosenkranzgebet ist die Schule des inneren Menschen."
- Pius XI: „Der Rosenkranz ist ein Abriss der religiösen Wahrheiten."
- Pius XII: „Durch den täglichen Rosenkranz wird

---

113 Mönchsorden mit prachtorientierter Ausrichtung
114 Mönchsorden mit verstandesmäßiger Ausrichtung

die Familie eine irdische Heimstätte der Heiligkeit. Der Rosenkranz wird eine Schule des Lebens. Der Rosenkranz führt in die Tiefen des Evangeliums."
- Johannes XXIII: „Für mich sind die 15 Geheimnisse des Rosenkranzes 15 Fenster, durch die ich von Gott das Licht erhalte, alles zu sehen, was in der Welt vor sich geht."
- Paul VI: „Der Rosenkranz ist ein Abriss des ganzen Evangeliums."
- Johannes-Paul II: „Der Rosenkranz ist unser Lieblingsgebet, das wir an Maria richten."

Man mag gegenüber dem Klerus eine gespaltene Meinung haben, in diesem Punkt kann ich ihn nur bestätigen.

Bei den zahlreichen weltweiten Marienerscheinungen empfiehlt Maria immer wieder eindringlich, den Rosenkranz zu beten. Sie verbindet sich energetisch mit all denen, die den Rosenkranz beten und alle gebeteten Rosenkränze bilden zusammen eine Kette, die das Böse endgültig fesseln wird.

Kaum jemand weiß heutzutage noch, wie der Rosenkranz gebetet wird, oder welchen Sinn und Zweck er erfüllen soll. Und Christen, die den Rosenkranz kennen, beklagen oft seine Eintönigkeit. Sie empfinden ihn als langweilig, monotones Geleier, gedankenlosen Sprechgesang. Doch gerade die Monotonie und der gleichmäßige Gebetsrhythmus des Rosenkranzes machen seinen

Wert aus. Wie bei den hinduistischen Mantras kommt der Betende in einen Trance-ähnlichen Zustand. Dabei öffnen sich spirituelle Tore und verbinden den Betenden mit seinem göttlichen Ursprung.

Zu welchem Zweck kann der Rosenkranz gebetet werden?
- in Notzeiten und wenn man sich bedroht fühlt
- für andere Menschen in Bedrängnis
- bei Krankheit und zur Stärkung
- zur Anhebung der eigenen Energien und zur Anhebung der Energien auf der Erde
- für den Weltfrieden
- für Kinder
- während der Schwangerschaft (Maria begleitet dann Schwangerschaft und Geburt!)
- um sich mit Maria von Nazareth zu verbinden
- um spirituell zu wachsen
- um einem Verstorbenen die Reise ins Licht zu erleichtern (Maria begleitet uns während des Sterbevorgangs und danach. Wenn wir, die Autoren, um Sterbebegleitung gebeten werden, ist stets Maria unsere wichtigste Unterstützung.)

Während der Kindheit unseres Vaters wurde einer seiner Klassenkameraden lebensbedrohlich krank. Damals gab es keine ausreichende ärztliche Versorgung. Die ganze Klasse betete regelmäßig den Rosenkranz für ihn. Unser Vater ist davon überzeugt, dass das regelmäßige Rosenkranzbeten seinem Mitschüler das Leben gerettet hat.

Beim Einmarsch der Alliierten nach dem zweiten Weltkrieg wurde unser Heimatort von Franzosen besetzt, deren Kommandant acht Tage Plünderfreiheit genehmigte. Viele Frauen wurden in diesen acht Tagen gleich mehrfach vergewaltigt. Im Haus unserer Großeltern trafen sich alle, die darin wohnten, zum täglichen gemeinsamen Rosenkranz und wurden verschont.

Wie wird der Rosenkranz gebetet?
Am besten ist es, einen geweihten Rosenkranz zum Beten zu verwenden. Bei jedem Gebet geht man dann mit den Fingern eine Perle weiter. Sie können aber genauso an den Fingern abzählen. Eine Rosenkranzkette lädt sich allerdings durch den ständigen Gebrauch energetisch auf, was dem Betenden wiederum zunutze kommt.

Sie erhalten eine Rosenkranzkette im Kirchenbedarfshandel oder in kleinen Geschäften, die sich neben Wallfahrtskirchen befinden. Bitten Sie einen Pfarrer, Ihren Rosenkranz zu weihen, oder weihen Sie ihn selbst. Dazu nehmen Sie die Kette in die linke Hand. Erheben Sie sich und breiten Sie die geöffneten Hände wie Schalen

MAGISCHER GEGENZAUBER

empfangend nach oben aus. Rufen Sie dreimal: „Ich rufe die Bruderschaft der mystischen Rose. Ich bitte Maria von Nazareth um ihren Segen und ihre Begleitung. Möge dieser Rosenkranz auf immer mit der Energie der reinen Liebe geweiht sein. So sei es." Eventuell können Sie nun den zarten Geruch von Rosen im Raum wahrnehmen

Wir unterscheiden den Freudenreichen Rosenkranz, den Schmerzhaften Rosenkranz und den Glorreichen Rosenkranz. Jeder Rosenkranz besteht aus der Einleitung und fünf „Gesetzen"[115]. Jedes Gesetz umfasst zehn Ave-Maria, in die ein bestimmtes Geheimnis aus dem Leben Jesu eingefügt wird. Jedes Gesetz beginnt mit einem „Vaterunser" und einem „Ehre sei dem Vater". Daran kann noch ein Fatimagebet (siehe *Der freudenreiche Rosenkranz* S. 164) angefügt werden. Entzünden Sie beim Beten eine gesegnete Kerze (Segnung wie beim Rosenkranz).

Die Einleitung aller drei Rosenkranzformen besteht aus folgenden sechs Punkten:

1. Segen im Namen der Dreifaltigkeit
2. Glaubensbekenntnis
3. Ehre dem Vater
4. Vaterunser
5. Ave-Maria 3x mit jeweils wechselndem eingeschobenen Satz
6. Ehre dem Vater

---

[115] im alten Sprachgebrauch „Satz"

ERSTE HILFE BEI EINEM SCHWARZMAGISCHEN ANGRIFF

Rosenkranz: Einleitung

1. SEGEN:
Im Namen des Vaters und des Sohnes und des Heiligen Geistes. Amen.

2. GLAUBENSBEKENNTNIS:
Ich glaube an Gott, den Vater, den Allmächtigen,
den Schöpfer des Himmels und der Erde
und an Jesus Christus, seinen eingeborenen Sohn,
unseren Herrn.
Empfangen durch den Heiligen Geist,
geboren von der Jungfrau Maria,
gelitten unter Pontius Pilatus,
gekreuzigt, gestorben und begraben.
Hinabgestiegen in das Reich des Todes.
Am dritten Tage auferstanden von den Toten,
aufgefahren in den Himmel.
Er sitzt zur Rechten Gottes, des allmächtigen Vaters,
von dort wird er richten die Lebenden und die Toten.
Ich glaube an den Heiligen Geist,
die heilige katholische Kirche,[116]
die Gemeinschaft der Heiligen,[117]
die Vergebung der Sünden,
die Auferstehung der Toten

---

116 bzw. „den urchristlichen Glauben" (Anmerkung d. Verfasser)
117 bzw. „die Weiße Bruderschaft" (Anmerkung d. Verfasser)

und das ewige Leben.
Amen.

3. EHRE DEM VATER
Ehre sei dem Vater und dem Sohn und dem Heiligen Geist
– wie im Anfang so auch jetzt und alle Zeit und in
Ewigkeit.
Amen.

4. VATERUNSER
Vater unser im Himmel,
geheiligt werde dein Name,
dein Reich komme,
dein Wille geschehe
wie im Himmel so auf Erden.
Unser tägliches Brot gib uns heute,
und vergib uns unsere Schuld
wie auch wir vergeben unseren Schuldigern.
Und führe uns aus der Versuchung
und erlöse uns von dem Bösen,
denn dein ist das Reich und die Kraft und die Herrlichkeit
in Ewigkeit.
Amen.

5. AVE-MARIA
Gegrüßest seist du Maria, voll der Gnade.
Der Herr ist mit dir.

ERSTE HILFE BEI EINEM SCHWARZMAGISCHEN ANGRIFF

Du bist gebenedeit unter den Frauen,
und gebenedeit ist die Frucht deines Leibes, Jesus,
DER IN UNS DEN GLAUBEN VERMEHRE.
Heilige Maria, Mutter Gottes,
bitte für uns Sünder
jetzt und in der Stunde unseres Todes.
Amen.

Gegrüßest seist du Maria, voll der Gnade.
Der Herr ist mit dir.
Du bist gebenedeit unter den Frauen,
und gebenedeit ist die Frucht deines Leibes, Jesus,
DER IN UNS DIE HOFFNUNG STÄRKE.
Heilige Maria, Mutter Gottes,
bitte für uns Sünder
jetzt und in der Stunde unseres Todes.
Amen.

Gegrüßest seist du Maria, voll der Gnade.
Der Herr ist mit dir.
Du bist gebenedeit unter den Frauen,
und gebenedeit ist die Frucht deines Leibes, Jesus,
DER IN UNS DIE LIEBE ENTZÜNDE.
Heilige Maria, Mutter Gottes,
bitte für uns Sünder
jetzt und in der Stunde unseres Todes.
Amen.

6. EHRE DEM VATER
Ehre sei dem Vater und dem Sohne
und dem Heiligen Geist
– wie im Anfang, so auch jetzt
und alle Zeit und in Ewigkeit.
Amen.

Der freudenreiche Rosenkranz

1. Gesetz
   1x Vaterunser – siehe Einleitung
   10x Ave-Maria – siehe Einleitung, doch statt dort großgeschriebenem Geheimnis nachfolgendes verwenden:
   DEN DU, OH JUNGFRAU, VOM HEILIGEN GEIST EMPFANGEN HAST.
   1x Ehre dem Vater – siehe Einleitung
   1x Fatimagebet:
   OH *mein Jesus, verzeih uns unsere Sünden,*
   bewahre uns vor dem Feuer der Hölle,
   führe alle Seelen in den Himmel,
   besonders jene, die deiner Barmherzigkeit
   bedürfen.

2. Gesetz – wie 1. Gesetz mit folgendem Jesus-Geheimnis im Ave-Maria:
   DEN DU, OH JUNGFRAU, ZU ELISABETH GETRAGEN HAST.

3. Gesetz – wie 1. Gesetz mit folgendem Jesus-Geheimnis im Ave-Maria:
   DEN DU, OH JUNGFRAU, GEBOREN HAST.

4. Gesetz – wie 1. Gesetz mit folgendem Jesus-Geheimnis im Ave-Maria:
   DEN DU, OH JUNGFRAU, GEBOREN HAST.

5. Gesetz – wie 1. Gesetz mit folgendem Jesus-Geheimnis im Ave-Maria:
   DEN DU, OH JUNGFRAU, IM TEMPEL AUFGEOPFERT HAST.

6. Gesetz – wie 1. Gesetz mit folgendem Jesus-Geheimnis im Ave-Maria:
   DEN DU, OH JUNGFRAU, IM TEMPEL WIEDERGEFUNDEN HAST.

MAGISCHER GEGENZAUBER

Der schmerzensreiche Rosenkranz

1. Gesetz: wie 1. Gesetz „Freudenreicher Rosenkranz" mit folgendem Jesus-Geheimnis im Ave-Maria:
   DER FÜR UNS BLUT GESCHWITZT HAT.

2. Gesetz: wie 1. Gesetz „Freudenreicher Rosenkranz" mit folgendem Jesus-Geheimnis im Ave-Maria:
   DER FÜR UNS GEGEIßELT WORDEN IST.

3. Gesetz: wie 1. Gesetz „Freudenreicher Rosenkranz" mit folgendem Jesus-Geheimnis im Ave-Maria:
   DER FÜR UNS MIT DORNEN GEKRÖNT WORDEN IST.

4. Gesetz: wie 1. Gesetz „Freudenreicher Rosenkranz" mit folgendem Jesus-Geheimnis im Ave-Maria:
   DER FÜR UNS DAS SCHWERE KREUZ GETRAGEN HAT.

5. Gesetz: wie 1. Gesetz „Freudenreicher Rosenkranz" mit folgendem Jesus-Geheimnis im Ave-Maria:
   DER FÜR UNS GEKREUZIGT WORDEN IST.

ERSTE HILFE BEI EINEM SCHWARZMAGISCHEN ANGRIFF

Der glorreiche Rosenkranz

1. Gesetz: wie 1. Gesetz „Freudenreicher Rosenkranz" mit folgendem Jesus-Geheimnis im Ave-Maria:
   DER VON DEN TOTEN AUFERSTANDEN IST.

2. Gesetz: wie 1. Gesetz „Freudenreicher Rosenkranz" mit folgendem Jesus-Geheimnis im Ave-Maria:
   DER IN DEN HIMMEL AUFGEFAHREN IST.

3. Gesetz: wie 1. Gesetz „Freudenreicher Rosenkranz" mit folgendem Jesus-Geheimnis im Ave-Maria:
   DER UNS DEN HEILIGEN GEIST GESANDT HAT.

4. Gesetz: wie 1. Gesetz „Freudenreicher Rosenkranz" mit folgendem Jesus-Geheimnis im Ave-Maria:
   DER DICH, OH JUNGFRAU,
   IN DEN HIMMEL AUFGENOMMEN HAT.

5. Gesetz: wie 1. Gesetz „Freudenreicher Rosenkranz" mit folgendem Jesus-Geheimnis im Ave-Maria:
   DER DICH, OH JUNGFRAU, IM HIMMEL GEKRÖNT HAT.

MAGISCHER GEGENZAUBER

Mit dem Rosenkranz helfen

Wenn Sie einem anderen Menschen in Not oder Krankheit helfen wollen, so entzünden Sie eine weiße gesegnete Kerze (siehe S. 189) und legen ein Foto des/der Betreffenden oder seinen/ihren Namen auf einem Papier aufgeschrieben daneben. Dann schließen Sie die Augen und konzentrieren sich ganz auf den Menschen, dem Sie helfen wollen. Beten Sie nun, wie zuvor beschrieben, einen Rosenkranz.

Wenn Sie Ihr Gebet beendet haben, können Sie die Kerze abbrennen lassen, oder den Docht zwischen Ihren angefeuchteten Fingern oder mit einem Kerzenlöscher ausmachen. Bitte nicht ausblasen. Wiederholen Sie den Rosenkranz regelmäßig, am besten täglich, bis es dem/der Betreffenden wieder gut geht.

Auraveränderungen beim Beten
Mein Mann Daniel und ich (Iris) haben untersucht, was sich energetisch in der Aura des Betenden verändert. Es gibt natürlich, je nach der persönlichen Entwicklung des Betenden, kleinere oder größere Abweichungen von dem nachfolgend Beschriebenem. Trotzdem glauben wir, dass es für Sie von Interesse ist, was ein Gebet in unserem Energiekörper bewirken kann. – Es ist nicht gleichgültig, wie wir beten. Es steckt ein System dahinter, das wirkt. Und zu früheren Zeiten war dies sicherlich bekannt.

Einleitung
1. Segnung: Ein goldenes Licht kommt in die Aura, und die Bewegung der Energien im Aurafeld verstärkt sich etwas.
2. Glaubensbekenntnis: Rosafarbenes Licht kommt nun dazu (Rosa ist die Farbe der bedingungslosen Liebe und entspricht der Christusenergie), und es bildet sich eine zarte energetische Verbindung nach oben zum Kosmos (Gott).
3. Ehre dem Vater: Die Energie verdichtet sich und zieht in den grobstofflichen Körper des Betenden.
4. Vaterunser: Die Aura dehnt sich nun wieder aus, wird größer, das goldfarbene Licht verstärkt sich, ein goldener Trichter (empfangend) bildet sich vom Scheitel-Chakra ausgehend nach oben zum Göttlichen.
5. Ave-Maria: Eine hellrosa Energiekugel bildet sich über dem Scheitel-Chakra (die Verbindung zu Maria).
6. Ehre dem Vater: wie bei 3.

Fatimagebet
Eine goldene Kugel bildet sich auf dem Scheitel-Chakra, rosafarbenes Licht tritt in die Aura.

Freudenreicher Rosenkranz
Helles Licht vergrößert die Aura, viel Gelb (die Farbe der Freude – Sonnenenergie) kommt hinzu. Die Bewegung der Aura ist stark und kraftvoll. Die Energie entspricht der Affirmation: Ich öffne mich dem Leben!

Schmerzensreicher Rosenkranz
Eine dunkelblau bis dunkellila Schicht umschließt die Aura, die sich zusammenzieht und sich nach innen verdichtet. Die Energie entspricht der Affirmation: Ich bin ganz bei mir!

Glorreicher Rosenkranz
Die Aura erstrahlt in einem hellen klaren Blau und Lila, die nach innen hin golden werden. Rosafarbene und lila Energieformen flimmern in schneller Geschwindigkeit um die Aura des Betenden. Es sind kleine Lichtgestalten (Engel). Die Energie entspricht der Affirmation: Ich öffne mich dem Geistigen! Ich habe Verbindung zur Engelwelt!

Wie wir deutlich sehen können, gibt es verschiedene Phasen, in denen sich der Betende zum einen dem Göttlichen öffnet und zum anderen innerlich sammelt. Die Reihenfolge, in der dies geschieht, ist nicht zufällig, sondern unterliegt einem festgelegten Schema, das sehr wirkungsvoll ist:

Die Öffnung hin zum Göttlichen erfolgt am Anfang eines jeden Gesetzes durch das „Vaterunser". Es bildet sich ein Trichter nach oben. Die Energie kann nun einströmen. Das ganze Energiesystem des Betenden geht auf Empfang. Das Ave-Maria kann jetzt in seiner ganzen Kraft wirken. Und wie wir sehen können, wirken auch die drei verschiedenen Rosenkränze ganz unterschiedlich und werden in ihrer Gesamtheit zu einem vollkommenen System.

Besonders deutlich ist die Konzentration nach innen beim „Ehre dem Vater", das am Schluß eines jeden Gesetzes noch einmal gebetet wird. Die Energie, die zuvor aufgebaut wurde, wird so jedesmal nach innen gezogen und kann somit auch heilend auf den grobstofflichen Körper, auf alle seine Organe und Drüsen einwirken. Dies ist vielleicht im Ansatz eine Erklärung, warum mit dem Rosenkranz Krankheiten geheilt werden können.

Mit Psalmen das eigene Kraftfeld verstärken

Diese Vorgehensweise empfehlen wir in Notsituationen und schweren Krisen. Die Psalmen des alten Testaments sind in Wirklichkeit verschlüsselte Anrufungen der Engel der Merkurzone, die einen unmittelbaren Bezug zum Geistkörper des Menschen haben. Durch das Rezitieren der Psalmen bitten wir die Engel darum, uns zu unterstützen und unsere Aura zu stärken. Nachfolgend nun eine Anweisung zur Rezitation der Psalmen, die über dreißig Tage hinweg gebetet werden.

MAGISCHER GEGENZAUBER

TAG	MORGENS	ABENDS
1	1, 2, 3, 4, 5	6, 7, 8
2	9, 10, 11	12, 13, 14
3	15, 16, 17	18
4	19, 20, 21	22, 23
5	24, 25, 26	27, 28, 29
6	30, 31	32, 33, 34
7	35, 36	37
8	38, 39, 40	41, 42, 43
9	44, 45, 46	47, 48, 49
10	50, 51, 52	53, 54, 55
11	56, 57, 58	59, 60, 61
12	62, 63, 64	65, 66, 67
13	68	69, 70
14	71, 72	73, 74
15	75, 76, 77	78
16	79, 80, 81	82, 83, 84, 85
17	86, 87, 88	89
18	90, 91, 92	93, 94
19	95, 96, 97	98, 99, 100, 101
20	102, 103	104
21	105	106
22	107	108
23	110, 111, 112, 113	114, 115
24	116, 117, 118	119 Vers 1 – 32
25	119 Vers 33 – 72	119 Vers 73 – 104

ERSTE HILFE BEI EINEM SCHWARZMAGISCHEN ANGRIFF

26	119 Vers 105 – 144	119 Vers 145 - 176
27	120, 121, 122, 123, 124, 125	126, 127, 128, 129, 130, 131
28	132, 133, 134, 135	136, 137, 138
29	139, 140, 141	142, 143
30	144, 145, 146	147, 148, 149, 150

Nach jedem Psalm wird noch folgendes Gebet gesprochen:

Christus vor mir
Christus hinter mir
Christus zu meiner Rechten
Christus zu meiner Linken
Christus über mir
Christus unter mir
Christus in mir
Christus durchdringt mich

KABBALISTISCHE SCHUTZTECHNIKEN

Übung: *Das kleine bannende Pentagramm-Ritual*

Dies ist ein altes überliefertes Schutzritual, Rüstzeug eines jeden Magiers westlicher Tradition, das zu verschiedenen Zwecken eingesetzt werden kann. Wir verwenden es hier, um einen Schutzschild um uns zu errichten und unsere Aura zu kräftigen und zu vergrößern. Bei täglicher Durchführung wird sich ein dauerhaftes stabiles Energiefeld aufbauen. Schon nach dem ersten Ritual wird sich Ihre Aura ungefähr verdreifachen. Wer einmal die wohltuenden Kräfte des kleinen Pentagrammrituals erfahren hat, wird es nicht mehr missen wollen.

Die beim Ritual gesprochenen Worte sagen wir auf Hebräisch, da die Wirkung um einiges stärker ist und ein Vielfaches der Schwingung der deutschen Übersetzung erzeugen kann. Wenn Sie die Möglichkeit haben, das kleine bannende Pentagramm-Ritual gemeinsam in einer Gruppe durchzuführen, entsteht ein so gewaltiges Energiefeld, dass sich der Raum um ein paar Grade aufheizt. Bei unserer Ausbildung[118] ist das kleine bannende Pentagramm-Ritual ein wichtiges Element. Wetterbedingt müssen wir es leider meistens in unserem Seminarraum

---
118 siehe Anhang

durchführen, bei gutem Wetter wird es jedoch zu einem ergreifenden Erlebnis in der Natur.

- Stellen Sie sich mit Blick nach Osten in Richtung der aufgehenden Sonne. Strecken Sie Ihren Zeigefinger der rechten Hand nach oben und stellen Sie sich vor, dass er zu einem hell flammenden und vibrierenden Lichtstab wird. Spüren Sie, wie die kosmische Energie durch Ihren Zeigefinger in Ihren Arm fließt. Berühren Sie nun mit Ihrem Zeigefinger die Stirn und singen Sie mit eintöniger Stimme das hebräische Wort:
  ATEH

- Zeigen Sie mit dem Finger nach unten zur Erde und singen Sie:
  MALKUTH

- Berühren Sie Ihre rechte Schulter und singen Sie:
  VE GEBURAH

- Berühren Sie Ihre linke Schulter und singen Sie:
  VE GEDULAH

- Legen Sie Ihre Hände auf die Brust (die linke Hand unter der rechten) und singen Sie:
  LE OLAM

MAGISCHER GEGENZAUBER

- Strecken Sie die Arme seitwärts, Handflächen nach oben und singen Sie:
  AMEN

- Ziehen Sie nach Osten gewandt mit Ihrem lichtgeladenen Zeigefinger ein großes Pentagramm (siehe Zeichnung). Stoßen Sie mit dem Zeigefinger in die Mitte des Pentagramms und singen Sie:
  JOD HE VAU HE

- Drehen Sie sich im Uhrzeigersinn nach Süden, ziehen Sie in der gleichen Weise ein Pentagramm und stechen Sie in die Mitte desselben und singen Sie:
  ADONAI

- Drehen Sie sich weiter Richtung Westen, ziehen Sie ein Pentagramm, stechen Sie in die Mitte des Pentagramms und singen Sie:
  EHEIEH

- Drehen Sie sich Richtung Norden, ziehen Sie ein Pentagramm, stechen Sie in die Mitte und singen Sie:
  AGLA

- Drehen Sie sich weiter Richtung Osten, zurück in Ihre Ausgangsstellung, und stechen Sie in die Mitte

des bereits gezogenen Pentagramms – der Kreis ist geschlossen. Bleiben Sie in Richtung Osten stehen, breiten Sie die Arme seitwärts aus und singen Sie:
Vor mir RAPHAEL
Hinter mir GABRIEL
Zu meiner Rechten MICHAEL
Zu meiner Linken URIEL

- Sprechen Sie nun:
  Um mich flammt das Pentagramm – über mir scheint der sechsstrahlige Stern.

- Singen Sie in der gleichen Art und Weise wie zu Beginn des Rituals:
  ATEH
  MALKUTH,
  VE GEBURAH,
  VE GEDULAH
  LE OLAM.
  AMEN

MAGISCHER GEGENZAUBER

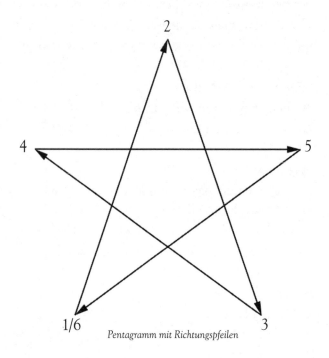

Pentagramm mit Richtungspfeilen

Übung: Ritus der Mittleren Säule

Wenn es Ihnen Freude bereitet, mystisch-kabbalistisch zu arbeiten, und Sie einen Bezug zu den hebräischen Worten spüren, können Sie die Übung der Mittleren Säule durchführen. Dieser alte Ritus bezieht sich auf den kabbalistischen Lebensbaum (siehe Abb. S. 53), genauer: auf dessen mittlere Säule.[119]

---

[119] Zum besseren Verständnis empfehlen wir Dion Fortune, Die mystische Kabbala, siehe Anhang

- Stehen Sie in Blickrichtung Osten.
- Beten Sie das Vaterunser oder den Psalm 23.
- Formen Sie kraft Ihrer Vorstellung eine weißgoldene Lichtkugel ein paar Zentimeter oberhalb Ihres Kopfes, über dem Scheitel-Chakra.
- Stellen Sie sich nun einen weißgoldenen Lichtstrahl vor, der von der Kugel ausgeht und ganz sanft in Ihr Scheitelzentrum einfließt.
- Sprechen Sie dabei in langgezogenem eintönigem Singsang das Wort AHIH, gesprochen „Eh-heh-yeh".
- Der Lichtstrahl fließt in Ihrer Vorstellung weiter hinunter, in den Halsbereich, wo eine leuchtend blaue Kugel gebildet wird. Diese Kugel leuchtet und durchdringt Ihren ganzen Kehlkopfbereich.
- Singen Sie nun die Worte JHVH Elohim, gesprochen „Jeh-ho-va El-o-him".
- Der Lichtstrahl fließt abermals weiter, diesmal bis zu Ihrem Solarplexus, dem Sonnengeflecht (Magengrube). Hier entsteht eine strahlende goldgelbe Kugel.
- Singen Sie den Gottesnamen JHVH Aloah van Daath, gesprochen „Jeh-ho-va El-o-ah va Daat".
- Das Licht fließt nun weiter in Ihr Becken, das nun von einer leuchtend purpurroten Lichtkugel erfüllt wird.
- Sprechen Sie in eintönigem Singsang die Worte: Shaddai el Chai, gesprochen „Schad-ay-el-chay".
- Zum Schluß fließt nun der Lichtstrahl weiter bis zu

Ihren Fußsohlen und von dort in die Erde. Unter Ihnen entsteht eine schwarze Lichtkugel, auf der Sie stehen.
- Singen Sie den Gottesnamen ADNI ha-ARETZ, gesprochen „Ah-do-nai ha Are-etz".
- Beenden Sie die Übung, indem Sie sich vorstellen, dass das Göttliche Licht durch Sie herab in die Erde fließt. Schließen Sie danach Ihr Scheitelchakra, indem Sie sich mit der flachen Hand über den Scheitel fahren. Stellen Sie sich vor, dass Sie mit der Erde und ihren lebensspendenden Kräften fest verbunden bleiben.

Beten Sie nun zu allerletzt das Vaterunser oder den Psalm 23 (siehe S. 185).

Die hebräischen Worte sind die Namen bzw. Kräfte, die den jeweiligen Orten des Baums des Lebens entsprechen! Durch diese Übungen verbinden wir uns mit den Planeten und Göttlichen Intelligenzen (Engel), die die jeweiligen Vorsteher einer Sephirot (Station im Lebensbaum) sind.

Übung: Das kabbalistische Kreuz
- Stellen Sie sich mit Blick nach Osten in Richtung der aufgehenden Sonne. Strecken Sie Ihren Zeigefinger der rechten Hand nach oben und stellen Sie sich vor,

dass er zu einem hell flammenden und vibrierenden Lichtstab wird. Spüren Sie, wie die kosmische Energie durch Ihren Zeigefinger in Ihren Arm fließt. Berühren Sie nun mit Ihrem Zeigefinger die Stirn und singen Sie mit eintöniger Stimme das hebräische Wort:
ATEH

- Zeigen Sie mit dem Finger nach unten zur Erde und singen Sie:
  MALKUTH

- Berühren Sie Ihre rechte Schulter und singen Sie:
  VE GEBURAH

- Berühren Sie Ihre linke Schulter und singen Sie:
  VE GEDULAH

- Legen Sie Ihre Hände auf die Brust (die linke Hand unter der rechten) und singen Sie:
  LE OLAM

- Strecken Sie die Arme seitwärts, Handflächen nach oben und singen Sie:
  AMEN

Nach dem Gebet bitten Sie nun den Engel Ihrer Wahl um Hilfe, in dem Sie ihm im Geiste das bestehende

Problem beschreiben. Der Engel weiß dann genau, ob er helfen kann, ebenso wie und wann eine Hilfe möglich ist. Sprechen Sie nun als Mantra den zum Engel passenden Psalm (ist dortselbst aufgeführt) mehrfach im Geiste oder halblaut. Wie stark Sie die Hilfe des Engels und somit die Hilfe Gottes spüren werden, hängt sehr vom Grade Ihres Gottvertrauens ab. – Wer unter der Führung der Engel steht, wird unangreifbar!

DIE 72 ENGEL DER MERKURZONE

In nur wenigen alten Schriften wurde die vollständige Engelhierarchie der Merkurzone, die eine unmittelbare Entsprechung vom Reich des Geistes ist, veröffentlicht. Jeder dieser 72 Engel[120] ist mit einem der alttestamentarischen Psalmen verbunden und kann über diese angerufen werden. Auch wenn der gläubige Mensch nichts von den Engeln weiß, verbindet er sich beim aufrichtigen Gebet der Psalmen ganz von allein mit einem oder mehreren dieser Engel. Vielen dürfte der Psalm 106, Vers 1 als Tischgebet bekannt sein:

> „Danket dem Herrn, denn er ist gütig
> und seine Huld währet ewiglich."

---

[120] Um es Ihnen zu ermöglichen, sich gezielt einen Engel für die eine oder andere Situation aussuchen zu können, haben wir im Anhang eine vollständige Auflistung dieser Engel und der dazugehörigen Psalmen zusammengestellt. Sie werden den einen oder anderen Engelnamen sicherlich schon kennen.

Dieser Psalm ist mit dem großen Engel der Heilung, HABUIAH, verbunden, der über dieses Gebet dann segensreich auf die Nahrung und die Betenden einwirkt. Der Psalm wirkt dann ähnlich den heiligen Mantras des ostasiatischen Kulturkreises, die ständig (mindestens dreimal) laut oder still im Geiste wiederholt werden, um wirken zu können.

Übung: Anrufung eines Engels

Wenn Sie mit einem Engel arbeiten wollen, gehen Sie bitte wie folgt vor:

- Bereiten Sie eine weiße Kerze vor. Diese Kerze wird, wie nachfolgend beschrieben, gesegnet und steht für den absoluten göttlichen Willen. Wir zeigen mit dieser Kerze, dass nicht unser Wille, sondern das kosmische Gesetz – also Gottes Wille – geschehe!
- Sammeln Sie sich und wenden Sie sich nach innen. Zur Segnung legen Sie Mittel- und Zeigefinger der rechten Hand gestreckt aneinander, wobei sich Ringfinger, Kleiner Finger und Daumen berühren (Diese alte Geste dürfte Ihnen von den alten Heiligenbildern bekannt sein!). Die Kerze halten Sie bitte in der linken Hand. Sprechen Sie nun den Segen mit folgenden Worten:

MAGISCHER GEGENZAUBER

*„Hiermit segne ich diese Kerze.
Möge ihr Licht dem Göttlichen Willen leuchten."*

- Machen Sie nun mit der rechten Segnungshand das Zeichen des Kreuzes (gleichschenkliges Kreuz, geschlagen von oben nach unten, dann von links nach rechts) und sprechen Sie weiter:

*„Im Namen des Vaters, des Sohnes und des
Heiligen Geistes."*

- Beten Sie nun halblaut den Psalm 23 oder das Vaterunser. Diese beiden Gebete zählen zu den mächtigsten Schutzformeln und sind für das Gelingen unbedingt notwendig. Wenn Sie möchten, können Sie nach dem gesprochenen Gebet das kabbalistische Kreuz vollziehen (siehe nächste Schutztechnik); das ist nicht unbedingt notwendig, aber sehr zu empfehlen. Noch besser ist es allerdings, wenn Sie an dieser Stelle das zuvor beschriebene kleine Pentagramm-Ritual vollständig durchführen, dessen Anfang das kabbalistische Kreuz bildet. Nachstehend finden Sie die Texte der Gebete, sofern nicht weiter vorn bereits aufgeführt:

ERSTE HILFE BEI EINEM SCHWARZMAGISCHEN ANGRIFF

Psalm 23

Der Herr ist mein Hirte, nichts wird mir fehlen.
Er lässt mich lagern auf grünen Auen und führt mich
zum Ruheplatz am Wasser.
Er stillt mein Verlangen, er leitet mich auf rechten
Pfaden,
treu seinem Namen.
Muss ich auch wandern in finsterer Schlucht,
ich fürchte kein Unheil;
denn du bist bei mir, dein Stock und dein Stab
geben mir Zuversicht.
Du deckst mir den Tisch vor den Augen meiner Feinde.
Du salbst mein Haupt mit Öl, du füllst mir reichlich den
Becher.
Lauter Güte und Huld werden mir folgen
mein Leben lang,
und im Haus des Herrn darf ich wohnen für lange Zeit.

Übung: Engelsbrief

Der Engel REHAEL kann Ihnen beim Überwinden Ihrer Ängste behilflich sein. Er ist verbunden mit dem Psalm 30,11: „Höre mich, Herr, sei mir gnädig! Herr sei du mein Helfer!" Um Ihre Ängste mit Rehaels Unterstützung zu bannen, gehen Sie wie folgt vor:

Beten Sie das „Vaterunser" oder den Psalm 23 (siehe

oben)[121]. Segnen Sie eine weiße Kerze (siehe S. 189) und entzünden Sie sie als Symbol für den göttlichen Willen. Ritzen Sie den Namen Rehael in eine hellblaue Kerze, segnen Sie sie und entzünden Sie sie anschließend zu Ehren des Engels Rehael an der weißen Kerze.

Schreiben Sie Rehael nun einen Brief mit einem hellblauen Stift auf Pergamentpapier und formulieren Sie dabei Ihre Bitte um die Auflösung Ihrer Ängste mit eigenen Worten. Beten Sie dann dreimal aus ganzem Herzen den Psalm 30,11 (s.o.) und rufen Sie dann dreimal den Namen Rehael. Tragen Sie ihm jetzt Ihre Bitte um die Auflösung Ihrer Ängste vor. Danach entzünden Sie Ihren Brief an der hellblauen Kerze und lassen ihn in Ihrem Wunschkessel verbrennen. Beim Aufsteigen des Rauchs stellen Sie sich vor, wie alle Ihre Ängste davongetragen werden. Bedanken Sie sich bei der geistigen Welt für ihre Hilfe, indem Sie eine goldene oder weiße Kerze auf Ihrem Altar brennen lassen. Ein schöner Blumenstrauß wäre ebenfalls ein geeignetes Zeichen Ihres Dankes.

Wiederholen Sie dieses Ritual an neun aufeinanderfolgenden Tagen.

---

121 Auch mögl: Das kabbalistische Kreuz, siehe S. 180

KERZENRITUALE

Herstellung von Schutzkerzen
Wenn Sie diese Kerzen in einem Raum abbrennen lassen, bauen Sie eine Atmosphäre des Schutzes, der Geborgenheit und des Wohlbefindens auf. Sie können täglich eingesetzt werden, vor allem jedoch in Krisensituationen. Besonders wirkungsvoll sind diese Schutzkerzen, wenn sie entzündet werden, während ein Mensch geboren wird oder stirbt: Sie erleichtern den harmonischen Übergang in einen anderen Seinszustand, denn nichts anderes sind Geborenwerden und Sterben. Sie eignen sich auch als ausgesuchtes Geschenk.

Materialliste:
Echtes Bienenwachs, ungebleicht (im Imkerfachhandel oder Bastelgeschäft)
Kerzengießformen (Bastelbedarf)
Docht, z.B. dicker Baumwollfaden
Ätherisches Weihrauchöl (Olibanum)
Ätherisches Benzoe-Öl
Ätherisches Sandelholz-Öl

Qualitativ hochwertige ätherische Öle erhalten Sie in Bioläden, Reformhäusern und gut sortierten Esoterik-Fachgeschäften. Bitte verwenden Sie kein minderwertiges

MAGISCHER GEGENZAUBER

oder gar synthetisches Öl, weil sonst die Wirkung auf der Strecke bleibt. Seien Sie es sich wert!

Zubereitung:
1. Lassen Sie den Namen Melchior Melchisedek[122] ca. drei Minuten im Kopf kreisen und beginnen Sie dann mit der Kerzenherstellung.
2. Sprechen Sie nun während des gesamten Vorgangs den Namen wie ein Mantra vor sich hin, indem Sie ihn ständig wiederholen, und stellen Sie sich dabei vor, dass sich das Bienenwachs mit dieser äußerst positiven und hohen Schwingung auflädt.
3. Richten Sie sich die Gießformen mit den Dochten zurecht, und schmelzen Sie das Bienenwachs im Wasserbad.
4. Geben Sie pro Kerze je sieben Tropfen Weihrauch-, Benzoe- und Sandelholz-Öl ins Bienenwachs, und rühren Sie es mit einem Holzlöffel oder Glaspatel (kein Metall) 21mal im Uhrzeigersinn um.
5. Nun gießen Sie das Wachs in die vorbereiteten Gießformen und lassen es auskühlen.

---

122 Melchior = König des Lichts, Melchisedek = Meister

ERSTE HILFE BEI EINEM SCHWARZMAGISCHEN ANGRIFF

Übung: Kerzenweihe

Keine Kerze im Haus sollte ungeweiht brennen. Durch die Weihehandlung, die jeder selbst vollziehen kann, entwickelt eine Kerze so viel positive Strahlkraft, dass die Atmosphäre im Raum energetisch aufgewertet wird.

Gehen Sie wie folgt vor:
- Legen Sie die Kerze in die linke geöffnete Hand.
- Mit dem parallel ausgestreckten Mittel- und Zeigefinger der rechten Hand zeigen Sie zur Spitze der Kerze und sprechen:
  ATEH (hebr. Du bist/Ich bin)
- Ziehen Sie nun mit Mittel- und Zeigefinger der rechten

Hand in gerader Linie zum unteren Ende der Kerze und sprechen Sie:
MALKUTH (hebr. das Reich)
- Zeigen Sie nun mit Mittel- und Zeigefinger zur Mitte links und sprechen Sie:
VE GEBURAH (hebr. die Kraft)
- Ziehen Sie von der Mitte links einen waagrechten Strich zur Mitte rechts und sprechen Sie:
VE GEDULAH (hebr. die Herrlichkeit)
- Halten Sie nun die ausgestreckte rechte Hand über die Kerze und sprechen Sie:
LE OLAM. AMEN (hebr. in Ewigkeit. So sei es.)

Übung: Ritual mit der lila Kerze

Beten Sie das „Vaterunser" oder den Psalm 23 (siehe S. 185). Entzünden Sie eine weiße gesegnete Kerze (Kerzenweihe siehe oben) und reiben Sie eine lila Kerze mit ätherischem Nelkenöl ein. Segnen Sie auch diese Kerze und sprechen Sie (evtl. nochmals) den Psalm 23. Schreiben Sie alle Ängste, die Sie loswerden wollen, mit einem lila Stift auf ein weißes Blatt Papier. Entzünden Sie nun die lila Kerze an der Flamme der weißen Kerze. Spucken Sie zur Bekräftigung Ihres Wunsches, die Ängste loszulassen, dreimal auf das Papier und entzünden Sie es an der lila Kerze. Während es verbrennt, stellen Sie sich vor, wie nun alle Ihre Ängste im Feuer vernichtet werden.

Anschließend schreiben Sie auf ein weißes Papier die positiven Eigenschaften, die den von den Ängsten freigemachten Platz einnehmen sollen. Verbrennen Sie diesen Wunschzettel mit der Flamme der weißen Kerze und bitten Sie dabei die geistige Welt, Ihnen diesen Wunsch zu erfüllen. Bedanken Sie sich mit Ihren eigenen Worten bei der geistigen Welt für die Begleitung und Unterstützung bei diesem Ritual.

Auch dieses Ritual sollte an neun aufeinanderfolgenden Tagen durchgeführt werden.

Übung: Befreiungsritual aus dem 18. Jahrhundert

Dieses Gebet wurde von einem Priester aus Amerika entwickelt, um negative Energien in der Familie zu bannen. Um wirksam zu werden, muss es an vierzig aufeinanderfolgenden Tagen jeweils morgens und abends gebetet werden. Bevor Sie zu beten beginnen, entzünden Sie eine weiße gesegnete Kerze (siehe Seite 189). Beten Sie nun zuerst den Psalm 15:

Herr, wer darf Gast sein in deinem Zelt,
wer darf weilen auf deinem heiligen Berg?
Der makellos lebt und das Rechte tut,
der von Herzen die Wahrheit sagt,

*und mit seiner Zunge nicht verleumdet,
der seinem Freund nichts Böses antut
und seinen Nächsten nicht schmäht,
der den Verworfenen verachtet,
doch all die den Herrn fürchten, in Ehren hält,
der sein Versprechen nicht ändert,
das er seinem Nächsten geschworen hat,
der sein Geld nicht aus Wucher ausleiht
und nicht zum Nachteil des Schuldlosen Bestechung
annimmt.
Wer sich danach richtet, der wird niemals wanken.*

Nun folgt der Bannspruch:

*Du Widersacher Gottes und all ihr teuflischen Geister,
ich ... (Name), meine Mutter/mein Vater/
meineFrau/Schwester etc.
(alle betroffenen Familienmitglieder)
(wir) verbiete(n) euch den Zutritt
zu meiner Bettstelle, meiner Couch,
zu meinem Blut und meinem Fleisch,
zu meinem Körper und meiner Seele.
Ich, ... (wie oben, alle Betroffenen)
verbiete euch den Zutritt
zu allen Schlupflöchern in meinem Haus und Heim,
bis ihr über jeden kleinen Hügel gewandert seid,
durch jedes Wasser gewatet seid,*

ERSTE HILFE BEI EINEM SCHWARZMAGISCHEN ANGRIFF

alle kleinen Blättchen an den Bäumen
und alle Sterne am Himmel gezählt habt,
solange bis der geliebte Tag kommen wird,
an dem die Mutter Gottes
ihren zweiten Sohn hervorbringen wird.
Ihr unreinen Geister, kommt aus eurem Versteck hervor.
Ihr seid besprengt mit dem Blut Christi
aus seinen heiligen fünf Wunden.
Kanonen, Gewehre und Pistolen sind wirkungslos.
Schwerter, Dolch und Messer sind gebannt
und dem Namen Christi verpflichtet.
Ich beschwöre euch nun in Frieden zu gehen,
im Namen des Vaters, des Sohnes und des heiligen Geistes.
Amen.

Danach folgt das „Vaterunser"[123]:

Vater unser, der du bist im Himmel,
geheiligt werde Dein Name,
Dein Reich komme, Dein Wille geschehe
wie im Himmel so auf Erden.
Unser tägliches Brot gib uns heute,
und vergib uns unsere Schuld,
wie auch wir vergeben unseren Schuldigern.

---

[123] Hier das Original, wie wir es als Kinder gelernt haben. Mittlerweile beten wir es etwas abgewandelt, wie es dem aramäischen Urtext am nächsten kommt. Diese Version erfüllt jedoch ihren Zweck genauso. Siehe auch die veränderte Version von Melchior Melchisedek S. 67

MAGISCHER GEGENZAUBER

Und führe uns aus der Versuchung,
und erlöse uns von dem Bösen,
denn dein ist das Reich und die Kraft
und die Herrlichkeit in Ewigkeit.
Amen.

Jetzt wird das apostolische Glaubensbekenntnis gesprochen:

Ich glaube an Gott, den Vater, den Allmächtigen,
den Schöpfer des Himmels und der Erde,
und an Jesus Christus, seinen eingeborenen Sohn, unseren Herrn,
empfangen durch den Heiligen Geist,
geboren von der Jungfrau Maria,
gelitten unter Pontius Pilatus,
gekreuzigt, gestorben und begraben.
Hinabgestiegen in das Reich des Todes,
am dritten Tage auferstanden von den Toten,
aufgefahren in den Himmel,
er sitzt zur Rechten Gottes, des allmächtigen Vaters.
Von dort wird er kommen zu richten die Lebenden
und die Toten.
Ich glaube an den Heiligen Geist,
die heilige katholische Kirche,[124]

---

[124] bzw. „den urchristlichen Glauben", Anm. d. Verfasser

die Gemeinschaft der Heiligen,[125]
*die Vergebung der Sünden, die Auferstehung der Toten
und das ewige Leben.
Amen.*

*Es folgt Lukas 1, Absatz 42 – 55:
„Da wurde Elisabeth vom Heiligen Geist erfüllt und rief
mit lauter Stimme: Gesegnet bist du mehr als alle anderen
Frauen, und gesegnet ist die Frucht deines Leibes. Wer bin
ich, dass die Mutter meines Herrn zu mir kommt? In dem
Augenblick, als ich deinen Gruß hörte, hüpfte das Kind vor
Freude in meinem Leib. Selig ist die, die geglaubt hat, dass
sich erfüllt, was der Herr ihr sagen ließ. Da sagte Maria:
Meine Seele preist die Größe des Herrn, und mein Geist
jubelt über Gott, meinem Retter. Denn auf die Niedrigkeiten
seiner Magd hat er geschaut. Siehe, von nun an preisen
mich selig alle Geschlechter, denn der Mächtige hat Großes
an mir getan und sein Name ist heilig. Er erbarmt sich von
Geschlecht zu Geschlecht über alle, die ihn fürchten. Er
vollbringt mit seinem Arm machtvolle Taten: Er zerstreut,
die im Herzen voll Hochmut sind; er stürzt die Mächtigen
vom Thron und erhöht die Niedrigen. Die Hungernden
beschenkt er mit seinen Gaben und lässt die Reichen leer
ausgehen. Er nimmt sich seines Knechtes Israel an und denkt
an sein Erbarmen, das er unseren Vätern verheißen hat,
Abraham und seinen Nachkommen auf ewig."*

---

125 bzw. „die Weiße Bruderschaft" (Anm. d. Verfasser)

MAGISCHER GEGENZAUBER

Und zum Schluß sprechen Sie noch Psalm 91:

Wer im Schutz des Höchsten wohnt
und ruht im Schatten des Allmächtigen,
der sagt zum Herrn:
„Du bist für mich Zuflucht und Burg,
mein Gott, dem ich vertraue."
Er rettet dich aus der Schlinge des Jägers
und aus allem Verderben.
Er beschirmt dich mit seinen Flügeln,
unter seinen Schwingen findest du Zuflucht,
Schild und Schutz ist dir seine Treue.
Du brauchst dich vor dem Schrecken der Nacht
nicht zu fürchten,
noch vor dem Pfeil, der am Tag dahinfliegt,
nicht vor der Pest, die im Finsteren schleicht,
vor der Seuche, die wütet am Mittag.
Fallen auch tausend zu deiner Seite,
dir zur Rechten zehnmal tausend,
so wird es doch dich nicht treffen.
Ja, du wirst es sehen mit eigenen Augen,
wirst zuschauen, wie den Frevlern vergolten wird.
Denn der Herr ist deine Zuflucht,
du hast dir den Höchsten als Schutz erwählt.
Dir begegnet kein Unheil,
kein Unglück naht deinem Zelt.
Denn er befiehlt seinen Engeln,

dich zu behüten auf all deinen Wegen.
Sie tragen dich auf ihren Händen,
damit dein Fuß nicht an einen Stein stößt;
du schreitest über Löwen und Nattern,
trittst auf Löwen und Drachen.
Weil er an mir hängt,
will ich ihn retten;
ich will ihn schützen,
denn er kennt meinen Namen.
Wenn er mich anruft,
dann will ich ihn erhören.
Ich bin bei ihm in der Not,
befreie ihn und bringe ihn zu Ehren.
Ich sättige ihn mit langem Leben
und lasse ihn schauen mein Heil.

Das Ritual ist beendet, Sie können nun die Kerze löschen, jedoch nicht ausblasen.

Übung: Überwinden von Ängsten – Das Schnurritual

Zünden Sie eine weiße gesegnete Kerze an (siehe S. 189). Beten Sie das „Vaterunser" oder den Psalm 23 (siehe S. 185). Nehmen Sie einen schwarzen Wollfaden, knoten Sie mit all dem Gefühl, das Ihnen zur Verfügung steht, Ihre Ängste hinein. Bei jedem Knoten, den Sie zuziehen, stellen Sie sich vor, wie ein Teil Ihrer Ängste darin gefesselt wird.

Wenn Sie alle Ängste eingeknotet haben, nehmen Sie eine Schere und sprechen laut und bestimmt: „Ich trenne mich nun für alle Zeit von euch. Ihr könnt mich nicht mehr schrecken".

Dabei schneiden Sie den Wollfaden zwischen den Knoten durch und stellen sich bildlich vor, wie Sie die Verbindungsschnur zu Ihrem Angstelemental (siehe *Elementale*, S. 28) durchschneiden und ihm so jede Möglichkeit nehmen, noch einmal in Ihr Bewusstsein einzuschleichen. Auf diese Weise hungern Sie Ihr Elemental aus! Zuletzt verbrennen Sie die zerschnittene Wolle in einem feuerfesten Gefäß und spülen die Asche zur Bekräftigung die Toilette hinunter.

Wichtig: Den entstandenen Leerraum bewusst füllen
Sie haben nun etwas beseitigt. Dadurch ist ein Leerraum entstanden, den Sie unbedingt wieder füllen sollten. Füllen Sie ihn nicht bewusst mit einer Eigenschaft Ihrer Wahl, wird er sich selbst füllen, wahrscheinlich wieder mit Angstschwingungen. Nachfolgend beschreiben wir Ihnen, wie Sie das verhindern:

Schreiben Sie eine positive Eigenschaft Ihrer Wahl auf ein weißes Blatt Papier, zum Beispiel: „Vertrauen ins Leben" oder „Lebensfreude". Bitten Sie die geistige Welt darum, Sie mit dieser positiven Schwingung aufzufül-

ERSTE HILFE BEI EINEM SCHWARZMAGISCHEN ANGRIFF

len. Verbrennen Sie anschließend den Wunschzettel, indem Sie ihn an Ihrer weißen Kerze entzünden und stellen Sie sich dabei vor, wie der Rauch beim Aufsteigen Ihren Wunsch verwirklicht. Streuen Sie die Asche in alle vier Himmelsrichtungen (im Freien). Bedanken Sie sich bei der geistigen Welt für die Unterstützung, die Ihnen gewährt wurde und lassen Sie die weiße Kerze möglichst vollständig abbrennen. Falls Ihnen dies aus Zeitgründen nicht möglich sein sollte, löschen Sie die Kerze mit einem Kerzenlöscher oder indem Sie den Docht kurz ins flüssige Wachs tauchen. Blasen Sie eine Ritualkerze niemals aus![126] Verwenden Sie die Kerze zu keinem anderen Zweck.

Führen Sie dieses Ritual an neun aufeinanderfolgenden Tagen aus. Eine günstige Zeit, um negative Eigenschaften loszuwerden, ist während des abnehmenden Mondes, jedoch niemals bei Neumond, da dessen Energie sehr problematisch ist und bei Unerfahrenen die Gefahr bestünde, dass ihr Ritual stürzt und sich ungewollt ins Gegenteil verkehrt!

---

126 Durch das Ausblasen der Kerze könnte das soeben durch das Ritual aufgebaute Kraftfeld gestört werden

ARBEITEN MIT DEN CHAKRAS

DIE CHAKRAS

Das Wort Chakra[127] kommt aus der alten Sanskritsprache und bedeutet Rad. Der Mensch hat eine Vielzahl unterschiedlicher Chakras, Energieräder, die wie sich drehende Wirbel in unserem feinstofflichen Körper, der Aura zu finden sind. Es sind die Energieöffnungen, die uns mit Lebenskraft versorgen. Je schneller sich ein Chakra im Uhrzeigersinn dreht, desto mehr Energie und Lebenskraft kann einströmen. Somit ist der Zustand der Chakras unmittelbar für unsere Gesundheit und unser Wohlbefinden verantwortlich.

Für uns ist nun interessant zu wissen, dass sich die Drehgeschwindigkeit nach unserem Seelenzustand und unserer spirituellen Reife verändert. Je ausgeglichener ein Mensch ist, und je stärker seine „göttliche Ausrichtung", desto höher drehen seine Energiezentren. Verfällt ein Mensch in Niedergeschlagenheit oder in eine sonstige negative Verfassung, rotieren seine Chakras sofort langsamer, seine Aura fällt zusammen und der eigene Schutz wird schwach. Dann ist es auch allen magischen Angriffen möglich, sich in unser Energiesystem einzuhaken.

Insgesamt hat der Mensch ca. 200 Haupt- und Neben-

---
[127] Energiezentren unseres Körpers

Chakras, die mit dem gesamten Meridiansystem[128] des Körpers in Verbindung stehen. Nachfolgend beschreiben wir kurz die wichtigsten Merkmale und Symptome, an denen Sie erkennen können, ob ein Chakra blockiert ist.[129] Mit Hilfe der Meditationsvorschläge zu jedem Chakra können Sie Ihre Energieräder harmonisieren und kräftigen. Bitte beginnen Sie stets mit dem Wurzel-Chakra, da dies das Fundament bildet. Es ist wie beim Hausbau. Auf einem schlecht gebauten Fundament kann das Haus nur schief werden, oder es stürzt gar ein. Ist das Wurzel-Chakra nicht ausgeglichen, können auch die nachfolgenden Chakras nicht harmonisch schwingen. Es kommt zu einem Ungleichgewicht. Dies ist oftmals bei Esoterikern der Fall, die sich nur um ihre oberen Chakras kümmern. Sie sind dann zwar in der Regel sehr medial, bekommen aber ihr Leben nicht in den Griff. Mit der Zeit können sie regelrecht abheben und kommen mit ihrer Umwelt nicht mehr klar. Dies ist jedoch nicht der Sinn unseres Erdendaseins. Wir sind hier in die Materie geboren, um sie positiv zu gestalten, und nicht, um sie zu verleugnen.

Zu jedem Chakra gibt es Steine, die mit ihrer Schwingung ebenfalls positiv einwirken. Während der Medi-

---

[128] Meridian = Energiekanal
[129] Da sehr viel ausgezeichnetes Material auf dem Büchermarkt über das Thema Aura und Chakras zu finden ist und Genaueres den Rahmen dieses Buches sprengen würde, soll diese kurze Ausführung genügen. Im Laufe seiner Entwicklung wird der Leser, sofern er dies von Herzen wünscht, in der Lage sein, die Aura auf die eine oder andere Weise wahrzunehmen.

tation können Sie sich die passenden Steine auf die Chakras legen. Falls Sie ernsthafte Störungen bei einem oder mehreren Chakras feststellen, tragen Sie die Steine einfach bei sich.

1. Wurzel-Chakra

Element: Erde
Farbe: Rot
Edelstein: Jaspis (Stein des Fundaments)

Das Wurzel-Chakra sitzt in Höhe des Steißbeinendes. Über dieses Chakra läuft die Verbindung zur Erde und ihren lebenserhaltenden und schöpferischen Energien. Menschen, die ständig unter Geldmangel und Existenzängsten, fehlendem Selbstvertrauen und Durchsetzungsvermögen leiden, haben ein gestörtes Wurzel-Chakra. Auch Schwierigkeiten mit den Zähnen und den Knochen lassen auf eine Blockade im Wurzel-Chakra schließen. Bei sehr gewalttätigen Menschen ist das Wurzel-Chakra überaktiv.

Meditationsvorschlag

Aktivierung des Wurzelchakras:

- Gehen Sie in eine bequeme Meditationshaltung. Am besten setzen Sie sich hin, die Füße fest auf der Erde aufliegend. Die Hände ruhen nach oben geöffnet auf den Oberschenkeln.

- Schließen Sie die Augen, atmen Sie gleichmäßig und ruhig.
- Beim Einatmen stellen Sie sich nun vor, wie Sie mit dem Atem verbunden Ruhe und Gelassenheit in Ihren Körper und in jede Zelle einfließen lassen.
- Beim Ausatmen stellen Sie sich vor, wie der Alltag und seine Probleme und Gedanken von Ihnen fließen. Sie atmen Ruhe ein und Ihren Alltag aus.
- Konzentrieren Sie sich nun auf Ihre Füße und auf Ihre Zehen. Stellen Sie sich bildhaft vor, wie lange Wurzeln (wie an einem starken Baum) aus Ihren Fußsohlen, Ihren Fersen und aus den Zehen wachsen.
- Die Wurzeln wachsen nun langsam tief in die Erde, an den Kristallen und Mineralien vorbei, bis sie an einen riesigen roten Jaspisstein gelangen und sich um diesen ranken und verästeln.
- Nun wächst erneut eine Wurzel, diesmal aus der Verlängerung ihres Steißbeins, senkrecht nach unten zu diesem Jaspis, mit dem sie sich sofort verbindet.
- Der rote Jaspis hat eine starke Ausstrahlung, eine rote intensive Farbschwingung. Der Jaspis ist das Symbol unseres Fundaments.
- Dieser rote Energiestrom fließt nun durch Ihre Wurzeln ganz allmählich und sanft in Ihren Körper. Sie nehmen diesen Strom der Lebenskraft und Kreativität auf wie ein trockener Schwamm.

MAGISCHER GEGENZAUBER

- Sie spüren kraft Ihrer inneren Bilder, wie der Energiestrom der Erde und des Jaspis durch Ihre Füße, Zehen und Fersen, an den Beinen entlang Ihren Kniegelenken nach oben fließt und sich schließlich ins Becken ergießt.
- Ihr Becken leuchtet nun in diesem wunderbaren warmen Rotton auf. Sie verspüren eine angenehme und entspannende Wärme.
- Lassen Sie nun diese Energie zwischen sich und der Mutter Erde kreisen. Stellen Sie sich vor, wie dieser Energiestrom durch Ihr Steißbein und die damit verbundene Wurzel zurück ins Erdreich fließt, während er sich über Ihre Füße ständig in Ihrem Körper erneuert.
- Es ist ein angenehmer Kreislauf von Geben und Nehmen entstanden.
- Halten Sie diese Vorstellung des Kreislaufs einige Augenblicke, so lange Sie sich Zeit geben wollen.
- Wenn Sie nun diese Übung beenden wollen, behalten Sie den Energiefluss und die Verbindung mit der Erde aufrecht. Sie sind zu jeder Stunde des Tages mit der Erde verbunden. Die Erde ist Ihr Fundament.
- Sie beenden nun Ihre Vorstellungen. Sie spüren wieder Ihr Gesäß und die Berührung mit dem Fußboden. Sie sind wieder im Hier und Jetzt und öffnen die Augen.

2. Sakral-Chakra

Element: Wasser
Farbe: Orange
Edelstein: Karneol

Dieses Chakra sitzt etwa drei Finger bis eine Handbreit unter dem Bauchnabel. Es steht in direktem Zusammenhang mit unserer Sexualität und den Gefühlen. Krankheitssymptome wie Gallen- und Leberleiden, Rückenschmerzen und Migräne, Verstopfung und Nervosität lassen sich auf ein blockiertes Sakral-Chakra zurückführen.

Meditationsvorschlag
Aktivierung des Sakralchakras:

- Gehen Sie in eine bequeme Meditationshaltung. Am besten setzen Sie sich hin, die Füße fest auf der Erde aufliegend. Die Hände ruhen nach oben geöffnet auf den Oberschenkeln.
- Schließen Sie die Augen, atmen Sie gleichmäßig und ruhig.
- Beim Einatmen stellen Sie sich nun vor, wie Sie mit dem Atem verbunden Ruhe und Gelassenheit in Ihren Körper und in jede Zelle einfließen lassen.
- Beim Ausatmen stellen Sie sich vor, wie der Alltag und seine Probleme und Gedanken von Ihnen fließen. Sie atmen Ruhe ein und Ihren Alltag aus.
- Stellen Sie sich nun eine Morgensonne am Horizont

vor, die den Tag beginnen lässt. Sie strahlt ein helles, angenehmes Orange in jede Richtung aus.
- Stille und Frische umgeben Sie nun.
- Stellen Sie sich vor, wie diese Sonnenstrahlen in Ihr zweites Chakra einfließen und Ihr Chakra selbst zu einer orangefarbenen Sonne wird.
- Diese nun in Ihnen selbst entstandene Sonne strahlt ihr orangefarbenes Licht in Ihrem gesamten Unterbauch in einer angenehmen Weise aus.
- Bleiben Sie nun einige Minuten lang in dieser Vorstellung.
- Alle Energie, die bei dieser Übung eingeflossen ist, verbleibt in Ihrem Körper und harmonisiert Ihren Unterleib.
- Beenden Sie nun langsam die Übung. Sie stellen nun fest, dass Sie wieder im Hier und Jetzt sind. Öffnen Sie Ihre Augen und strecken Sie sich ausgiebig.

3. Solarplexus- oder Sonnengeflechts-Chakra
Element: Feuer
Farbe: Goldgelb
Edelstein: Citrin und Bernstein

Das Solarplexus-Chakra sitzt in der Magengrube. Es ist verantwortlich für das Selbstbewusstsein des Menschen. Wie beim 2., dem Sakral-Chakra, verweisen auch bei diesem Chakra Rückenschmerzen auf einen blockierten

Zustand. Bei Magen- und Verdauungsproblemen fehlt in der Aura die Farbe Gelb, die zu diesem Chakra gehört. Bei Unbehaglichkeit, Lebensunlust oder bei einem fehlenden Geborgenheitsgefühl ist das Solarplexus-Chakra ebenfalls gestört.

Meditationsvorschlag
Aktivierung des Sonnengeflechts
- Gehen Sie in eine bequeme Meditationshaltung. Am besten setzen Sie sich hin, die Füße fest auf der Erde aufliegend. Die Hände ruhen nach oben geöffnet auf den Oberschenkeln.
- Schließen Sie die Augen, atmen Sie gleichmäßig und ruhig.
- Beim Einatmen stellen Sie sich nun vor, wie Sie mit dem Atem verbunden Ruhe und Gelassenheit in Ihren Körper und in jede Zelle einfließen lassen.
- Beim Ausatmen stellen Sie sich vor, wie der Alltag und seine Probleme und Gedanken von Ihnen fließen. Sie atmen Ruhe ein und Ihren Alltag aus.
- Sie stellen sich nun vor, dass Sie auf einer saftiggrünen Sommerwiese sitzen.
- Die warmen Strahlen der Mittagssonne hüllen Sie wärmend und schützend ein.
- Mit jedem Ihrer Atemzüge fließt nun diese Sonnenkraft in Ihren Solarplexus, Ihre eigene Mittagssonne im Zentrum Ihres Seins.

- Ihr Atem verteilt dieses wohlig warme Gefühl im ganzen Körper.
- Sie fühlen sich vollkommen geborgen und geschützt. Ihr Selbstvertrauen wächst auf eine gesunde Art und Weise.
- Jede Ihrer Zellen ist nun durchdrungen von dieser gelbgoldenen Sonnenkraft.
- Sie erkennen mit Freude, dass Sie auf diese Weise selbst zu einer strahlenden Mittagssonne geworden sind.
- Halten Sie diese Vorstellung aufrecht.
- Beenden Sie nun diese Übung, indem Sie Ihrer Umgebung wieder gewahr werden. Sie bewegen Ihre Zehen und Füße, Sie öffnen Ihre Augen und recken und strecken sich.

4. Herz-Chakra
Element: Luft
Farbe: Grün und Rosa
Edelstein: Rosenquarz, Rhodochrosit, Chrysopras, Moosachat

Sitz des Herz-Chakras ist in der Mitte der Brust, gegenüber dem 5. Brustwirbel. Es ist das Zentrum der Liebe, des Großmuts und der Toleranz. Hat ein Mensch organische Herzbeschwerden, Lungenprobleme oder Atemschwierigkeiten oder mangelt es ihm an Lebensfreude und Herzlichkeit, so ist das Herz-Chakra, auch Sitz der Christusliebe, gestört.

Meditationsvorschlag
Aktivierung des Herz-Chakras
- Gehen Sie in eine bequeme Meditationshaltung. Am besten setzen Sie sich hin, die Füße fest auf der Erde aufliegend. Die Hände ruhen nach oben geöffnet auf den Oberschenkeln.
- Schließen Sie die Augen, atmen Sie gleichmäßig und ruhig.
- Beim Einatmen stellen Sie sich nun vor, wie Sie mit dem Atem verbunden Ruhe und Gelassenheit in Ihren Körper und in jede Zelle einfließen lassen.
- Beim Ausatmen stellen Sie sich vor, wie der Alltag und seine Probleme und Gedanken von Ihnen fließen. Sie atmen Ruhe ein und Ihren Alltag aus.
- Vor Ihrem inneren Auge erscheint ein Engel der Liebe. Er leuchtet hell und sein Gewand ist aus rosa Seide. Er spricht kein Wort zu Ihnen. Er lächelt Sie liebevoll an und überreicht Ihnen eine wunderschöne Rose. Die Blütenblätter sind ebenfalls rosa und der Rosenstiel von kräftigem Grün.
- Sie freuen sich über dieses Geschenk und nehmen es dankend an.
- Drücken Sie nun Ihre Rose an Ihr Herz - sie verbindet sich augenblicklich mit dem Herzen.

MAGISCHER GEGENZAUBER

- Ihr Herz-Chakra öffnet sich und wird selbst zur Rosenblüte. Die vom Engel überreichte Blüte und Ihr Herz verschmelzen miteinander. Sie sind eins geworden.
- Sie nehmen in Ihrer Vorstellungskraft den Duft der Rose wahr. Vielleicht können Sie nun wirklich diesen Rosenduft riechen.
- Ihr Herz-Chakra nimmt diesen zauberhaften Rosenduft und die rosa Farbschwingung auf.
- Mit jedem Ihrer Atemzüge fließen diese Eigenschaften der allumfassenden Liebe in Sie ein.
- Sie stellen fest, dass sich die Blüte Ihres Herzens geöffnet hat und wunderschön blüht.
- Behalten Sie diese Rose von nun an immer im Herzen.
- Sie haben gar nicht bemerkt, dass der Engel stillschweigend gegangen ist. Doch Sie fühlen noch seine Anwesenheit. Über die Rose sind Sie mit ihm verbunden und können ihn jederzeit um Hilfe bitten.
- Kommen Sie nun langsam zum Ende dieser Meditation.
- Sie werden sich Ihrer Umgebung, Ihres Sitzplatzes wieder bewusst. Atmen Sie bewusst und tief ein und aus. Sie sind wieder im Hier und Jetzt und öffnen die Augen.

5. Hals-Chakra

Element: Äther, Geist
Farbe: Blau
Edelstein: Aquamarin, Chalzedon

Sitz des 5. Chakras ist der Kehlkopf. Es ist das Zentrum der Sprache und Verständigung. Mystiker nennen das Hals-Chakra auch „Pforte zur Geistigen Welt". Ist dieses Chakra gut ausgebildet und im Einklang mit dem Herzen, sind positive geistige Verbindungen möglich. Blockiert ist dieses Chakra, wenn häufige Erkältungen, Halsschmerzen und Sprachstörungen auftreten. Es steht auch in Zusammenhang mit Verantwortungsbewusstsein, Ideenreichtum und Ausdrucksfähigkeit.

Meditationsvorschlag
Aktivierung des Hals-Chakras

- Gehen Sie in eine bequeme Meditationshaltung. Am besten setzen Sie sich hin, die Füße fest auf der Erde aufliegend. Die Hände ruhen nach oben geöffnet auf den Oberschenkeln.
- Schließen Sie die Augen, atmen Sie gleichmäßig und ruhig.
- Beim Einatmen stellen Sie sich nun vor, wie Sie mit dem Atem verbunden Ruhe und Gelassenheit in Ihren Körper und in jede Zelle einfließen lassen
- Beim Ausatmen stellen Sie sich vor, wie der Alltag und seine Probleme und Gedanken von Ihnen fließen.

Sie atmen Ruhe ein und Ihren Alltag aus.
- Kraft Ihrer Vorstellung halten Sie nun einen hellblau strahlenden Schal in Ihren Händen. Er besteht nicht aus Stoff oder Seide, er ist vollkommen aus Luft und doch wiederum fest greifbar.
- Locker und bequem legen Sie nun diesen Schal um Ihren Hals. Er ist ganz angenehm und leicht.
- Sie sind überrascht, denn Sie bemerken plötzlich, dass dieser Schal eine hellblaue heilende Energie ausstrahlt, die sich sofort mit Ihrem Atem verbindet.
- Jeder Atemzug bringt Ihren Kehlkopf zum Leuchten, und wie ein großes Tor zu anderen Sphären öffnet sich Ihr Hals und nimmt diese wohltuenden Energieströme in sich auf. Auch Ihr Nacken leuchtet in diesem strahlenden Hellblau auf.
- Auf ganz angenehme Art und Weise fließt dieser blaue Heilstrom in Ihre Lungen und umwebt jedes Lungenbläschen Ihres Atmungsorgans.
- Das Blau ist vollkommen in Ihren Hals und Ihre Brust übergegangen.
- Halten Sie diese Vorstellung fest.
- Jedes Mal, wenn Sie in Zukunft an diesen Schal denken und ihn anlegen, steht Ihnen diese Heilenergie zur Verfügung.
- Bevor Sie nun zum Ende kommen, bedanken Sie sich noch beim Kosmos für die Hilfe und Kraft, die Ihnen zur Verfügung gestellt wird.

- Sie spüren nun wieder Ihren Sitzplatz, Ihre Füße, die fest auf dem Boden stehen und öffnen langsam Ihre Augen.

6. Stirn-Chakra
Element: Äther, Geist
Farbe: Lila und Indigo
Edelstein: Amethyst

Das 6. Chakra, auch Drittes Auge genannt, sitzt oberhalb der Nasenwurzel, zwischen den Augenbrauen. Es ist das geistige Sehorgan und steht somit auch mit den körperlichen Augen in Verbindung. Bei Konzentrationsschwierigkeiten, Ablehnung der Realität oder auch bei ständigem Grübeln, kann auf eine Blockade im Dritten Auge geschlossen werden.

Meditationsvorschlag
Aktivierung des Dritten Auges
- Gehen Sie in eine bequeme Meditationshaltung. Am besten setzen Sie sich hin, die Füße fest auf der Erde aufliegend. Die Hände ruhen nach oben geöffnet auf den Oberschenkeln.
- Schließen Sie die Augen, atmen Sie gleichmäßig und ruhig.
- Beim Einatmen stellen Sie sich nun vor, wie Sie mit dem Atem verbunden Ruhe und Gelassenheit in

Ihren Körper und in jede Zelle einfließen lassen.
- Beim Ausatmen stellen Sie sich vor, wie der Alltag und seine Probleme und Gedanken von Ihnen fließen. Sie atmen Ruhe ein und Ihren Alltag aus.
- Stellen Sie sich nun vor, dass Sie in Ihren nach oben geöffneten Handflächen einen großen lilafarbenen Amethystkristall halten. Seine Spitze zeigt nach oben. Sie sind beeindruckt von der Reinheit und Strahlkraft dieses Steins. Er ist beseelt, Sie fühlen es.
- Konzentrieren Sie sich nun auf Ihr Drittes Auge am oberen Ende Ihrer Nasenwurzel. Es nimmt die gleiche Farbschwingung wie die des Kristalls an, und es entsteht eine energetische Verbindung zwischen der Kristallspitze und Ihrem Chakra.
- Ein sehr angenehmer und doch konzentrierter Kraftstrom fließt nun von Ihrem Kristall in das Chakra und von Ihrem Chakra zurück in den Kristall.
- Die Farbe Lila fließt in Ihr Chakra ein und verteilt sich im gesamten Kopf. Sie fließt weiter und verteilt sich im gesamten Körper.
- Sie bemerken, dass alles Störende, jeder negative Einfluss, dem Sie bisher Aufmerksamkeit geschenkt haben, durch diese dunkle lila Farbe einfach aufgelöst wird.
- Sie sind vollkommen durchdrungen von dieser Farbe höchster Spiritualität.
- Halten Sie diese Vorstellung so lange wie Sie können oder wollen.

- Beenden Sie dann diese Übung, indem Sie sich wieder Ihrer selbst bewusst werden. Sie sind wieder im Hier und Jetzt. Sie fühlen ganz deutlich die Berührung Ihrer Füße mit dem Fußboden. Sie fühlen Ihren Sitzplatz.
- Bewegen Sie nun Ihre Füße und Zehen, und öffnen Sie dann die Augen.

7. Scheitel-Chakra

Element: Geist, Äther
Farbe: Weiß, Violett und Gold
Edelstein: Diamant (Bergkristall)

Das Scheitel-Chakra sitzt genau auf dem Scheitel des menschlichen Kopfes, dort wo bei Säuglingen die Fontanelle zu finden ist. Es ist die direkte Verbindung zu Gott. Bei guter Entwicklung entstehen Kontakte zur eigenen Seele, und Erleuchtungserfahrungen sind möglich. Allerdings ist hier Voraussetzung, dass die übrigen Chakras, insbesondere Herz- und Wurzel-Chakra ebenfalls harmonisch arbeiten. Bei verstandesmäßig bedingter Ablehnung geistiger Kräfte ist dieses Chakra blockiert. Bei allen Mondkrankheiten wie z.B. Epilepsie sollte dieses Chakra besonders geschützt werden.

Auf eine meditative Aktivierung des 7. Chakras wollen wir an dieser Stelle verzichten. Das Scheitelzentrum ist das direkte Verbindungstor zu Ihrem Hohen Selbst und zu Gott. Da die Arbeit mit dem Scheitelchakra bei nicht gut geerdeten Menschen gewisse Risiken birgt, sollte hier nur mit Vorsicht und persönlicher Anleitung herangegangen werden. Ist die nötige spirituelle Reife eines Menschen erreicht, so werden die göttlichen Einstrahlungen und die Öffnung des Scheitelchakras sich automatisch einstellen.

Herstellung eines Chakra-Schutzöls
Materialliste:
250 ml kaltgepreßtes Olivenöl
1 Zimtstange
21 Tropfen ätherisches Weihrauchöl (Olibanum)

Herstellung:
Füllen Sie das Olivenöl in eine dunkle fest schließende Glasflasche und fügen Sie die Zimtstange und das Weihrauchöl hinzu. Beten Sie den Psalm 23 neunmal laut, und schütteln Sie die Flasche dabei rhythmisch. Stellen Sie sich vor, dass die Schutzenergie von Psalm 23 das Öl auflädt.

Anwendung:
Das Schutzöl einmal täglich oder bei Bedarf öfter auf die Chakras auftragen und einmassieren. Wichtig ist auch das Einreiben des Nacken-Chakras in Höhe des vierten

Halswirbels, das bei schwarzmagischen Angriffen oft als Eingangstor benutzt wird!

RITUALBÄDER

In vielen Kulturen sind rituelle Bäder ein fester Bestandteil religiöser Handlungen. In Afrika beispielsweise beginnen oder enden Rituale oft mit einem Bad. Und in Indien wird im heiligen Ganges gebadet, um sich von negativen Energien zu reinigen. Ein friedliches Nebeneinander verschiedener Religionen findet auf Sri Lanka in Kataragama statt: Der Menik Ganga in Kataragama ist ein heiliger Fluss, in dem die hinduistischen Pilger rituelle Bäder nehmen, bevor sie den Tempel besuchen. Einige hundert Meter weiter befindet sich der Kiri-Vihara-Tempel (Milch-Tempel). An dieser Stelle soll Buddha während seines dritten Besuchs auf Sri Lanka in tiefer Meditation gesessen haben. Buddhistische Pilger opfern hier Blumen und Kokosnüsse. Nicht weit davon steht der Masjid-ul-Khizr, eine Moschee. Die heilige Kumari Nabi, soll hier eine Quelle entdeckt haben, die sowohl als Jungbrunnen wirkte, als auch die Sünden der Gläubigen wegwaschen konnte. Die christliche Taufe ist natürlich ebenfalls eine Form des Ritualbads. Das weiße Taufgewand des Täuflings symbolisiert die Reinheit der Seele. Man erinnere sich an Johannes den Täufer, der die Gläubigen

und später Jesus selbst im Jordan getauft und sie damit
von negativen Energien gereinigt hat.

Ritualbad, um positive Dinge anzuziehen
Zutaten:
1 Esslöffel gemahlener Zimt
1 Esslöffel Honig
1 Esslöffel brauner Zucker
9 weiße Nelken
Weihwasser[130]

Um seine Wirkung entfalten zu können, sollten Sie dieses Bad an neun aufeinanderfolgenden Freitagen nehmen. Lösen Sie dazu die Zutaten im warmen Badewasser auf. Entfernen Sie die Blütenblätter von den Nelken, und legen Sie sie ins warme Badewasser, fügen Sie ein paar Spritzer Weihwasser hinzu. Stellen Sie neun gesegnete Teelichter (siehe S. 189) um den Rand der Badewanne, setzen Sie sich dann ins Badewasser und zünden Sie sie im Uhrzeigersinn an. Singen Sie neunmal in langgezogenen Tönen: „Jod He Vau He" Tragen Sie nun der geistigen Welt in eigenen Worten Ihre Bitte vor. Verharren Sie anschließend in stiller Meditation. Bleiben

---

[130] In unserem Grundkurs (über den Sie auf unserer homepage weitere Informationen erhalten) können Sie lernen, wie Sie selbst Weihwasser herstellen.

Sie insgesamt 27 Minuten (3 x 9) im Wasser. Löschen Sie danach die Kerzen gegen den Uhrzeigersinn, indem Sie sie mit dem Badewasser benetzen. Trocknen Sie sich mit einem weißen Badetuch ab und legen sich in ein frischbezogenes Bett. Achten Sie darauf, dass Sie sich das Badewasser nicht in die Augen spritzen!

Ritualbad zur Heilung negativer Gedanken und Gefühle aus der Kindheit

Verletzungen, die uns als Kind zugeführt wurden, werden wir an die nächste Generation weitergeben, wenn wir sie nicht ausheilen. Auch unsere Eltern gaben uns unbewusst Verletzungen weiter, die sie selbst erlitten haben. Es geht hier nicht um Schuldzuweisungen, doch wir können diese Kettenreaktion unterbrechen, indem wir uns die Dinge bewusstmachen, die uns so tiefe Wunden zugefügt haben, sie uns anschauen und heil werden lassen – wir werden heil(ig), nicht mehr angreifbar, nicht mehr verletzbar. Wir heilen damit nicht nur unsere eigene Seele, sondern auch die unseres Familienverbandes. Die nächsten Generationen nach uns müssen nicht mehr die Bürde aus der Vergangenheit tragen. Wir lösen Karma auf!

Wir sind davon überzeugt, dass die ungeborene Seele sich die Umstände ihrer Geburt und ihres Lebensschicksals genau ansieht, bevor sie inkarniert, wieder einen Körper annimmt. Die Art des Schicksals zeigt die Lernaufgabe, die

MAGISCHER GEGENZAUBER

zu bewältigen sich eine Seele vorgenommen hat. Schwere Lebensumstände können somit Prüfungen sein, die es zu meistern gilt. Wenn wir dies verstanden haben, fällt es uns leichter, auch widrige Umstände anzunehmen und nicht mit dem Schicksal zu hadern. Schuldzuweisungen an unsere Eltern werden somit ebenfalls gegenstandslos. Sie haben das getan, was ihnen aus ihrer eigenen Situation heraus möglich war. Wir haben nun die Chance, ganz bewusst alte Strukturen aufzulösen, die vielleicht schon seit Generationen immer weitergegeben wurden, ohne dass die Betroffenen ihrer gewahr wurden.

Zutaten:
3 Esslöffel Lavendelblüten, frisch oder getrocknet
3 Esslöffel Salbeiblätter, getrocknet
Die Blütenblätter von 3 roten und 3 weißen Rosen
1 Esslöffel Honig

Dieses Ritualbad sollte an neun aufeinanderfolgenden Montagen durchgeführt werden: Nach dem Einlassen des warmen Wassers fügen Sie die Zutaten hinzu. Setzen Sie sich dann in die Badewanne, schließen Sie die Augen und erinnern Sie sich an Ihre alten Verletzungen. Lassen Sie die Wut und den Kummer zu, der in Ihnen aufsteigt. Wenn Sie weinen können, so ist es gut; Tränen reinigen. Schauen Sie genau hin, und versuchen Sie, Ihren Eltern aber auch sich selbst zu vergeben. Spüren Sie zu Ihrem

Herz-Chakra (siehe S. 208) hin, und versuchen Sie, es langsam zu entkrampfen. Werden Sie weit, öffnen Sie Ihr Herz, und positive Energien können die alten Wunden heilen.

Bleiben Sie solange im Wasser, bis Sie das Gefühl haben, dass sich etwas in Ihnen entkrampft, entspannt hat, höchstens jedoch eine halbe Stunde. Ziehen Sie ein weißes T-Shirt oder andere bequeme weiße Kleidung an, und legen Sie sich in ein frischbezogenes Bett.

Wenn Sie viele tiefgreifende Verletzungen haben, muss das Ritual öfter wiederholt werden. Wir empfehlen zusätzlich, Familienaufstellungen nach Bert Hellinger durchzuführen.

Das Salzbad

Eine besonders wirksame Methode, die Aura von schädlichen Energien zu befreien, die durch Streit, Ärger, Kontakt mit seelisch oder körperlich kranken Menschen, nach einem stressigen Arbeitstag oder durch Fremdbeeinflussung entstanden sind, ist das Salzbad. Dazu verwenden wir das Salz des Toten Meeres.

Das Tote Meer ist 80 Kilometer lang und 1020 Quadratkilometer groß. Es liegt zwischen Israel und Jordanien. Es ist die tiefste Landschaft der Erdoberfläche: Der Wasserspiegel des Toten Meeres liegt 396 Meter unter dem Meeresspiegel. Durch den hohen Salzgehalt im Wasser

(26,3%) ist jedes Leben darin unmöglich. Die spezifische Schwere des Wassers übersteigt die des menschlichen Körpers. Dadurch wird es möglich, Zeitung lesend im Wasser zu liegen, ohne unterzugehen. Das Tote Meer heißt auf arabisch Bahr Lut, was soviel heißt wie Lots Meer – am Westufer, 156 Meter unter dem Meeresspiegel, liegen die aus der Bibel bekannten Städte Sodom und Gomorrha. Laut altem Testament lebten die Menschen dort einst so ausschweifend[131], dass Gott beschloss, die Städte durch einen Feuer- und Schwefelregen zu vernichten. Lot, der ein gottgefälliges Leben führte, wurde gewarnt, damit er und seine Familie die Stadt verlassen konnten. Gott machte allerdings zur Bedingung, dass sich bei der Flucht niemand umdrehen dürfe. Lots Weib hielt sich jedoch nicht an das Gebot, denn sie war neugierig. Sobald sie sich umdrehte, erstarrte sie zur Salzsäule.

Vielleicht ist es diese Entsprechung zum Negativen, was das Salz des Toten Meeres so wirkungsvoll macht. Vielleicht zieht es das Negative an sich, weil es damit in Resonanz (siehe S. 19) geht. Das Tote Meer liegt an der tiefsten Stelle der Erdoberfläche. Im Gegensatz dazu steht Tibet. Dort steht der Welt höchster Gebirgszug, der Himalaja, mit Bergen von über 8000 Metern Höhe über dem Meer, dort findet sich höchste Spiritualität. Eine Entsprechung lässt sich zweifellos erkennen.

---

[131] Der Begriff Sodomie = Unzucht mit Tieren, leitet sich vom Namen der Stadt Sodom ab

Wie auch immer, die Erfahrung zeigt, dass das Salz des Toten Meeres etwas Besonderes ist. Viele Menschen erfahren Linderung bei Psoriasis (Schuppenflechte) und anderen Hauterkrankungen, wenn sie im Toten Meer baden. Unserer Erfahrung nach bindet das Salz des Toten Meeres negative Energien an sich und reinigt somit die Aura auf wirksamste Weise.

Durchführung:
1. Füllen Sie Ihre Badewanne in einer für Sie angenehmen Badetemperatur mit Wasser.
2. Geben Sie 250g Salz vom Toten Meer hinzu – wahlweise auch 250g Steinsalz
3. Außerdem eine Tasse Sahne oder zwei Esslöffel Olivenöl und neun Kaffeelöffel Honig
4. Legen Sie sich in die Badewanne und sprechen Sie neunmal den Psalm 23 (siehe S. 185)
5. Stellen Sie sich dabei vor, wie alle dunklen Schlieren aus Ihrer Aura im Salzwasser gebunden werden.
6. Nach dem neunten Sprechen von Psalm 23 lassen Sie das Wasser ab und duschen kurz mit klarem Wasser nach.
7. Gehen Sie nach einem solchen Reinigungsritual keinen Aktivitäten nach – Sie werden wahrscheinlich ohnehin sehr müde sein und sollten Ihrem Körper Ruhe gönnen.

MAGISCHER GEGENZAUBER

Wenn ich (Iris) einen Exorzismus (siehe S. 120) durchgeführt habe oder mit schwierigen Energien zu tun habe, ist das Salzbad für mich Pflicht. Bevor ich nicht mein Energiefeld gereinigt habe, nehme ich auch meine Kinder nicht in den Arm, um sie vor einer Übertragung zu schützen.

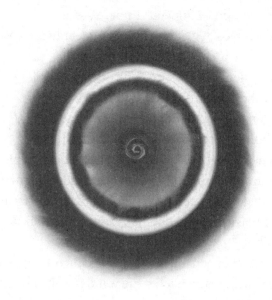

ERSTE HILFE BEI EINEM SCHWARZMAGISCHEN ANGRIFF

REINIGUNG MIT RAUCH

Pao, ein tibetischer Schamane,
bei einer in Tieftrance durchgeführten Heilzeremonie

Im Laufe eines Tages sammeln sich durch den Kontakt mit anderen Menschen in unserer Aura die verschiedensten Energien an. Auch unsere eigenen Stimmungsschwankungen und zerstörerischen Gedanken und Handlungen tragen zu einer gestörten Aura bei. Solch ein belastetes Energiefeld führt zu Aggressionen, Nervosität, Müdigkeit und innerem Druck.

Nehmen wir eine durchschnittliche Auragröße von einem Meter bis zur äußeren Schicht, so wird klar, dass

MAGISCHER GEGENZAUBER

ein ständiges Durchdringen der menschlichen Aura stattfindet. Je mehr Menschen auf engem Raum versammelt sind, desto stärker ist die Überlappung der Energieschichten. Dazu kommt, dass, während zwei Menschen miteinander kommunizieren, ständig Energiefäden wie in Telefondrähten hin- und herfließen. Kommt es zu einem Streit, können regelrechte Blitze von einem zum anderen schießen. Bei ganz bösen Gedanken können es auch dunkle Energiekugeln sein oder schlierige, schmutzige, klebrige Energiemassen, die sich um die Aura legen.

Wenn ein Mensch mit Kranken zu tun hat, kann es vorkommen, dass die Krankheitsschwingung, die sich in trüben Farben zeigt, an ihm haftenbleibt. Kein Wunder, wenn er sich dann am Abend müde und ausgelaugt fühlt. Auch in den Räumen selbst bleiben die Energien hängen. Kommt ein Mensch in einen Raum hinein, in dem zuvor ein Streit stattgefunden hat, kann er immer noch die bedrückende Schwingung wahrnehmen.

In alten Häusern, in denen viele Generationen mit den vielseitigsten Schicksalen lebten, hat das Gemäuer die Schwingungen der vergangenen Zeit aufgesogen. Auch an alten Möbeln haftet die Vergangenheit. Ich betrat einmal ein Haus, das wunderschön renoviert worden war. Die Einrichtung war harmonisch und geschmackvoll. Trotzdem fühlte ich mich unwohl. Irgend etwas stimmte nicht. Eine unerklärliche Unruhe machte sich in mir breit. Mir wurde es flau im Magen, und ich wurde immer bedrückter. Die Hausbesitzer konnten nicht die Ursache meines eigenartigen Befindens sein. Diese Schwingung schien vom Haus selbst auszugehen. Ich fragte nach, wer denn der Vorbesitzer des Hauses gewesen sei. Nach der Antwort wunderte ich mich über nichts mehr: Das Haus war lange Zeit ein Schlachthaus gewesen. Die ganze Angst, Qual und der Schmerz der Tiere war noch gegenwärtig.

Fremdenergien können uns ganz schön zu schaffen machen. Im Extremfall können sie sogar Familien auseinanderbringen. Wenn der Vater zum Beispiel in einer Klinik mit seelisch kranken Menschen arbeitet, kommt er am Abend nach Hause und hat die Depressionen, Aggressionen, Frustrationen und Selbstmordgedanken seiner Patienten an seiner Aura kleben. Seine Kinder empfangen den Papa an der Tür, und er nimmt sie in den Arm. Die erste Übertragung findet statt. Dann begrüßt er seine Frau. Sie ist empfindsam und verspürt eine Ablehnung, ihren Mann zu küssen. Sie weiß nicht warum, aber sie hat das Gefühl, Abstand halten zu müssen. Er wird sauer, weil er denkt, seine Frau hat kein Interesse mehr an ihm. Die Kinder haben gewaltgeladene Energiefetzen vom Vater aufgenommen und beginnen, wüst miteinander zu streiten. Die Familienharmonie ist dahin. Einmal, zweimal und auch dreimal kann man solche Geschichten ausgleichen. Häufen sie sich jedoch, ist die Familie gefährdet.

MAGISCHER GEGENZAUBER

Die drei Weisen aus dem Morgenland beschenken das Jesuskind mit Weihrauch, Myrrhe und Gold (Stadtkirche zu Gengenbach)

Die beste Möglichkeit für den Vater wäre jetzt sicherlich ein Salzbad (siehe Seite. 221), und das, bevor er sich seiner Familie zuwendet. Eine schnellere und jeden Tag anwendbare Lösung bietet die Reinigung mit Rauch. Die Wohnung, alte Möbel, selbst das Auto lassen sich mit Rauch wunderbar energetisch reinigen. In Asien und Afrika räuchert ein Geschäftsmann seinen Laden jeden Tag. Auch in den Hotels – vielleicht haben Sie es schon einmal bemerkt, wenn Sie in Asien oder Afrika waren – duftet es morgens nach Weihrauch oder anderen Harzen und Kräutern. Dies geschieht keinesfalls zur Geruchsaufbesserung, sondern um die Atmosphäre zu reinigen.

Räucherharze und -kräuter

Harze

Weihrauch. Es gibt eine Vielzahl reinigender Kräuter und Harze. Das bekannteste Harz dürfte der Weihrauch sein. Richtig heißt es *Olibanum* (Boswellia carteri, Boswellia sacra) und wird aus dem Harz des Weihrauchstrauches gewonnen. Dieser wächst hauptsächlich in Somalia, Südarabien, Ägypten und Indien. Das Harz wird gewonnen, indem man vorsichtig etwas Rinde vom Weihrauchstrauch löst und den ausfließenden Saft auffängt. *Olibanum* ist bestens zur Segnung, Reinigung und zum Schutz geeignet. Sein Rauch verbreitet eine heilige Atmosphäre. Er ist Vermittler zwischen materieller und geistiger Welt, er fördert Visionen und schafft eine gute Schwingung, um zu meditieren. Medizinisch wirkt *Olibanum* entkrampfend, z.B. bei Asthma, und entzündungshemmend. Innerlich angewendet (in Deutschland als Medikament leider nicht zugelassen) scheint es sich bei verschiedenen Krebserkrankungen günstig auszuwirken – besonders bei Gehirntumoren ließ sich ein Wachstumsstop des Tumors feststellen. Auch Rheumapatienten verzeichnen positive Veränderungen. Unsere eigenen Versuche zeigten deutlich, dass bei der Einnahme von *Olibanum* eine hellblaue Farbe in die Aura tritt – Hellblau ist die Farbe der Heilung!

Benzoe (Styrax benzoin). Durch Einschnitte in die Rinde des Styraxbaumes (Indien, Brasilien) gewonnenes Gummiharz, das ebenfalls zur Reinigung, zum Schutz und für Segnungszeremonien verwendet wird. Sein einhüllender süßer, vanilleartiger Duft mag dem einen oder anderen lieber sein als der etwas strengere des *Olibanum*.

Copalharz. Wird von den Indianern bei Initiationsriten, zur Reinigung und zur spirituellen Arbeit eingesetzt. Sein Duft ähnelt dem des *Weihrauchs*.

Elemi (Canaricum luzonicum Gray). Eine klebrige Paste (ölhaltiges Harz), die beim Räuchern einen zitrusartigen, waldigen Duft verströmt. Es wirkt klärend, reinigend, erfrischend und fördert neue Impulse. Es kommt von den Philippinen, aus dem tropischen Asien, Brasilien, Mexiko.

Mastix (Pistacia lentiscus). Luftgetrocknetes Harz des bis zu fünf Meter hohen immergrünen Mastixbaumes (südlicher Mittelmeerraum, Kanarische Inseln, Nordafrika). Sein Geruch ist angenehm frisch und würzig. Es wirkt reinigend und ausgleichend, stärkt die geistigen Kräfte und klärt die Aura. *Mastix* kann als zahnfleischstärkender Kaugummi verwendet werden. In Griechenland wird es noch heute zum Harzen von Wein (Retsina) und Aromatisieren von Ouzo verwendet. Als ungiftiger Klebstoff wird es von Maskenbildnern zum Ankleben von Bärten und Augenbrauen verwendet.

Bild: Räucherofen in einem buddhistischen Kloster in Tibet

Myrrhe (Commiphora Myrrha). Aus den Sekretgängen der Rinde des kleinen Myrrhenstrauches (Somalia und teilweise Arabien) tritt ein Milchsaft aus, der eingetrocknet geerntet wird. Die graubraunen bis gelbbraunen Harzkörner riechen beim Verräuchern würzig-scharf. Myrrhe war im Altertum neben *Olibanum* einer der wichtigsten Räucherstoffe und wurde in der damaligen Medizin zur Wundheilung eingesetzt. Ihre gewebestärkende Wirkung soll den Alterungsprozess verlangsamen. Myrrhe ist eine der drei Kostbarkeiten (Myrrhe, Weihrauch, Gold), die die drei Könige als Geschenk für den neugeborenen Jesus nach Nazareth brachten. Sie hat eine stark reinigende Wirkung, gibt Kraft und geerdete innere Ruhe. Sie kann zur Meditation, zum Schutz, bei Heilungs- und Segnungsritualen verwendet werden.

Übung: Das Räuchern mit Harzen

Die konventionelle Methode der Räucherung von Harzen besteht darin, zunächst eine Räucherkohle (erhältlich im Kirchenbedarf oder Esoterikfachgeschäft) durchglühen zu lassen. Dies gelingt recht einfach unter Zuhilfenahme einer Grillzange. Achten Sie darauf, dass Sie die Kohle nicht zu fest drücken, da sie leicht bricht. Die glühende Kohle wird vorsichtig in ein feuerfestes, mit etwas Sand befülltes Gefäß gelegt. Darauf geben Sie ein bis zwei Harzkügelchen, die dann schmelzen – sie dürfen keinesfalls brennen – und dabei ihre Aromen freigeben. Eine neue Variante ist ein spezielles Metallsieb, das anstelle des Glasaufsatzes auf eine Duftlampe aufgelegt wird. Die Harze werden direkt auf das Sieb gelegt und von der Wärme des sich darunter befindenden Teelichts geschmolzen. Diese Methode erspart die Räucherkohle, was ich sehr praktisch finde.

Um die Räucherharze energetisch aufzuwerten, werden sie zuvor gesegnet oder ein Gebet oder Mantra hineingesprochen. Dies kann als meditative Handlung geschehen, indem Sie die Harze in einem Mörser zerreiben, während Sie beten. Es kann auch Harz für mehrere Räucherungen auf Vorrat zubereitet werden. Je mehr Sie sich energetisch mit Ihrem Räuchermittel auseinandersetzen, desto wertvoller wird es.

Zubereitung mit dem Mörser:
Legen Sie die gewünschte Menge Harz in den Mörser. Beginnen Sie nun mit dem Sprechen des Schutzmantras „Aum Mani Padme Hum" oder beten Sie in ständiger Wiederholung den Psalm 23 (siehe S. 185). Bewegen Sie den Mörser stets rhythmisch im Uhrzeigersinn. Das Beten und Zerreiben der Harze sollte genau 15 Minuten betragen!

Kräuter

Salbei. Besonders reinigend und mit Energie aufladend ist auch Salbei. Die Indianer Nordamerikas verwenden den heiligen weißen Salbei, der einen angenehmen süßlichen Geruch verströmt. Unser heimischer Salbei ist jedoch genauso gut geeignet.
Wer mag, kann sich im Garten oder Blumentopf selbst Salbei ziehen. Durch die liebevolle Zuwendung, die man der Pflanze durch die Pflege angedeihen lässt, entsteht eine besondere energetische Verbindung zum Geist der Pflanze. Es ist durchaus sinnvoll, mit der Pflanze zu sprechen

und sie darum zu bitten, wenn sie groß genug ist, ein paar Blätter zur Räucherung zur Verfügung zu stellen. Manche Menschen bekommen von der Pflanze direkt gezeigt, welche Teile geerntet werden dürfen, indem sich der entsprechende Zweig bewegt. Eine andere Möglichkeit besteht darin, mit dem Pendel abzufragen, welcher Pflanzenteil geerntet werden darf. Oftmals leuchtet der entsprechende Teil der Pflanze in einem eigentümlichen Licht und gibt somit ein Zeichen. Wie auch immer sich die Pflanze mitteilt, ein so gewonnenes Räuchermittel ist energetisch besonders wertvoll und die Pflanzenwesen werden bei der Räucherung hilfreich zugegen sein.

Salbei ist eine weibliche Pflanze. Traditionell wird er deshalb auch in einer Muschel geräuchert, die ebenfalls das Weibliche symbolisiert. Salbei wird, wie alle Kräuter, direkt mit einem Streichholz angezündet und nicht auf Räucherkohle gelegt. Mit einer Feder, zur Not auch mit der Hand wird der Rauch kreisförmig im Uhrzeigersinn zum Körper gefächelt. Sie beginnen am rechten Fuß und fächeln den Rauch an der rechten vorderen Körperseite nach oben bis über den Kopf und links hinunter bis zum linken Fuß. Gleichermaßen gehen Sie auf der Rückseite des Körpers vor, beginnen dort jedoch mit dem linken Fuß. Dann fächeln Sie den Rauch an der Vorderseite, beginnend an den Füßen, mittig über den Scheitel den Rücken hinunter. Zuletzt berührt die Feder das Herz.

Die Indianer verwenden eine Adlerfeder – wer reich

ist, hat eine ganze Schwinge. In Adlerhorsten kann man Adlerfedern kaufen und bekommt dafür ein Zertifikat, da Adler unter Naturschutz stehen. Manchmal liegt ein überfahrener Bussard am Straßenrand. Wer möchte, kann sich mit der Seele des Vogels verbinden und um seine Schwinge bitten. Sie erklären der Tierseele, dass sie so für spirituelle Arbeiten als Helfer tätig sein kann. Haben Sie das Gefühl, dass der Vogel einverstanden ist, können Sie den Flügel vorsichtig mit einer Zange abzwicken und trocknen. Den Körper des Vogels beerdigen Sie natürlich würdig. Die Vogelseele wird nun bei Räucherungen helfend zugegen sein.

Sweetgrass. Das männliche Gegenstück zum Salbei ist das Süßgras, ein Sumpfgras aus Nordamerika. Seit ältester Zeit wird es als wichtiger ritueller Räucherstoff zum Reinigen und Heilen eingesetzt. Das meist zu Zöpfen geflochtene Süßgras wird an einem Ende gehalten, während man es am anderen anzündet und mit Luft befächelt.

Übung: Reinigung eines Raumes

Wände und Räume haben die Eigenschaft, dass sie die Energien der Menschen, die sich dort aufhalten, wie in einer Art „Gedächtnis" aufnehmen und speichern. Fand in einem Raum ein heftiger Streit statt, so sind die gefühlsstarken Energieentladungen der Streitenden noch lange danach im Raum spürbar. Genauso verhält

MAGISCHER GEGENZAUBER

es sich mit Krankheitsenergie oder jeder anderen Form von Gedanken und Gefühlen, die auf die eine oder andere Weise erzeugt werden. Aber vielleicht wollen Sie auch eine Nacht im Hotel verbringen. Dort sind die „Informationen" aller Gäste, die vor Ihnen das Zimmer mieteten, im Bett und in den Wänden „gespeichert". Wir wollen Ihnen hier ein kleines aber wirkungsvolles Ritualgebet an die Hand geben, mit dem Sie jeden Raum zu jeder Tages- und Nachtzeit energetisch reinigen können. Dieses anrufende Gebet hilft mit und ohne Weihrauch. Falls Sie jedoch die Möglichkeit haben, verstärken Sie seine Wirkung mit einer Räucherung[132]. Es muss dann aber – wie bei jeder Räucherung – bereits während des Räucherns gut gelüftet werden!

Beginnen Sie im Osten. Wenden Sie sich dorthin, und sprechen Sie:

„Ich, …(Ihr Name), rufe den Erzengel Raphael. Hüter des Ostens, sei gegrüßt. Dir zu Ehren entzünde ich dieses Licht (Teelicht in der Himmelsrichtung Osten entzünden). Ich bitte Dich um Deinen Schutz und Segen für diesen Ort. Mögen Dein Segen, Dein Frieden und Deine Heilkräfte sich auf alle ergießen, die diesen Ort betreten, jetzt und in Zukunft."

Drehen Sie sich nun nach Süden, und sprechen Sie:

„Ich, …, rufe den Erzengel Michael. Hüter des Südens, sei gegrüßt. Dir zu Ehren entzünde ich dieses Licht (ent-

---

[132] Zur Not geht auch Tee, den Sie im Aschenbecher verbrennen, wenn Sie nichts anderes zur Hand haben.

zünden Sie ein weiteres Teelicht, und stellen Sie es in den Süden). Ich bitte Dich um Deinen Schutz und Segen für diesen Ort. Mögen sich Dein Segen, Deine Liebe und Dein Mut auf diejenigen ergießen, die diesen Ort betreten, jetzt und in Zukunft."

Nach Westen gewandt sprechen Sie:
„Ich, ..., rufe den Erzengel Gabriel. Hüter des Westens, sei gegrüßt. Dir zu Ehren entzünde ich dieses Licht (entzünden Sie ein Teelicht im Westen). Mögen sich Dein Segen, Deine geistigen Stärken und das Verstehen auf alle ergießen, die diesen Ort betreten, jetzt und in Zukunft."

Mit Blickrichtung Norden sprechen Sie:
"Ich, ..., rufe den Erzengel Uriel. Hüter des Nordens, sei gegrüßt. Dir zu Ehren entzünde ich dieses Licht (entzünden Sie ein Teelicht im Norden). Mögen sich Dein Segen, Deine heilenden Träume und Visionen, Ruhe und Beständigkeit auf jene ergießen, die diesen Ort betreten, jetzt und in Zukunft."

Zurück in der Ausgangsstellung, mit Blick nach Osten, sprechen Sie:
„Ich bitte Euch, Hüter der Elemente, Erzengel des Lichts, segnet alle, die diesen Ort jemals betreten haben und segnet mich, der nun an diesem Ort verweilt. Der Wille des Vaters geschehe, denn Dein ist das Reich und die Kraft und die Herrlichkeit, in Ewigkeit. Amen."

Beenden Sie den Segen nach ein paar Minuten der Ruhe und Dankbarkeit.

Übung: Einen Menschen magisch schützen und segnen

Jeder Mensch hat die Möglichkeit, einen anderen zu segnen, der krank ist oder um Schutz und Hilfe gebeten hat. Zünden Sie dazu eine weiße gesegnete (siehe S. 189) Kerze an, die für den göttlichen Willen steht, und bringen Sie in jeder Himmelsrichtung des Raumes, in dem Sie die Segnung vornehmen, eine weiße oder blaue Kerze an.

Beginnen Sie, nach Osten gewandt, den Segen zu sprechen:

„Ich, ... (Ihr Name), rufe den Segensstrom des Ostens an. Im Namen des Erzengels Raphael und der Kraft der aufgehenden Sonne bitte ich um Schutz, Führung und Beistand für ... (Name des zu Segnenden). Mögen der göttliche Segen und die heilenden Kräfte des Ostens diesen Menschen begleiten."

Wenden Sie sich nun nach Süden, und fahren Sie fort:

„Ich, ..., rufe den Segensstrom des Südens an. Im Namen des Erzengels Michael und der Kraft der Mittagssonne bitte ich um Schutz, Führung und Beistand für ... . Mögen der göttliche Segen und die Kräfte des Mutes und der Stärke diesen Menschen begleiten und ihn stets auf dem rechten Pfad wandeln lassen."

Gehen Sie nach Westen, und sprechen Sie:

„Ich, ..., rufe den Segensstrom des Westens an. Im Namen des Erzengels Gabriel und der Kraft der untergehenden Sonne bitte ich um Schutz, Führung und Beistand für ... Mögen der göttliche Segen und die Kräfte des Verstehens und der Intuition diesen Menschen begleiten und ihn im rechten Glauben festigen."

Im Norden heißt der Segen:

"Ich, ..., rufe den Segensstrom des Nordens an. Im Namen des Erzengels Uriel und der Kraft der Mitternachtssonne bitte ich um Schutz, Führung und Beistand für .... Mögen der göttliche Segen und die Kräfte der Ruhe, des Friedens und der Ausdauer diesen Menschen begleiten und ihn auf dem Pfad des inneren Reichtums wandeln lassen."

Zurück nach Osten gewandt beenden Sie den Segen:

„Ich, ..., segne Dich im Namen der Christuskraft. Möge sie dein Haupt krönen und deinen Lebensweg ebnen. So sei es!"

Lassen Sie die Kerzen noch einen Augenblick brennen, und kehren Sie, wie nach jedem Ritual, den Blick nach innen. Seien Sie sich dessen, was Sie gerade bewirkt haben, bewusst und danken Sie der göttlichen Vorsehung und Ihrer Führung.

SCHUTZMASSNAHMEN FÜR DIE NACHT

Durch unsere Hilfe, die wir Menschen in Not gewähren, geraten wir auch oft selbst in Gefahr. Ein Laie kann sich kaum eine Vorstellung davon machen, wie oft wir uns, sei es beim Durchführen eines Exorzismus oder Befreien aus schwarzmagischer Beeinflussung, selbst in Lebensgefahr begeben oder zumindest unsere Gesundheit gefährden.

Herr H., ehemals Mitglied einer Loge, bat mich (Iris) um Hilfe. Nach seinem Austritt aus der Loge fühlte er sich ständig energetisch bedroht und wurde nachts belästigt, indem ihn astrale Wesenheiten besuchten. Sein Gesundheitszustand wurde ebenfalls zusehends schlechter. Ich stellte fest: Er befand sich in magischer Gefangenschaft. Das bedeutet, eine dunkle Energieschicht, ähnlich einem Gefängnis, hüllte seine Aura ein und ließ keine positiven kosmischen Energien von außen eindringen. Alle Gebete und Hilferufe an die geistige Welt konnten nicht beantwortet werden, da die positiven Energien nicht durch den energetischen Käfig vordringen konnten. Herr H. verhungerte energetisch regelrecht, was in letzter Konsequenz seinen Tod bedeuten würde, obwohl schulmedizinisch absolut nichts festzustellen sein würde!

Meine Aufgabe bestand nun darin, das magische Gefängnis aufzulösen, Herrn H.s Aura zu stärken und vor neuen Übergriffen zu schützen. Es war schwierig, aber letztendlich gelang es mir. Nun beging ich aber einen großen Leichtsinnsfehler: Um mich über die gegenwärtigen Machenschaften der Loge zu informieren, schaute ich im Geiste in ihren Logenraum. Dabei vergaß ich, meine energetische Spur zu verwischen, und die Logenmitglieder bemerkten, dass ich ihre Sicherheitsschranken überwunden hatte. Sie verfolgten mittels eines Mediums meine Spur und erkannten meine Identität.

Da Herr H. wieder hergestellt war, war die Sache für mich erledigt. Ich widmete mich wieder anderen Aufgaben, und da es recht viele waren, wunderte es mich zu Anfang nicht, dass ich unter Erschöpfungszuständen litt. Doch innerhalb von vierundzwanzig Stunden war ich dann so ausgelaugt, dass ich zu nichts mehr fähig war. Stimmen in meinem Kopf flüsterten mir ein, dass ich sterben würde. Und dies war verbunden mit einem Gefühl der Gewissheit zu sterben, das mich einlullte und meinen Verstand lähmte. Erst jetzt, viel zu spät, erkannte ich, dass ein Tötungsritual an mir durchgeführt wurde. Meine Boviseinheiten (Maßeinheit zur Messung der Lebensenergie), die zuvor bei 240000 gelegen hatten, waren auf 1000 gesunken – das war tatsächlich schon fast tot und die ärztliche Diagnose wäre dann wahrscheinlich Herzversagen gewesen: Der gesunde Mensch hat 7000

MAGISCHER GEGENZAUBER

Boviseinheiten. Was darunter ist, macht krank. Die Loge hatte mir soviel Lebenskraft entzogen, dass ich normalerweise längst gestorben wäre, hätte ich nicht über eine so große Reserve verfügt. Einen Angriff in Form von dunklen Energien, die die Aura attackieren, hätte ich sofort erkannt. Der Energieentzug war raffinierter. Da ich zu dieser Zeit mit Arbeit völlig überlastet war, hätte die anfängliche Müdigkeit auch daher rühren können, und ich war so beschäftigt, dass ich zu wenig auf mich achtete.

Ich lag also völlig entkräftet im Bett, und leitete zuerst die Schutzmaßnahmen ein, um mich vor weiterem Energieraub zu schützen. Mein Mann zog den magischen Blitzableiter (siehe nebenstehend) ums Bett, während ich mein Scheitel-Chakra mit meinem Dryade-Schutzengel-Amulett (siehe S. 149) abdeckte, denn darüber entzogen sie mir die Lebenskraft. Ich rief Mahakala um Hilfe (siehe Seite. 274) und betete unablässig meine kabbalistischen Schutz- und Kraftformeln[133], um meine Aura wieder zu stabilisieren. Innerhalb weniger Stunden hatte ich meine Boviseinheiten wieder aufgefüllt und es ging mir zusehends besser. Die manipulativen Energien hatten keine Chance mehr, Schaden anzurichten.

Solche ernstzunehmenden magischen Angriffe sind jedoch Ausnahmen und wohl kaum ein Leser dürfte jemals einem solchen ausgesetzt werden. In den meisten

---
[133] zu erlernen in unseren Kabbalah-Seminaren

Fällen geht es nicht um Tötungsabsichten, sondern um allgemeine Schädigungen und Beeinflussung. Auch wird meist ein einzelner Angreifer und nicht eine ganze Loge Einfluss nehmen, wie es bei mir der Fall war.

Der magische Blitzableiter

Sollten Sie den Verdacht haben, magisch beeinflusst zu werden, empfehlen wir, folgende Schutzmaßnahme zu ergreifen:

Besorgen Sie sich einen Blumendraht oder einen anderen dünnen Draht ohne Isolierung, außerdem ein neues spitzes Messer – oder einen Dolch; wenn Sie in Not sind und die Zeit drängt, behelfen Sie sich mit einem Küchenmesser aus der Besteckschublade – das geweiht wird (im Anschluß erklärt), und eventuell ein Holzbrettchen. Ziehen Sie den Draht um Ihr Bett und befestigen Sie die beiden Enden des Drahtes am Griff des Messers – dies ist Ihr magischer Schutzkreis. Er braucht nicht rund zu sein; wichtig ist, dass er geschlossen ist.

Rammen Sie nun das Messer in den Boden bzw., um den Boden nicht zu beschädigen, in das Holzbrettchen. Dadurch werden die Angriffe wie bei einem Blitzableiter in die Erde abgeleitet. Wenn Sie im Bett sind, ziehen Sie mit dem Zeigefinger der rechten Hand dreimal im Uhrzeigersinn den Verlauf des Drahtes nach. Stellen Sie sich dabei vor, dass eine feurig leuchtende Energie aus

MAGISCHER GEGENZAUBER

Ihrem Zeigefinger schießt und den Draht entflammt. Geben Sie anschließend mental (in Gedanken) den Befehl, dass der Schutzkreis jetzt aktiviert ist. Rufen Sie nun:

„Vor mir Raphael!
Hinter mir Gabriel!
Zu meiner Rechten Michael!
Zu meiner Linken Uriel!"

Um Sie stehen nun die vier Erzengel und halten schützend Wacht. Wenn Sie stark bedroht sind sprechen Sie nun dreimal den Psalm 23 (siehe S. 185), dreimal das „Vaterunser" und danach unaufhörlich als Mantra den Namen *Mahakala* (siehe auch S. 274ff.), bis Sie einschlafen. Zusätzlich können Sie sich ein SATOR-Quadrat (siehe S. 142) auf ein Blatt Papier schreiben und auf die Brust oder unters Kopfkissen legen.

Lassen Sie sich von Ihrem höheren Selbst leiten. Achten Sie auf Ihre innere Stimme, ob noch andere Maßnahmen, vielleicht auch aus diesem Buch, notwendig sind und ergänzen und kombinieren Sie. Haben Sie keine Angst, etwas falsch zu machen.

ERSTE HILFE BEI EINEM SCHWARZMAGISCHEN ANGRIFF

Weihen des Messers (Dolch)

Bild: Buddhistischer Zauberdolch zum Töten von Dämonen

Ein neues Messer oder ein Dolch wäre ideal. Zur Not, wenn es schnell gehen muss, greifen Sie sich ein Messer aus der Besteckschublade. Halten Sie das Messer einige Minuten unter fließendes Wasser, um es energetisch zu reinigen und zu neutralisieren. Das Wichtigste dabei ist – wie bei allem in der Magie – dass Sie Ihre Absicht, in diesem Falle die Reinigung, so genau wie möglich visualisieren, also vor Ihrem inneren Auge sehen.

Segnen Sie anschließend Ihr Messer, indem Sie dreimal das kabbalistische Kreuz schlagen und dazu die hebräischen Worten sprechen:
ATEH,
MALKUTH,
VE GEBURAH,
VE GEDULAH,
LE OLAM.
AMEN.

DER TORWÄCHTER

Bild: Torwächter an einem
buddhistischen Tempel in Sri Lanka

Ein Torwächter ist eine fest eingerichtete Energieform, die einen Eingang bewacht und je nach dem, wie sie eingestellt wurde, tätig wird. Die ägyptischen Pyramiden sind zum Beispiel mit solchen Wächtern ausgestattet, was auch die vielen unerklärlichen Unglücksfälle beim unbefugten Öffnen seitens der Archäologen erklärt. Jeder buddhistische und hinduistische Tempel ist mit Torwächtern versehen. Auch in schamanischen Traditionen werden Torwächter, meist in Form furchterregender Fratzen, verwendet.

Die meisten Magier installieren sich ihre Wächter, um negative Energien und ungebetene Besucher fernzuhalten. Wir sind der Meinung, dass es nicht gerechtfertigt werden kann, einem ungebetenen Besucher Schaden zuzufügen. Deshalb wird der hier vorgestellte Torwächter so eingestellt, dass er einen energetischen Schutzschild um Ihr Haus aufbaut, an dem negative Energien abprallen.

Ein Schwarzmagier ist schlecht beraten, wenn er versucht, den Schutzschild energetisch zu durchdringen: Seine Energien prallen daran ab und fallen auf ihn selbst zurück. Als Besitzer des Wächters schreiten Sie dabei nicht aktiv ein, sondern die Energie des Angreifers wird zurückgelenkt, ähnlich wie beim Aikido, einer japanischen Kampfkunst. Dabei wird die Bewegung des Angreifers nicht abgeblockt, wie bei den harten Stilen, zum Beispiel des Shotokan-Karate, sondern der Angegriffene geht mit der Bewegung des Gegners mit, um sie dann in einer eleganten Kreisbewegung zum Gegner zurückzulenken. Mit Aikido ist es im Gegensatz zu fast allen anderen bekannten Kampfstilen nicht möglich, selbst einen Angriff zu führen. Der Aikido-Kämpfer ruht deshalb ständig in seiner Mitte und ist unantastbar. Zur Abwehr des Angriffs nutzt er nie seine eigene, sondern nur die Kraft seines Angreifers. Deshalb bewegt er sich immer in der Harmonie und wird sie nie verlassen. Er kennt das Spiel und ist selbst der Meister.

Bild: Torwächter an einem Tempel in Thailand

MAGISCHER GEGENZAUBER

Herstellung eines Torwächters

Sie benötigen eine Statue oder Figur, die für Sie den Torwächter symbolisiert und dessen Wohnung wird. Gut geeignet sind Tierfiguren wie zum Beispiel Löwe, Wolf, Greif (Fabelwesen), Drache. Ebenso eignet sich die menschliche Statue oder menschenähnliche, wie die eines Gartenzwergs. In Gartencentern gibt es oft eine gute Auswahl an Figuren aus Ton. Jedes andere Material kann jedoch ebenfalls verwendet werden. Besonders wirkungsvoll ist ein selbst geformter Torwächter. Schon während der Herstellung können Sie sich gedanklich und gefühlsmäßig mit der Figur auseinandersetzen: Sie kneten die Eigenschaften, die er später verkörpern soll, förmlich in ihn hinein. Nach der Aktivierung sollte die Figur dann vor dem Haus- bzw. Wohnungseingang stehen, wobei Sie sie unauffällig neben einem Blumenkübel plazieren können.

Aktivierung:

Stellen Sie Ihren gekauften oder selbst hergestellten Torwächter vor sich hin und halten Sie beide Hände darüber. Intonieren[134] Sie an 31 aufeinanderfolgenden Tagen 15 Minuten lang (Wecker stellen) „Jod He Vau He" (gesprochen: Joood heee wauu heee) in der festen Überzeugung und mit der klaren Vorstellung, dass Sie

---
134 Singen mit monotoner Stimme

nun einen Torwächter einsetzen, der einen goldenen Schutzwall um Ihr Heim aufbaut, der alles Negative mit dem vom Verursacher selbst erzeugten Schwung auf ihn zurückprallen lässt. Am besten schließen Sie dabei die Augen.

Wichtig: Setzen Sie eine genaue Lebensdauer für den Torwächter fest. Er sollte Sie nicht überleben, da er sonst eventuell ungewollt Schaden anrichten könnte. Wer kann schon wissen, was die Hinterbliebenen nach Ihrem Tod mit der Figur machen? Eine zeitliche Begrenzung könnte lauten: „Der Torwächter lebt so lange, wie ich selbst."
Stellen Sie die Figur nach jeder der insgesamt 31 Ladungen an einen sicheren Platz, an dem sie von keinem Fremden berührt werden kann. Um die Energien darin zu halten, befehlen Sie dabei, dass die geladene Energie in diesem Gegenstand verankert bleibt und sich ständig auch ohne Ihr Zutun aus der Kraft des Kosmos erneuert und verstärkt bis ... – an dieser Stelle formulieren Sie die zeitliche Begrenzung noch einmal. Erst nach der vollständigen Aufladung nach 31 Tagen wird der Torwächter an den für ihn vorgesehenen Platz gestellt.

Sollte die Figur des Torwächters aus irgendeinem Grund zu Bruch gehen, nehmen Sie ein Stück der Figur und stellen Sie einen neuen Torwächter her, in den Sie das alte Stück miteinarbeiten, oder befestigen Sie es an einer

MAGISCHER GEGENZAUBER

neuen gekauften Figur und stellen sich ganz deutlich vor, wie sämtliche Energie des Torwächters nun auf die neue Figur übertragen wird. Die Reste der alten Figur werden mit Salbeirauch gereinigt und in der Erde vergraben.

Bild: Torwächter im Garten einer Freundin

ERSTE HILFE BEI EINEM SCHWARZMAGISCHEN ANGRIFF

SCHUTZMASSNAHMEN IN ANDEREN KULTUREN

Jedes Volk hat seine bewährten Bräuche und Methoden, sich vor negativen Energien zu schützen oder sie zumindest zu erkennen. Die Nubier in Ägypten beispielsweise befestigen über ihrer Eingangstür einen getrockneten Kugelfisch, um Negatives abzuhalten. Die Hand der Fatima (siehe rechts) gilt in moslemischen Kulturen als Schutzsymbol. Oft ist sie in aufwendiger Goldschmiedearbeit als Anhänger gefertigt.

SÜDAMERIKA

PERU: Von meiner peruanischen Freundin weiß ich, dass ein Neugeborenes einen roten Wollfaden um das Handgelenk gebunden bekommt. Dieser Faden bleibt drei Monate als Schutz vor Bösem am Arm. Und peruanische Geschäftsleute pflücken morgens eine stark riechende Pflanze namens *Ruta*, die sie zum einen ins Putzwasser geben, mit dem die Läden jeden Morgen ausgewischt

MAGISCHER GEGENZAUBER

werden. Zum anderen wird die Pflanze zu Büscheln zusammengebunden und ihr Geruch mit wedelnden Bewegungen im Geschäft verteilt. Eine wirksame Methode, die verhindert, dass Neider negative geschäftsschädigende Energien verankern können. Ebenfalls aus Peru kommt die Methode, ein frisches rohes Ei über den Körper zu reiben (so dass es nicht zerbricht!) und es anschließend in ein Glas Wasser zu legen. Normalerweise sinkt das Ei im Wasser zu Boden. Sind negative Einflüsse vorhanden, schwimmt das rohe Ei an der Wasseroberfläche. Meine Freundin versicherte mir, dass die Methode funktioniert. Ich habe es noch nicht ausprobiert, aber lassen Sie es mich wissen, welche Erfahrungen Sie damit machen[135].

ASIEN

Sri Lanka: Wird in Sri Lanka ein neues Haus gebaut, so wird eine große schmutzige Lumpenpuppe an die Front des Hauses gehängt (siehe links). So geht die negative Energie der Neider in die Puppe und nicht ins Haus. Zudem hängt dort über dem

---
135 Kontaktadresse siehe Anhang

Eingang eines jeden bewohnten Hauses eine Maske. Sie schützt die Bewohner vor schädlichen Energien.

Die Veddah – die Ureinwohner SRI LANKAS (Bild rechts), die versuchen, ihre alten Traditionen aufrechtzuerhalten – haben einmal im Jahr eine Woche lang bis zum Septembervollmond ein Fest, um die Dämonen zu besänftigen. Dazu werden kleine Häuschen auf Stelzen gebaut, in die Opfergaben gelegt werden. Das Fest beginnt mit Jonglage und erreicht am Abend seinen Höhepunkt: Dann reiben sich die Veddah den Körper mit Honig ein, kleben Pflanzenfasern daran und tanzen sich trommelnd in Trance.

THAILAND: In Thailand wird kein Haus gebaut, ohne zuvor einen Mönch zu rufen. Er bittet den Geist, der an diesem Ort wohnt, um Erlaubnis, hier ein Haus zu bauen. Als Gegenleistung wird dem Geist ein kleines Häuschen neben dem Wohnhaus aufgestellt (Bild rechts). Dort kann er einziehen und braucht nicht

MAGISCHER GEGENZAUBER

heimatlos zu werden oder die Bewohner des neuen Hauses zu belästigen. Der Standort des Geisterhäuschens wird vom Mönch nach bestimmten Regeln ermittelt. Außerdem bekommt der Geist jeden Tag eine Schale Reis, etwas zum Trinken und frische Blumen geopfert. Wird der Hausgeist so behandelt, beschützt er das Haus vor Unglück. Selbst große moderne Banken und Hotels in Bangkok haben ihre Geisterhäuser.

An vielen HÄUSERN in Asien ist ein Hexagramm (Sechsstern) angebracht, das ebenfalls dem Schutz dient und um positive Energien anzuziehen. Auch an einem frischen Grab (Bild links) sahen wir ein Hexagramm aus Holz, an dem Blumen befestigt waren. Zudem wurden Säckchen mit Opfergaben für die Geister daran aufgehängt, damit sie den Toten sicher begleiten.

HINDUS tragen auf ihrem dritten Auge zum Schutz einen roten oder schwarzen Punkt (Bild rechts). Auch BUDDHISTISCHE Kinder bekommen, bis sie etwa zehn Jahre alt sind, diesen Punkt auf die Stirn gemalt.

Auch AUTO- UND TUK-TUK[136]-FAHRER haben Schutzbilder in ihren Fahrzeugen, die sie nicht selten zuvor in einem Heiligtum von einem Mönch weihen ließen.

ORIENT

Eine Türkin erzählte mir, dass es bei ihr zu Hause Brauch sei, einem Neugeborenen ein Glas Wasser unter die Wiege zu stellen, um negative Energien ins Wasser zu lenken. Dies tat sie auch bei ihrem eigenen Säugling. Ohne ersichtlichen Grund platzte das Glas. Danach weigerte sich das Baby, an der Brust zu trinken. Das kleine Mädchen wurde zusehends schwächer und verlor an Gewicht. Eine Untersuchung des Kinderarztes ergab keinen Hinweis auf eine körperliche Erkrankung. Er empfahl jedoch die Einweisung in die Kinderklinik zur intravenösen Ernährung, falls sich der Zustand nicht in den nächsten Tagen bessere. Die verzweifelte Mutter wandte sich an mich und bat um Hilfe. Das zersprungene Glas unter der Wiege war für sie ein Indiz für schwarzmagische Einflussnahme. Ich stellte tatsächlich einen schweren schwarzmagischen Eingriff in der Aura des kleinen Mädchens fest. Ihr Energiefeld war nur noch sehr schwach, und sie verlor immer mehr Energie aus einem Leck in der Aura. Ich empfahl der Mutter, unter ärztlicher Aufsicht zu

---
136 Dreiradtaxi

bleiben, und begann mit meiner Energiearbeit. Zusätzlich bekam das Baby ein Dryade-Schutzengel-Amulett von mir unters Kopfkissen. Schon am nächsten Tag trank das Kind wieder und wurde auch zusehends ruhiger. Nach und nach gelang es mir, das Energiefeld des Kindes zu stärken und zu stabilisieren. Das Amulett bewirkte, dass sich eine goldene Schutzschicht um die Aura des Mädchens legte und sie dadurch vergrößerte, so dass es vor weiteren Zugriffen geschützt war. Die intravenöse Ernährung blieb ihr erspart. Die Ursache dieser üblen Geschichte war ein Streit in der Verwandtschaft, wonach ein Teil der zerstrittenen Parteien dann einen Schwarzmagier beauftragt hatte, der Familie und insbesondere dem Neugeborenen zu schaden.

HENNA

Der *Hennastrauch* (Lawsona inermis) stammt ursprünglich aus den Mittelmeerländern und dem vorderen Orient, wird aber heute hauptsächlich in Indien und Ägypten großflächig angebaut. Er wird bis zu fünf Meter hoch, hat graugrüne Blätter und bildet nach der Blüte runde rote Fruchtkapseln mit zahlreichen Samen. Zweimal im Jahr werden die Blätter geerntet, getrocknet und zu Pulver vermahlen. Die Frühjahrsernte wird für pflegende Produkte, wie zum Beispiel Cremes und Shampoos weiterverarbeitet. Der Farbstoff *Lawsone* bildet sich erst im Laufe des Sommers, weshalb die Herbsternte für Haar- und Hautfarbe Verwendung findet.

Bild: Islamische Kalligraphie „Das Leben ist wie eine Stunde. Darum sorge dafür, dass Gott mit Dir zufrieden ist."

Bei meinen Reisen nach Ägypten und Tunesien begegneten mir immer wieder die mit Henna gefertigten rotbraunen Hautzeichnungen. Meistens waren die Fußsohlen und Handinnenflächen eingefärbt, oft auch die Finger- und Fußnägel. Von Indien kannte ich Bilder von kunstvollen Ornamenten auf verschiedenen Körperstellen, die meist bei Hochzeiten oder anderen Feierlichkeiten Verwendung finden. Aber auch bei uns im Westen haben die kunstvollen, etwa vier bis sechs Wochen haltbaren Ornamente ihre Anhänger gefunden, die hier als Henna-Tattoos bezeichnet werden (Mittlerweile werden in Ägypten die Touristen mit der Pflanzenfarbe kunstvoll bemalt, was diese als Urlaubsgag und die Araber als lukrative Geldquelle entdeckt haben). Es war mir klar, dass ein tieferer Sinn hinter diesen Henna-Tattoos steckt. Also fing ich an, verschiedene Leute zu befragen.

MAGISCHER GEGENZAUBER

Ein *Tunesier* versicherte mir, dass sein kleiner Sohn, der unter einem schweren fieberhaften Infekt litt, in kurzer Zeit gesund wurde, nachdem seine Fußsohlen mit Hennapaste eingestrichen worden waren. Andere Araber bestätigten das durch ihre Berichte, dass Henna Gifte aus dem Körper zieht, wenn es auf die Fußsohlen aufgetragen wird. Das kann ich sehr gut nachvollziehen, wenn man bedenkt, dass der Körper über den Schweiß entgiftet und dies zu einem großen Teil über die Fußsohlen. Auch befinden sich an den Fußsohlen die Fußreflexpunkte, die ja Entsprechungen zu allen Organen des Körpers haben. Nicht zu vergessen sind die *Chakras* an den Fußsohlen, Nebenchakren, die mit dem Wurzel-Chakra in Verbindung stehen (siehe S. 202). Ist das Wurzel-Chakra gestört, mangelt es meist an der nötigen „Erdung". Es kann zu diversen Erkrankungen im seelischen wie auch körperlichen Bereich kommen. Die Farbe Rot wird dem Wurzel-Chakra zugeordnet und kann in Form von Henna auf den Fußsohlen als sehr wirkungsvolle Farbtherapie dienen. Wenn Sie oft unter kalten Füßen leiden, das Gefühl haben, nicht mit beiden Beinen im Leben zu stehen, unter Ängsten leiden, dann versuchen Sie es mit Henna auf den Fußsohlen! Sehr bedeutungsvoll war für mich auch die Aussage eines Arabers, dass die rote Farbe des Henna negative Geistwesen ablenken würde und die roten Fußsohlen somit als Schutz vor negativen Energien wirken!

ERSTE HILFE BEI EINEM SCHWARZMAGISCHEN ANGRIFF

Dass *Mehndis*, so heißen die kunstvollen Hennamotive auf arabisch, magische Wirkungen haben und je nach verwendetem Symbol vor Unheil bewahren, die Fruchtbarkeit fördern oder Glück bringen, wussten schon die Pharaonen in Ägypten. Dieses alte Wissen wollen wir uns zunutze machen und für unsere Zwecke einsetzen, zum Schutz vor schwarzmagischer Beeinflussung.

Henna: Praktische Anwendungen

Wenn man mit Henna arbeitet, ist es immer ratsam, einen Freund oder eine Freundin dabeizuhaben, denn es ist stellenweise schwierig, sich selbst zu bemalen.

Um das Wurzel-Chakra positiv zu beeinflussen, den Körper zu entgiften und das Immunsystem zu stärken

Bild: Islamische Kalligraphie der Lobpreisung „Im Namen Gottes, des Allerbarmers, des Barmherzigen."

Trinken Sie bereits einige Tage vor der Anwendung Brennesseltee (Apotheke). Am Tag selbst: Legen Sie sich eine abwaschbare Unterlage und alte Handtücher zurecht. Rühren Sie eine Tasse voll Hennapulver (erhältlich in Orientläden, Bioläden, Reformhäusern) mit heißem Wasser an, sodass ein dickflüssiger Brei entsteht. Legen Sie sich bequem hin, die Unterlage und alten Handtücher unter den Füßen, und lassen Sie sich von einem hilfsbereiten Menschen (er sollte Gummihandschuhe tragen) die Hennapaste auf die Fußsohlen auftragen.

Eine Wärmequelle (Lampe, Heizung) an den Fußsohlen fördert das Entgiften, da sich durch die Wärme die Poren der Haut öffnen. Gönnen Sie sich nun 1 ½ Stunden Zeit zur Ruhe. Lassen Sie sich von Zeit zu Zeit die Hennapaste mit einem Zerstäuber mit heißem Wasser ansprühen, damit sie schön feucht bleibt. Nach der Einwirkzeit können Sie die Paste einfach mit warmem Wasser entfernen.

Zum Schutz vor magischer Beeinflussung
Während Sie die Füße eingestrichen haben und bequem auf dem Rücken liegen, lassen Sie sich von Ihrem Helfer oder Ihrer Helferin mit Henna das SATOR-Quadrat (siehe S. 142) und darüber ein mit der Spitze zu Ihrem Kopf weisendes aufrecht stehendes Pentagramm (siehe S. 178) auf den Solarplexus (Magengrube) zeichnen.

Dazu entfetten Sie die Haut mit Alkohol oder machen ein Peeling. Rühren Sie eine viertel Tasse Hennapulver mit heißem Kaffee an, so dass eine dicke Flüssigkeit entsteht, von ähnlicher Konsistenz wie (gerührter) Joghurt. Zeichnen Sie nun mit der Hennapaste mit einem Pinsel oder Zahnstocher ein SATOR-Quadrat auf den Solarplexus; es kann ruhig acht bis zehn Zentimeter groß sein. Darüber ziehen Sie dann vorsichtig, damit nichts verwischt, das Pentagramm. Achten Sie darauf, dass überall genug Paste aufgetragen ist. Gegebenenfalls bessern Sie schwache Stellen nach. Damit die Farbe länger hält, können Sie die Zeichnung von Zeit zu Zeit mit etwas Zitronensaft, in dem etwas Zucker aufgelöst wurde, vorsichtig mit einem Pinsel betupfen. Sollten Sie etwas korrigieren müssen, geht dies am besten sofort mit einem angefeuchteten Wattestäbchen.

Das fertige Muster ist zunächst hellorange und färbt dann in den nächsten 24 bis 48 Stunden zu einem lebhaften Rostbraun. In dieser Zeit sollte es nicht mit Seife in Berührung kommen.

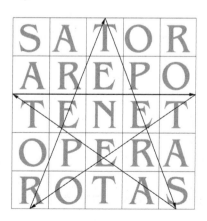

INDIANISCHE WEISHEIT

DIE HEILIGE PFEIFE

Wer kennt sie nicht, die Friedenspfeife der Western-Filme? Aber auch in zahlreichen Büchern über indianische Traditionen und Spiritualität, die immer größere Beliebtheit gewinnen, wird das eine oder andere über die Heilige Gebetspfeife indianischer Stämme berichtet.

Der mystische Symbolgehalt geht allerdings bedeutend weiter, als der der Friedenspfeife, wie der „Rauchende Stein" hier genannt wird. Das allgemein zugängliche Wissen über die indianische Pfeife geht kaum über die Tradition der Dakota- und Lakota-Stämme hinaus. Die A.I.M. – American Indian Movement – Bewegung, zu der auch die Native Church of America mit ihren Peyote-Zeremonien zählt, ist die führende Organisation, die indianische Traditionen zu uns „Weißen" nach Europa bringt. Zahlreiche Stämme, die ihre eigenen Riten verloren haben, übernahmen die Dakota- und Lakota-Zeremonien der A.I.M. People (people = Volk), wie den Sonnentanz und die Pfeifenzeremonie. Die in Arizona lebenden Navajo sind einer der Stämme, die weitestgehend die fremden Riten der Plain Indians (Prärie-Indianer) übernommen haben. So kommt es, dass wir Europäer kaum etwas über andere Riten als jene der A.I.M. People wissen.

ERSTE HILFE BEI EINEM SCHWARZMAGISCHEN ANGRIFF

Friedenspfeife der Sioux

Nach meinen Erfahrungen hat jedoch jeder Stamm seine eigenen rituellen Regeln, wie mit der Pfeife (und mit allem anderen) umgegangen wird. Nach der Tradition der Geister- oder Winterreligion (sie ist mit ihrem Geistertanz die Parallele zur Sonnenreligion mit dem bekannten Sonnentanz) kann eine Pfeife magisch nur funktionieren, wenn zu der Pfeife des Mannes eine geheime weibliche Pfeife, die in ihren Maßen auch kleiner ist, existiert. Diese geheime Pfeife muss einer dem Pfeifenträger wohlgesonnenen Frau übergeben werden, die sie dann hüten wird. Beide Pfeifenköpfe sollten aus dem selben Stück Stein angefertigt sein. Der Mann, der der Sonne entspricht, braucht die Frau, die der Erde entspricht, als wichtigen Gegenpol.

MAGISCHER GEGENZAUBER

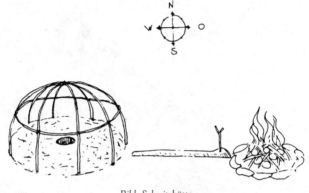

Bild: Schwitzhütte

Dies hat mir ein indianischer Geistpriester, der in den USA mein Lehrer geworden ist, beigebracht. Sein Lehrer wiederum, Pat Kennedy, einer der letzten großen Weisen Montanas, ist derart mächtig, dass er per Vorankündigung im Hochsommer Schneestürme in seiner Schwitzhütte rufen konnte. Diese letzten Weisen prärieindianischer Kultur schlagen die Hände über dem Kopf zusammen, wenn sie sehen, wie verfälscht ihre Zeremonien den Weißen und den Indianern (auch durch die AI.M.) gelehrt werden. Niemals würde einer von ihnen eine Schwitzhütte (siehe oben) mit Frauen abhalten. Dies hat nichts mit Herabwürdigung zu tun. Es liegt daran, dass Mann und Frau eben über unterschiedliche Energien verfügen. Sie sagen, dass die Frau, die sehr stark ist, die Energie des Mannes in der Schwitzhütte zu stark überfordern könnte, was dann eher nachteilig, ja sogar gefährlich ist. Sie sagen, dass die Frau die Erde ist, sie hat ihren Reinigungszyklus durch den Mond. Sie braucht nicht noch zusätzlich in die feurige Erde der Schwitzhütte zu gehen. Und: Hinter jeder wichtigen Zeremonie stehen eine oder mehrere Weise Frauen, die zu ihrem eigenen Schutze nie an die Öffentlichkeit treten werden. Letztendlich auch hinter der Pfeifenzeremonie, denn irgendwo auf der Erde ist ja eine Frau, die das weibliche Gegenstück der Pfeife hütet und somit energetisch mit allen Zeremonien verbunden ist.

Die meisten der Präriestämme verwenden den sogenannten roten Pfeifenstein, aus dem sie ihren Pfeifenkopf anfertigen. Es ist ein Stein, der etwas härter als der Speckstein ist. Die Blackfeet (Schwarzfuß) verwenden den in seiner magischen Wirkung bedeutend stärkeren – aber daher auch schwieriger zu handhabenden – schwarzen Stein. Doch es gibt kaum noch neue schwarze Pfeifen, da der Stamm keinen der schwarzen Steine mehr findet. Der Sohn[137] Pat Kennedys, mein Lehrer in den USA, gab mir einen schwarzen Stein, damit ich mir meine eigene Adlerkopfpfeife herstelle. Manche sagen, man müsse entsprechende Visionen und Träume haben, um das Recht zu erwerben, eine Pfeife hüten zu dürfen. Hüten deshalb, weil die Pfeife nie dem Träger, sondern immer der Gemeinschaft gehört. Der Hüter trägt die Pfeife, er

---

137 Adoptivsohn. Bei den Indianern ist es oft Tradition, daß der Medizinmann seinen Schüler als Sohn annimmt

trägt auch die Verantwortung dafür, wie mit ihr umgegangen wird. Wenn ein Hüter um eine Zeremonie gebeten wird, so kann er dies in der Regel nicht ablehnen. Ich selbst würde aber nie mit jeder Pfeife rauchen – es kommt eben auf den Hüter und seine persönliche spirituelle Gesinnung an.

Das Recht, eine Pfeife hüten zu dürfen, habe ich mir während des tagelangen und einsamen Fastens in der Wildnis der Rocky Mountains erworben. Vier Tage und Nächte bei großer Hitze und ohne Wasser – das waren die Regeln. Worren, aus dem Stamme der Grand Ventres (Großbäuche), der mich als Sohn adoptierte, brachte mich auf den Berg Eagle Child zum Fasten, nachdem er mich in seine Pfeifenzeremonie eingeweiht hatte. Eagle Child ist ein Berg, vor dem sich heute noch die meisten Indianer fürchten. Worren war der erste innerhalb von vierzig Jahren, der diesen Berg zum Fasten betrat! Da ich zu diesem Zeitpunkt noch keine eigene Pfeife besaß, gab er mir seine mit – zum Betcn und Abwehren böser Geister – die er selbst von einem großen Medizinmann erhalten hatte. Bereits Monate zuvor hatte ich mich in einer Vision Pfeife rauchen (beten) sehen. Und ich saß mit dem Gesicht nach Westen, so wie es mir später mein indianischer Vater aus seiner Tradition beibrachte.

In Worrens – meiner – Familie, wird die Pfeife so gehandhabt, dass Wilma, seine Frau, ihre eigene und Worren seine eigene Pfeife trägt. Die Mütter, Frauen und Töchter haben ihren eigenen Ritus, und Worren mit seinen Söhnen hat seine eigene Tradition. Keiner darf die Pfeife des anderen Geschlechts berühren und auch nicht mit in den Zeremoniekreis treten bzw. der Zeremonie beiwohnen. Bei den Hopi in Arizona ist es wiederum ganz anders. Dort wird die Pfeife in der Familie geteilt. Sie besteht auch nicht aus Stein, sondern wird aus Ton gebrannt und sieht dann etwa so aus, wie die gewöhnlichen kurzen Pfeifen der Europäer. Üblicherweise wird aber nicht im Haus geraucht (gebetet) sondern ausschließlich in der Kiva, der unterirdischen Kirche der Hopi. Die Hopi haben auch keine Schwitzhütte, denn sie gehen zum Beten in (unter) die Erde. Es ist ein Stamm, der im völligen Matriarchat lebt, in dem die Macht also über die weibliche Linie ausgeübt und weitergegeben wird.

Es ist für mich von großem Symbolgehalt, dass Thomas G. P., ein Führer des Sonnen-Clans, einer der ersten war, der mit mir meine schwarze Adlerkopfpfeife in seinem Haus in Freundschaft geteilt hat!

Bild: Hopi-Sonnensymbol

Einsatzmöglichkeiten der Gebetspfeife
Doch welche Möglichkeiten haben wir durch den Umgang mit einer indianischen Pfeife? Sie kann zu allen erdenklichen Gelegenheiten des Gebets, der Schutzzeremonie, der Reinigungszeremonie in der Schwitzhütte, zum Reinigen von Räumen oder zu sonstigen rituellen Anlässen hinzugezogen werden. Das einzig Wichtige ist dabei, dass wir die tiefe Achtung vor der Pfeife und die heilige Stellung, die sie in den Traditionen innehat, nie aus den Augen und dem Gedächtnis verlieren! Ich selbst verwende die Pfeife nur selten, da ich trotz meiner Beziehungen zu ihnen nicht in der indianischen Tradition, sondern in der eines Druiden lebe. Doch falls sie bei mir zum Einsatz kommt, so ist das immer sehr spontan und dann in genau diesem Augenblick das Richtige! Das Rezept ist also: Auf die innere Stimme hören, Ihrem Gefühl vertrauen!

Wer kann eine Pfeife hüten? Jeder der sich aus tiefem Herzen dazu berufen fühlt! Und woher bekomme ich eine Pfeife? An dieser Stelle möchte ich die Worte eines indianischen Priesters, meines ehemaligen Lehrers zitieren:

„Ein Dummkopf lässt sich die Pfeife geben.
Einer, der schlau ist, stiehlt die Pfeife, die ihm gefällt.
Einer, der weise ist, macht sich seine Pfeife selbst!"

ERSTE HILFE BEI EINEM SCHWARZMAGISCHEN ANGRIFF

Es liegt also ganz bei Ihnen selbst, woher Sie Ihre Pfeife nehmen. Sie können sich eine aus Speckstein herstellen, eine aus Ton brennen, eine aus dem Indianerladen um die Ecke kaufen – und was sagt Ihr Gefühl?

Die Zeremonie
Nachfolgend finden Sie eine Schutzzeremonie beschrieben[138]. Meine eigene Zeremonie kann ich allerdings nicht bekanntgeben – es ist die meines indianischen Vaters, und ich habe kein Recht zur Veröffentlichung. Verwenden Sie keinen gewöhnlichen Tabak. Ich verwende meist bestimmte Mischungen oder einfach Salbeiblätter, die es überall als Tee zu erwerben gibt. Guter Pfeifentabak erfüllt aber auch die gewünschte Wirkung.

Sie können die Zeremonie an jedem Ort und zu jeder Zeit abhalten. Setzen Sie sich auf den Boden, am besten auf eine spezielle Decke, und ziehen Sie die Schuhe aus. Zu Beginn wird immer geräuchert, erst Ihre eigene Aura, dann die Pfeife und den Tabak. Wer eine Gruppenzeremonie abhalten will, sollte nach der eigenen Reinigung mit Rauch das Räuchergefäß dem Uhrzeigersinn nach im Kreise weitergeben. Jeder muss vor der Zeremonie und dem Gebet „rein" sein.

Die Pfeife wird nur im Uhrzeigersinn im Kreis weiter-

---

138 Eine ganz einfache Zeremonie mit einer Zigarette finden Sie in unserem Gegenzauber-Set (siehe Adresse im Anhang).

gereicht. In der Gruppe kann jeder ein Gebet sprechen, das er dann mit dem Rauch in alle Himmelsrichtungen, zuerst nach oben, dann nach unten, dann nach links, geradeaus, nach rechts und zuletzt über die rechte Schulter nach hinten bläst. In der Gruppe sollte die Pfeife insgesamt vier Runden kreisen. Dies ist aber keine Pflicht. Der Hüter muss immer die Pfeife fertigrauchen.

Durchführung:
Konzentrieren Sie sich ganz auf sich selbst – auf Ihr „Inneres". Nehmen Sie die vorbereitete (gestopfte) Pfeife und halten Sie sie mit dem Mundstück in einer kleinen Aufwärtsbewegung nach oben in Richtung Sonne. Dabei denken oder sprechen Sie:

„*Vater Sonne – Deinen Segen und Schutz rufe ich.*"

Bewegen Sie Ihre Hand mit der Pfeife nun geradlinig nach unten (das Mundstück) Richtung Erde und sprechen oder denken Sie:

„*Mutter Erde, Du formst meinen Körper und ernährst mich täglich. Deinen Segen und Schutz rufe ich.*"

Führen Sie nun Ihre Hand nach oben, etwa in Brusthöhe, und beschreiben Sie einen kleinen Kreis im Uhrzeigersinn, der die vier Himmelsrichtungen und das Universum symbolisiert, indem Sie die Pfeife um Ihre eigene Achse drehen. Sprechen oder denken Sie dabei:

„Ich rufe die vier Winde, den Norden, den Osten, den Süden und den Westen. Ich rufe Euren Schutz herbei. Ich bin geschützt durch die Elemente Erde, Luft, Feuer und Wasser!"

Sprechen Sie nun Ihr Gebet, Ihre Bitte aus. Nehmen Sie nun je einen Zug und blasen Sie den Rauch viermal (in der Gruppe nur einmal) nach oben, zur Sonne, nach unten zur Erde und in alle Himmelsrichtungen für die vier Winde und Elemente. Stellen Sie sich dabei mit tiefster Überzeugung und sicherer Erwartung vor, dass der Tabakrauch nun alle störenden Einflüsse bindet und auflöst und gleichzeitig das Gebet zu den Ahnen und den guten Geistern Gottes befördert! Danken Sie den Kräften der Natur, und dem alles durchdringenden Geist Gottes für die Hilfe, die uns Menschen immer zur Verfügung steht!

Die Pfeife muss in dieser Andacht fertig geraucht werden. Es wird nicht „auf Lunge" geraucht. Die Zeremonie ist erst beendet, nach dem die Pfeife zerlegt und gereinigt wurde. Erst jetzt dürfen eventuell Anwesende den Kreis wieder verlassen.

TIBETISCHE LEHREN

Seit meinem Besuch im Himalaja und insbesondere Tibets konnte ich mich mit verschiedenen tibetischen Lehren auseinandersetzen. Meine eigenen Erfahrungen beziehen sich hauptsächlich auf intensive Meditation mit Amithaba Buddha und *Mahakala*. Amithaba ist der älteste der fünf transzendenten Buddhas. Er ist der Buddha des grenzenlosen Lichts. *Mahakala* ist ein äußerst mächtiger Schutzgott, er und Vajrapani werden oft als „zornige Gottheiten" bezeichnet, da sie den Verblendeten und denjenigen, die vom wahren Weg abgekommen sind, schonungslos die Augen öffnen. Mahakala ist die Verkörperung der Kraft aller Buddhas – im Hinduismus ist er eine Form von Shiva, Vishnu und Krishna.

Mantras
Die bekannten Hauptmantras des tibetischen Buddhismus lauten:

Om Mani Padme Hum
(*Gebet zum Hohen Gott-Selbst*)

Om Vagisvari Mum
(*Verehrung des Herrn der Mystischen Weisheit*)

Om **Vajrapani** Hum
(Verehrung des „Schwingers des Vajra/Dorje",
Zepter geistiger Macht)

Vajrapani
Vajrapani[139] gehört zu den zornvollen Gottheiten und wird
als Verkörperung der unermeßlichen Kraft aller Buddhas
angesehen. Er symbolisiert die unerbittliche Wirksamkeit
der Lehre bei der Überwindung der Negativität. Vajrapani
verkörpert die Kraft und Energie der Erleuchtung, deshalb
wird er auch in einer zornvollen, aktiven Haltung dargestellt. Zudem ist er Hüter der Geheimnisse und Mysteri-
en, sowie Kämpfer gegen die Macht der Verblendung und
Dummheit.

Ich selbst verwende oft das Mantra:
Om Amitabha Hri
(Buddha des grenzenlosen Lichts, Meister der Meditation)

Und ganz einfach den Namen:
MAHAKALA[140]

---

139 Zitat aus „Buddhistische Symbole, siehe Anhang
140 Zitat aus: Galerie Tibet, www.thangka.de

Mahakala

Thangka des Yidam und Dharmapala Mahakala[141]

Mahakala, „Der Große Schwarze" (den es aber trotz seines Beinamens auch in Blau und sogar in Weiß gibt), ist besonders beliebt wegen seiner Funktion als Schützer des Dharma[142]. Er ist die persönliche Schutzgottheit des Dalai Lama. Außerdem gilt er noch als Schutzherr der Mongolei und „Hüter des Zeltes (der Jurte)", damit also des privaten Heims. Wenn er in voller Bekleidung und mit Stab auftritt, wacht er zugleich noch als „Disziplinarherr" über die Einhaltung der buddhistisch-ethischen Regeln im Kloster. In dieser Funktion sind dann seine Attribute: Profosstab[143] mit Juwel an der Spitze und blutgefüllte Schädelschale (wobei letzteres Attribut wohl eher auf seine Rolle als Schutzgott hinweist). Manchmal sieht man über ihm das Vogelwesen Garuda als Sinnbild des guten Prinzips schweben. Häufig wird Mahakala von einem Wesen begleitet, welches unterschiedlich interpretiert wird. Einerseits wird die Ansicht vertreten, dass es sich dabei um Kshetrapala, den Beschützer der Leichenfelder, handelt; andere sehen in ihm eine Dakini (weibliche Gottheit, Himmelswandlerin). Diese Erscheinung reicht dem Großen Schwarzen zusätzlich noch eine blutgefüllte Schädelschale. Ab und an wird Mahakala noch

---

141 tib.: mGon-po; mongol.: yäkä khara
142 buddhist. Lehre
143 Profos: Ankläger und Vollstrecker eines Urteils

ERSTE HILFE BEI EINEM SCHWARZMAGISCHEN ANGRIFF

von Tigern und Hunden begleitet. In der Flammenaureole, die ihn wie alle Schutzgötter umgibt, sieht man manchmal verschiedene Fabelwesen versteckt.

Es sind viele Formen von ihm bekannt, wobei die Anzahl seiner verschiedenen Erscheinungen umstritten ist. Unterschiedlich wird von 67 bzw. von 75 Formen ausgegangen. Unter seinem Namen sind sowohl vorbuddhistische Gottheiten des Bön[144] als auch der Hindugott Shiva in den tibetischen Buddhismus übernommen worden. Sowohl in seiner vierarmigen als auch in der sechsarmigen Erscheinung gilt er außerdem noch als Schützer der Weisheit. Dharmapalas sind Schützer der Lehre, der Religion. Yidams sind Schutzgottheiten von Tantrasystemen und Orden. Sie wirken aber auch als persönliche Schutzgötter von initiierten Mönchen.

Mahakala ist übrigens die stärkste Energie – zumindest wenn ich mit ihr arbeite – die ich in den Jahren der Erfahrung kennenlernen durfte, um selbst die negativste Form technisch erzeugter Strahlung sofort aufzuhalten!

Jedes der Mantras (siehe kabbalistische Klänge) ist in der Lage, eine enorme Veränderung der eigenen Aura zu bewirken. Hat man sich durch das mehrtausendmalige Wiederholen der Mantras aufgeladen, genügt dann nur noch ein ein- bis dreifaches Wiederholen, um sofortigen Schutz auch vor den heftigsten schwarzmagischen Angriffen zu erhalten. Dabei ist es wichtig, nicht nur die Worte klingen zu lassen (gedanklich oder leise ausge-

---
[144] alte tibet. Religion

sprochen), sondern sich auch die jeweilige Gottheit bzw. den verehrten Buddha-Aspekt über sich gestülpt und mit sich zur Einheit verschmolzen vorzustellen.

Das Mantra „Om Mani Padme Hum" ist als ein Anrufen des eigenen Hohen Selbst – Gott-Selbst – zu verstehen, um wieder ganz mit ihm zu verschmelzen und in die „Weisheit des Lotos" einzugehen. Rezitieren wir hingegen *Mahakala* bzw. *Vajrapani* oder Amithaba als Mantra, so rufen wir die hinter dem Namen stehende Gottheit/Wesenheit an, um dann letztendlich mit ihr zu verschmelzen und in einer Art alchemistischem Prozeß eins zu werden; d.h. die jeweiligen durch die Gottheit, die Dakini (Engel) oder den Buddha verkörperten Eigenschaften zu einem Teil von uns selbst zu machen. Nichts anderes beabsichtigt der urchristliche Glaube, der aussagt, dass der Mensch sich selbst zum Christus (Maitreya Buddha, der Buddha des kommenden Zeitalters) entwickeln – erheben – soll, um seiner eigentlichen Bestimmung und Abstammung – Gott schuf den Menschen nach seinem Ebenbild – gerecht werden zu können.

Erinnern wir uns, dass unserer Philosophie nach bei einer magischen Bedrohung keine „Rückschlagrituale" zu empfehlen sind. Die einzig weise Handlung kann nur die sein, sich selbst aus dem gefährdeten Bereich zu bringen und sich dann nicht mehr weiter um das Negative zu kümmern. Dies geschieht – rufen wir uns ruhig auch dies nochmals ins Gedächtnis – durch die Veränderung unserer eigenen Schwingung (Drehgeschwindigkeit bzw. Vibration der eigenen Moleküle), und eine sich dadurch zwangsläufig verstärkende Aura[145]; so prallen Angriffselementale (siehe S. 28) aber auch sonstige negative Energien des Alltags bereits an der äußersten Schicht ab, verbrennen dort oder kommen erst gar nicht in unsere Nähe.

Bild: Gebirgssee in Tibet

Verbinden wir uns mit dem Feuer *Mahakalas*[146] lösen sich die Elementale, ja selbst ungesunde Satellitenstrahlung unserer Erfahrung nach auf. Während wir, Iris und ich, dieses Buch geschrieben haben, konnten wir – leider – sehr viele Störungen aus der Astralebene wahrnehmen. Seien Sie sich sicher, dass Sie ab einer bestimmten magischen Reife in den geistigen Ebenen, wie in der alten Redewendung „auffallen wie ein bunter Hund". Niemand der dunklen Hierarchie hat ein Interesse daran, dass ein Buch wie dieses oder wie unser Gegenzauber-Set einer breiten Öffentlichkeit bekannt wird. Also versucht man von der Astralebene aus, solche Bücher zu verhindern.

Da wir durch jahrelange Praxis und unsere geistige Führung, die weit über den astralen Welten steht, einen

---

145 elektromagnetisches Feld, das uns umgibt und durchdringt
146 siehe auch unser Gegenzauber-Set

MAGISCHER GEGENZAUBER

zuverlässigen Schutz erhalten durften, konnten diese negativen Mächte kaum Schaden anrichten – außer an unseren Computern. So hatten wir auf den verschiedensten Modellen, die bei unserer Schreibarbeit zum Einsatz kamen, regelmäßig Systemabstürze. Bei unserem ersten Buch, „Rituale der weißen Magie" (siehe Anhang), stürzte mein Laptop, ich schrieb damals in Italien, zur gleichen Zeit ab, wie der Rechner meiner Schwester in Deutschland. Die meisten Systemabstürze waren für unser Manuskript recht bedrohlich. Auf jeden Fall aber sind Ärger und Zeitverlust, die solche Aktionen mit sich bringen, recht überflüssig. Auch von anderen Autoren, die über magische Themen schreiben, bekam ich ähnliche Erfahrungen bestätigt.

In „Rituale der weißen Magie" haben wir erklärt, dass das Internet[147], kabbalistisch entschlüsselt, der in der Apokalypse des Johannes, Neues Testament (siehe S. 98 f.), erwähnten Zahl des Tiers (Antichrist!) 666 entspricht. Einem Schüler von uns, der auch unsere Homepage[148]

---

147 www – world-wide-web
148 http:\\alrunia.de

programmierte, haben wir eine interessante Entdeckung zu verdanken. Er fragte uns nämlich, ob uns eine Energie in Form eines Namens bekannt sei, die in der Lage ist, positive Energieinformation ins Internet zu schicken, um der Resonanz der 666 entgegenzuwirken. Wir machten nun den Versuch, verschiedene Namen auf kleine Papierzettel aufzuschreiben, um uns die Aura der geschriebenen Worte – und somit die Qualität und Eigenschaften der Wesenheiten anzusehen. Wir sahen, dass der Internetname „www" eine schwarze und sehr unangenehme Aura auf das weiße Stück Papier warf. Wir beobachteten jetzt, ob, und wenn ja wie, die Aura des „www" reagiert, wenn ihr ein Gottesname gegenübergestellt wird.

Wir legten zu dem www-Zettel ein Stück Papier mit verschiedenen Namen und Zahlenreihen, darunter Michael, Christus, Amitabha Buddha, aber auch *Mahakala*. Die weißstrahlende Aura des Namens *Mahakala* löste das Schwarz des „www" sofort auf und neutralisierte dessen Energiefeld vollständig! *Mahakala* hatte die stärkste Wirkung bei diesem Versuch. Mein Computer erhielt nun in der Systemsteuerung den Namen MAHAKALA. Auch haben wir es zu unserer Angewohnheit gemacht, *Mahakala* irgendwo auf unseren eMails unterzubringen.

Der eine oder andere Leser wird jetzt vielleicht verständnislos schmunzeln und das alles für Blödsinn halten. Aber machen wir uns immer wieder bewusst, dass es nichts im Universum gibt, das nicht zugleich Schwingung und somit

Information ist. So wie wir anhand eines Fotos oder der Handschrift den aktuellen Gemütszustand einer Person feststellen können, oder Ärzte, die mit Bioresonanz- und Radionikverfahren umfangreiche medizinische Diagnosen erstellen, ja sogar therapieren können, ohne dass der Patient anwesend sein muss (er muss nicht einmal etwas davon wissen). Auf genau die gleiche Art und Weise wirken Werbeplakate oder sonstige einflussnehmende Aktionen auf unser Unterbewusstsein und sogar auf (unglaublich aber wahr!) technische Geräte.

Die in diesem Kapitel genannten Übungen und Anregungen sind keine Kopie einer buddhistischen Tradition. Sie entstanden durch die persönliche Erfahrung der Autoren und vor allem durch die im Himalaja (wieder-) entstandene persönliche Verbindung mit diesen wundervollen Gottheiten.

Für Ihren Computer

Um Ihren Computer mit der kosmischen Energie von MAHAKALA zu verbinden und zu schützen ist folgendes notwendig:

Begeben Sie sich über „Start" oder den „Explorer" in das Verzeichnis „Systemsteuerung". Hier klicken Sie nun auf die Datei „Netzwerk" und dort auf „Identifikation". Hier fügen Sie als Computernamen MAHAKALA ein, als Arbeitsgruppe JHVH und als Beschreibung MA-

HAK Home. Dann einfach mit dem OK-Button bestätigen.

Als nächstes klicken Sie bitte auf „System" und dann auf „Hardwareprofile". Dann gehen Sie auf „Umbenennen" und geben der Ausgangskonfiguration den Namen MAHAKALA.

Das war's. Viel Spaß bei weniger Abstürzen und einer besseren Leistung.

Übung: Aufladen mit der Kraft der Mantras

Nehmen Sie einen Rosenkranz – ähnlich dem christlichen oder islamischen – jedoch mit 108 Perlen. Sie können sich dazu ganz einfach einen Bindfaden besorgen und 108 Perlen aufziehen. Es gibt aber im esoterischen Fachhandel überall Gebetsketten aus Tibet oder Indien, auf die eben diese 108 Perlen aufgezogen sind.

- Beten Sie nun eines der zuvor genannten Mantras mindestens vierzig Tage lang täglich ca. 1000mal hintereinander. (Um Schutzkraft aufzubauen: *Mahakala*; für Weisheit und Erleuchtung: *Amitabha*.) Das sind je zehn Durchläufe mit der Gebetskette.
- Dies sollten Sie alle paar Monate wiederholen, falls Sie es mit Ihrer geistigen Entwicklung wirklich ernst meinen. Es genügt dann bald nur der Gedanke an *Mahakala*, um über sofortigen Schutz zu verfügen.

MAGISCHER GEGENZAUBER

Bild: Mönch mit uralten Palmblattbüchern mit heiligen Sutra-Texten, die Iris Rinkenbach als erster „Weltlicher" seit Bestehen des Klosters zu sehen bekam.

Das Tibetische Totenbuch
Schutz durch die Anrufung der Buddhas

Ich gebe in diesem Kapitel einige Ritualgebete in leicht abgewandelter Form weiter, die ich in deutscher Übersetzung im „Tibetanischen Totenbuch" von Dr. Evans-Wentz[149] gefunden habe. Im Anhang des Buches führe ich eine Namens- und Worterklärung zum besseren Verständnis an.

Das *Bardo Thödol*, das tibetische Totenbuch, beschreibt bekanntermaßen die Mysterien des Sterbens und die rituelle Vorbereitung auf den Tod und den Übergang in andere Sphären. Weniger bekannt ist jedoch, dass sich das Totenbuch eigentlich nicht bzw. nicht nur auf den körperlichen Tod sondern auf den sogenannten mystischen

---
149 siehe Anhang

Tod bezieht, den Sterbevorgang, der in der 13. Tarotkarte zum Ausdruck gebracht wird. Der mystische Tod ist eine Art „innere Umwandlung" oder innere Alchemie, wie es die Rosenkreuzer nannten. Er kommt einem geistigen Erwachen gleich. Durch das Rezitieren heiliger Laute, *Mantras*, wird das eigene „innere Universum", der Mikrokosmos des Mystikers, aktiviert. Dabei ist das Ziel, sich mit den harmonischen Schwingungen (Klängen) der Planeten in Gleichklang zu bringen.

Wer sich von den Texten des tibetischen Buddhismus angesprochen fühlt, kann durchaus den Text, der im Allgemeinen zur Sterbebegleitung Verwendung findet, zum Schutz vor negativen Einflüssen aller Art und als Prozeß der „Inneren Alchemie" anwenden. Diese fünf Texte sind als Gebet nacheinander zu sprechen – sie sind mit „er" formuliert, gelten aber freilich gleichermaßen für „sie". Als Opfergaben genügt die Räucherung mit Weihrauch:

1. Die Anrufung der Buddhas und Bodhisattvas

Bringe der Dreieinigkeit dar, was ihr an tatsächlichen Opfergaben dargebracht werden kann, zusammen mit geistig erwirkten Opfergaben. Und dieweil du in der Hand süß duftenden Weihrauch hältst, wiederhole mit großer Inbrunst folgendes:

Oh ihr Buddhas und Bodhisattvas, die ihr in den zehn Rich-

tungen verweilt, ausgestattet mit großer Barmherzigkeit, ausgestattet mit Vorauswissen, ausgestattet mit dem göttlichen Auge, ausgestattet mit Liebe, ihr, die ihr lebenden Wesen Schutz gewährt, geruht durch die Macht eurer großen Barmherzigkeit hierher zu kommen; geruht diese tatsächlich hier ausgebreiteten und die geistig erwirkten Opfergaben anzunehmen.

Oh ihr Barmherzigen, ihr besitzt die Weisheit des Verstehens, die Liebe der Barmherzigkeit, die Macht, göttliche Taten zu tun und zu beschützen, in unbegreiflichem Maße. Ihr Barmherzigen, der (NAME DES BETREFFENDEN) geht nun aus dieser Welt in die Welt des Jenseits. Er verlässt diese Welt. Er tut einen großen Sprung. Keine Freunde hat er. Sein Elend ist groß. Er ist ohne Verteidiger, ohne Beschützer, ohne Streitkräfte und Getreue. Das Licht dieser Welt ist ihm untergegangen. Er geht an einen andern Ort. Er kommt in dichteste Finsternis. Er fällt einen steilen Abgrund hinunter. Er betritt eine Dschungeleinsamkeit. Er wird von karmischen Mächten verfolgt. Er geht in die endlose Stille ein. Er wird vom großen Ozean weggetragen. Er wird vom Wind des Karma verweht. Er geht in der Richtung, wo es nichts Festes gibt. Er ist von der großen Auseinandersetzung erfasst. Er ist vom großen Geist der Heimsuchung besessen. Er schaudert und erschrickt vor den Boten des Todesgottes. Das vorhandene Karma lässt ihn sein bisheriges Sein wiederholen. Keine Kraft hat er. Es ist die Zeit für ihn gekommen, wo er allein gehen muss.

Oh ihr Barmherzigen, verteidigt den ... (Name), der verteidigungslos ist. Beschützt ihn, der unbeschützt ist. Seid seine Streitkräfte und Getreuen. Beschützt (ihn) vor der großen Dunkelheit des Bardo. Wendet ihn ab von dem roten oder Sturm-Wind des Karma. Wendet ihn ab von dem großen Schauer und Schrecken der Todesgötter. Errettet ihn aus dem langen, engen Durchgangsweg des Bardo.

Oh ihr Barmherzigen, lasst die Kraft eurer Barmherzigkeit nicht schwach sein, sondern kommt ihm zu Hilfe. Lasst ihn nicht ins Elend geraten. Vergesset nicht eure alten Gelöbnisse und lasst die Kraft eurer Barmherzigkeit nicht schwach sein.

Oh ihr Buddhas und Bodhisattvas, lasst nicht die Anwendungskraft eurer Barmherzigkeit schwach gegen diesen einen sein. Fangt ihn mit den Haken eurer Gnade. Lasst nicht dies empfindende Wesen unter die Macht bösen Karmas fallen.

Oh du Dreieinigkeit, beschütze ihn vor dem Elend des Bardo.

Sprich dies mit großer Demut und Glauben, wiederhole es selbst, und lass alle anderen Anwesenden es dreimal wiederholen.

2. Der Pfad der guten Wünsche zur Errettung aus dem gefährlichen engen Durchgangsweg des Bardo

1 Oh ihr in den zehn Richtungen weilenden Sieger und eure Söhne,

> *Oh ihr ozeangleiche Versammlung allguter Sieger, der Friedlichen und der Zornigen,*
> *Oh ihr Gurtis und Devas, und ihr Dakinis, ihr Getreuen,*
> *Leiht euer Ohr jetzt um eurer großen Liebe und Barmherzigkeit willen:*
> *Huldigung sei euch, oh ihr versammelten Gurtis und Dakinis.*
> *Aus eurer großen Liebe heraus führt uns den Pfad entlang.*

2 *Dass, wenn – durch Täuschung – ich und andere im Samsara wandern*
Den hellen Lichtpfad gesammelten Hörens, Nachdenkens und Meditierens entlang,
Uns führen die Gurus der erleuchteten Linie,
Dass die Scharen der Mütter unsere Deckung seien,
Dass wir errettet werden auf dem schreckensvollen, schmalen Pfad über dem Abgrund des Bardo,
Dass wir versetzt werden in den Zustand vollkommener Buddhaschaft.

3 *Dass, wenn – durch heftigen Zorn – wir im Samsara wandern*
Den hellen Lichtpfad der spiegelgleichen Weisheit entlang,
Uns führe der Bhagavan Vajrasattva,

Dass die Mutter Locana unsere Deckung sei,
Dass wir errettet werden aus dem schreckensvollen schmalen Pfad des Bardo,
Dass wir versetzt werden in den Zustand vollkommener Buddhaschaft.

4 *Dass, wenn – durch großen Stolz – wir im Samsara wandern*
Den hellen Lichtpfad der Weisheit der Wesensgleichheit entlang,
Uns führe der Bhagavan Ratnasambhava,
Dass die Mutter Mamaki unsere Deckung sei,
Dass wir errettet werden aus dem schreckensvollen schmalen Pfad des Bardo,
Dass wir versetzt werden in den Zustand vollkommener Buddhaschaft.

5 *Dass, wenn – durch große Anhänglichkeit – wir im Samsara wandern*
Den hellen Lichtpfad unterscheidender Weisheit entlang,
Uns führe der Bhagavan Amitabha,
Dass die Mutter mit dem weißen Gewand unsere Deckung sei,
Dass wir errettet werden aus dem schreckensvollen schmalen Pfad des Bardo,
Dass wir versetzt werden in den Zustand vollkommener Buddhaschaft.

MAGISCHER GEGENZAUBER

6   Dass, wenn – durch große Eifersucht – wir im Samsara wandern
    Den hellen Lichtpfad alles wirkender Weisheit entlang,
    Uns führe der Bhagavan Amoghasiddhi,
    Dass die Mutter, die getreue Tara, unsere Deckung sei,
    Dass wir errettet werden aus dem schreckensvollen schmalen Pfad des Bardo,
    Dass wir versetzt werden in den Zustand vollkommener Buddhaschaft.

7   Dass, wenn wir – durch große Geistesverdunklung – im Samsara wandern
    Den hellen Lichtpfad der Weisheit der Wirklichkeit entlang,
    Uns führe der Bhagavan Vairocana,
    Dass die Mutter des großen Raumes unsere Deckung sei,
    Dass wir errettet werden aus dem schreckensvollen schmalen Pfad des Bardo,
    Dass wir versetzt werden in den Zustand vollkommener Buddhaschaft.

8   Dass, wenn wir – durch große Täuschung – im Samsara wandern
    Den hellen Lichtpfad der Abkehr von eingebildeter Furcht, Schauer und Schrecken entlang,
    Uns führen die Scharen der Bhagavans der Zornigen,

Dass die Scharen der zornigen Göttinnen reich im Raum unsere Deckung seien,
Dass wir errettet werden aus dem schreckensvollen schmalen Pfad des Bardo,
Dass wir versetzt werden in den Zustand vollkommener Buddhaschaft.

9 *Dass, wenn – durch starke Neigungen – wir im Samsara wandern*
Den hellen Lichtpfad der gleichzeitig geborenen Weisheit entlang,
Uns führen die heroischen Wissenshalter,
Dass die Scharen der Mütter, die Dakinis, unsere Deckung seien,
Dass wir errettet werden aus dem schreckensvollen schmalen Pfad des Bardo,
Dass wir versetzt werden in den Zustand vollkommener Buddhaschaft.

10 *Dass die ätherischen Elemente nicht als Feinde aufstehen;*
Dass es geschehe, dass wir das Reich des blauen Buddha sehen.
Dass die wäßrigen Elemente nicht als Feinde aufstehen;
Dass es geschehe, dass wir das Reich des weißen Buddha sehen.

Dass die erdigen Elemente nicht als Feinde aufstehen;
Dass es geschehe, dass wir das Reich des
gelben Buddha sehen.
Dass die feurigen Elemente nicht als Feinde aufstehen;
Dass es geschehe, dass wir das Reich des
roten Buddha sehen.
Dass die luftigen Elemente nicht als Feinde aufstehen;
Dass es geschehe, dass wir das Reich des
grünen Buddha sehen.
Dass die Elemente der Regenbogenfarben nicht als
Feinde aufstehen;
Dass es geschehe, dass alle Reiche der Buddhas zu
sehen sind.
Möge es dahin kommen, dass wir alle Töne als unsere eigenen Töne erkennen;
Möge es dahin kommen, dass wir alle Strahlungen als
unsere eigenen Strahlungen erkennen;
Möge es dahin kommen, dass wir den Trikaya im
Bardo erreichen.

3. Die Wurzelverse der sechs Bardos

1 Oh, dass jetzt, wo der Bardo des Geburtsorts mir dämmert,
Indem ich Müßiggang aufgebe – da es keinen Müßiggang in einem Leben gibt –
Indem ich in die Wirklichkeit gesammelt eintrete, zuhörend, nachdenkend und meditierend,
Indem ich auf den Pfad Wissen von der wahren Natur der Erscheinungen und des Geistes mitbringe, der Trikaya erzielt werde:
Dass, wenn einmal die menschliche Gestalt erreicht worden ist,
Es keine Zeit gebe, sie zu vergeuden.

2 Oh, dass jetzt, wo der Bardo des Traumes mir dämmert,
Indem ich das unmäßige, leichenhafte Schlafen des Schlafes der Geistesverdunklung aufgebe,
Das Bewusstsein gesammelt in seinem natürlichen Zustand bewahrt bleibe;
Dass ich, indem ich die wahre Natur der Träume erfasse, im klaren Licht der wunderbaren Wandlung übe:
Dass, nicht handelnd wie das Vieh in Trägheit,
Das Verschmelzen der Ausübung des Schlafs und des tatsächlichen Erlebens hoch geschätzt werde.

3   Oh, dass jetzt, wo der Bardo des Dhyana mir dämmert,
    Indem ich die ganze Masse von Zerstreuungen und Trugbildern aufgebe,
    (Der Geist) in der Stimmung endlosen gesammelten Samadhis verharre,
    Dass Festigkeit sowohl auf den Vorstellungs- wie den Vollkommenheitsstufen erreicht werde.
    Dass ich, wenn ich zu dieser Zeit zielstrebig alle anderen Handlungen beiseite setzend meditiere,
    Nicht unter die Macht irreführender betäubender Leidenschaften falle.

4   Oh, dass ich jetzt, wo der Bardo des Todesaugenblicks mir dämmert,
    Zuneigung und Verlangen und Schwäche für alle Dinge aufgebe,
    Gesammelt sei im Raum der hellen erleuchtenden Lehren;
    Dass ich fähig sei, in den Himmelsraum der Ungeborenen hinüberzufließen:
    Die Stunde ist gekommen. wo ich von diesem Körper, der aus Fleisch und Blut besteht, zu scheiden habe:
    Dass ich wisse, dass der Körper nicht von Dauer und trughaft ist.

5 Oh, dass ich jetzt, wo der Bardo der Wirklichkeit mir dämmert
Indem ich alle Schauer, Furcht und Schrecken von allen Erscheinungen aufgebe;
Was da erscheint, als meine eigenen Gedankenformen erkenne,
Dass ich sie als Schemen im Zwischenzustand kenne.
Es ist gesagt worden: „Es kommt eine Zeit, wo der Hauptwendepunkt erreicht wird;
Fürchte nicht die Scharen der Friedlichen und Zornigen, die deine eigenen Gedankenformen sind."

6 Oh, dass ich jetzt, wo der Bardo der Wiedergeburt mir dämmert,
Indem ich mich zielstrebig an einen einzigen Wunsch halte,
Den Lauf guter Taten durch wiederholte Anstrengungen fortzusetzen;
Oh dass die Schoßespforte geschlossen, der Abscheu in Erinnerung bleibe;
Die Stunde ist gekommen, wo Anstrengung und reine Liebe nötig sind;
Dass ich Eifersucht ablege und über den Guru, als Vater-Mutter, meditiere.

7 *Oh der du es aufschiebst, an das Herannahen des Todes zu denken,*
Der du dich den nutzlosen Geschäften dieses Lebens widmest,
Kurzsichtig bist du, dass du deine große Gelegenheit vergeudest;
Irrig, tatsächlich, ist dein Zweck jetzt, wenn du mit leeren Händen aus diesem Leben zurückkommst:
Da du die heilige Lehre als dein wahres Bedürfnis kennst,
Willst du dich nicht dem heiligen Dharma wenigstens jetzt widmen?

So sagen die großen Adepten voller Hingabe:
Wenn du die auserwählte Lehre des Guru nicht im Sinne bewahrst,
Handelst du dann nicht, (oh Schischya), als ein Verräter an dir selbst?
Es ist von großer Bedeutung, dass man diese Wurzelworte kenne.

4. Der Pfad der Guten Wünsche, der vor Furcht im Bardo schützt

1 *Wenn das Würfelspiel meines Lebens zu Ende ist,*
Die Verwandten in dieser Welt mir nichts helfen,
Wenn ich ganz allein im Bardo wandere,

Oh ihr friedlichen und zornigen Sieger, übt die Macht eurer Barmherzigkeit,
Auf dass das Dunkel der Unwissenheit zerstreut werde.

2 *Wenn wandernd allein, geschieden von liebenden Freunden,*
Die Gestalten meiner leeren Gedankenformen mir hier dämmern,
(Mögen die) Buddhas die Macht ihrer göttlichen Barmherzigkeit ausüben,
Auf dass es dahin komme, dass weder Schauer noch Schrecken im Bardo herrschen.

3 *Wenn die hellen Strahlungen der fünf Weisheiten jetzt auf mich scheinen,*
Möge es dahin kommen, dass ich weder erschauernd noch erschreckt sie als von mir selbst kommend erkenne,
Wenn die Schemen der friedlichen und zornigen Formen mir hier dämmern,
Möge es dazu kommen, dass ich die Gewißheit der Furchtlosigkeit erreiche und so den Bardo erkenne.

4 *Wenn ich Elend erfahre ob der Macht bösen Karmas,*
Möge es dahin kommen, dass die Sieger, die Friedlichen und Zornigen, das Elend zerstreuen.
Wenn der aus sich selbst existierende Klang der Wirk-

lichkeit wie tausend Donner widerhallt,
Möge es dazu kommen, dass er in die Klänge der Mahayana-Lehren verwandelt werde.

5 Wenn ich unbeschützt bin und karmischen Einflüssen hier zu folgen habe,
Flehe ich die friedlichen und zornigen Sieger an, mich zu beschützen.
Wenn ich Elend erdulde, ob des karmischen Einflusses der Neigungen,
Möge es dahin kommen, dass das selige Samadhi des klaren Lichtes mir dämmere.

6 Wenn ich übernormale Wiedergeburt im Sipa-Bardo annehme,
Möge es so sein, dass die verführenden Offenbarungen des Mara sich nicht darin ereignen.
Wenn ich dahinkomme, wohin immer ich wünsche,
Möge es so sein, dass ich nicht trügerische Furcht und Schauer durch böses Karma erfahre.

7 Wenn das Brüllen der wilden Tiere ertönt,
Möge es geschehen, dass es in die geheiligten Klänge der sechs Silben[150] verwandelt werde.
Wenn verfolgt von Schnee, Regen, Wind und Dunkelheit,

---

150 Om Ma-Ni Pa-Dme Hum

Möge es geschehen, dass ich mit den himmlischen Augen heller Weisheit sehe.

8 *Möge es geschehen, dass alle Wesen der gleichen harmonischen Ordnung im Bardo*
Ohne Eifersucht aufeinander Geburt auf höheren Ebenen erhalten.
Wenn mir bestimmt ist, großes Elend von Hunger und Durst zu erleiden,
Möge es geschehen, dass ich nicht die Qualen von Hunger und Durst, von Hitze und Kälte erfahre.

9 *Wenn ich die zukünftigen Eltern in Vereinigung sehe.*
Möge es so sein, dass ich sie als das göttliche Paar sehe, die Sieger, den friedlichen und zornigen Vater und Mutter.
Wenn ich die Kraft erreiche, irgendwo zum Wohl der andern geboren zu werden,
Möge es so sein, dass ich den vollkommenen Körper erhalte, ausgezeichnet mit den Zeichen und Zierden.

10 *Wenn ich den Körper eines männlichen Wesens erhalte,*
Möge es dahin kommen, dass ich alle befreie, die mich sehen und hören,
Möge es so sein, dass böses Karma mir nicht folgen darf,

MAGISCHER GEGENZAUBER

Dass jedoch, was an Verdiensten ich habe, mir folge und vermehrt werde.

11 *Wo und wann ich auch geboren werden soll,*
Möge es so sein, dass ich dort die Sieger, die friedlichen und zornigen Gottheiten treffe,
Dass ich dann gehen und sprechen kann, sobald ich geboren bin,
Möge es so sein, dass ich den nicht vergessenden Geist erhalte und mich meines früheren Lebens oder früherer Leben erinnere.

12 *In allen verschiedenen Überlieferungen, in den großen, kleinen und mittleren,*
Möge es dahin kommen, dass ich fähig werde, Meisterschaft bloß durch Hören, Nachdenken und Sehen zu erreichen;
In was für einem Ort ich geboren werde, möge er von günstiger Verheißung sein;
Möge es dahin kommen, dass alle lebenden Wesen mit Glück ausgestattet seien.

13 *Ihr Sieger, friedlich und zornig, lasst es dahin kommen,*
Dass ich und andere euch im Ebenbild eurer Körper,
In der Zahl eurer Anhänger, der Dauer eurer Lebenszeit,
dem Ausmaß eurer Reiche

*Und als Ebenbild der Güte eures göttlichen Namens
eurem wahren Selbst in all diesem gleichkommen.*

14 *Durch die göttliche Gnade der unzähligen allguten Friedlichen und Zornigen
Und durch die Segenskräfte der reinen Wirklichkeit
Und durch die Segenskräfte der zielstrebigen Hingabe der mystisch Gläubigen,
Möge es dahin kommen, dass, was auch gewünscht, es hier sogleich erfüllt werde.*

Der Pfad der guten Wünsche, der Schutz vor den Ängsten im Bardo gewährt, ist nun beendet. Das Manuskript schließt mit den folgenden sieben Versen des Lama oder Schreibers, der es zusammentrug, der aber getreu der alten lamaistischen Lehre, wonach die menschliche Persönlichkeit gedemütigt und die Schriften allein vor dem Blick lebender Wesen erhöht werden sollten – seinen Namen nicht aufgezeichnet hat:

*Mögen durch meine vollkommen reine Absicht
beim Verfassen dieses Werks, durch die Wurzel der Verdienste daraus, jene beschützerlosen lebenden Wesen, Mütter in den Zustand des Buddha versetzt werden.
Möge die strahlende Pracht günstiger Verheißung die Welt erleuchten,
Möge dieses Buch von günstiger Verheißung sein,*

Mögen Tugend und Güte in jeder Weise vervollkommnet werden.

LICHTNETZ ERDE

DAS HEILRITUAL

Der nachfolgende Text untersteht nicht dem Copyright – er SOLL weitergegeben werden:

Eine beträchtliche Anzahl von spirituell arbeitenden Menschen führt täglich ein Lichtritual durch, manchmal bis zu einer Stunde pro Tag, um zu bewirken, dass das Licht unserer Erdenmutter sanft und nicht gewaltsam und zerstörerisch für die Menschen auf die nächste Entwicklungsstufe angehoben wird.

Wir fordern jeden Menschen auf, Eigenverantwortung zu übernehmen und aktiv Lichtarbeit, ganz nach den jeweiligen persönlichen Möglichkeiten, zu leisten. Jedes Gebet und jede Fürbitte werden benötigt und verankern sich unweigerlich im Speicher unseres Weltengedächtnisses, der Akasha-Chronik. Das große Geheimnis des Lichts ist es, dass es sich weltweit verbindet, egal welcher Religionszugehörigkeit der Lichtarbeiter angehört. Das Licht hat immer die Tendenz, sich zusammenzuschließen und vereint und gebündelt zu wirken. Die dunklen Kräfte haben es hier schwieriger: Bedingt durch Egoismus, Habgier und Machthunger bekämpfen sich die dunklen Ritter gegenseitig und schwächen ihre Grundfesten. Entzünden wir ein noch so kleines Streichholz – es wird die Dunkelheit immer vertreiben!

Dieses Buch, liebe Leserin und lieber Leser, kam zu Ihnen, da Sie mit zu jenen gehören, die aufgefordert sind, am Fundament und Bauwerk des Neuen Zeitalters lichtbringend mitzuwirken und den Weg der Freiheit und Eigenverantwortung zu gehen. Der Komet des Jahres 1997, Hale Bob, hat es angekündigt – das Wassermannzeitalter hat endgültig und unwiderruflich begonnen. So wie vor über 2000 Jahren der Stern von Bethlehem das Christuszeitalter angekündigt hat, war Hale Bob 1997 für jedermann sichtbares Zeichen des Lichts. Viele hochentwickelte Seelen und Avatare[151] werden im Wassermannzeitalter geboren – und sie brauchen dringend unsere aktive Mithilfe. Ordnen Sie Ihr Leben, und versuchen Sie, Ihre Alltagsprobleme zu klären, um einen freien Kopf für unsere Aufgabe, die Entwicklung der Spiritualität, zu gewinnen. Gehen wir gemeinsam mit Freude und Mut ans Werk!

Wir wollen Ihnen ans Herz legen, der folgenden Übung täglich nachzugehen, denn dadurch entsteht eine weltweite Lichtvernetzung für den Frieden und die Heilung dieser Welt. Wenn Sie diese Übung sehr oft wiederholen,

---

[151] Gott in menschlicher Gestalt

werden Sie Ihre Aura stetig wachsen sehen. Auch hier gilt, dass alles, was wir aussenden, auch zu uns zurückkehrt – auch das Licht, das wir für die Erde und andere Menschen versenden!

Entzünden Sie eine weiße oder goldene Altarkerze, die Sie dem Göttlichen Willen und der Welt geweiht haben. Beginnen Sie mit dem kabbalistischen Kreuz:

Stellen Sie sich mit Blick nach Osten in Richtung der aufgehenden Sonne. Strecken Sie Ihren Zeigefinger der rechten Hand nach oben und stellen Sie sich vor, dass er zu einem hell flammenden und vibrierenden Lichtstab wird. Spüren Sie, wie die kosmische Energie durch Ihren Zeigefinger in Ihren Arm fließt. Berühren Sie nun mit Ihrem Zeigefinger die Stirn und singen Sie mit eintöniger Stimme das hebräische Wort:
ATEH

> Zeigen Sie mit dem Finger nach unten zur Erde und singen Sie:
> *MALKUTH*
>
> Berühren Sie Ihre rechte Schulter und singen Sie:
> *VE GEBURAH*
>
> Berühren Sie Ihre linke Schulter und singen Sie:
> *VE GEDULAH*

ERSTE HILFE BEI EINEM SCHWARZMAGISCHEN ANGRIFF

Legen Sie Ihre Hände auf die Brust (die linke Hand unter der rechten) und singen Sie:
LE OLAM

Strecken Sie die Arme seitwärts, Handflächen nach oben und singen Sie:
AMEN

Setzen Sie sich bequem in Meditationshaltung hin. Bringen Sie sich zur Ruhe und kontrollieren Sie bewusst Ihren Atem. Ihre Füße stehen fest und gut geerdet auf dem Boden.

Bitten Sie nun Ihre geistige Führung um Unterstützung und um ihren Segen für diese Übung. Wenn Sie möchten, dürfen Sie nun auch die Große Kosmische Bruderschaft des Lichts um ihre Unterstützung bitten.

Stellen Sie sich nun vor, wie weißgoldenes Licht in Ihren Scheitel einströmt und sich ganz sanft und heilend in Ihrem Körper verteilt. – Jede Zelle und jedes Atom Ihres Körpers wird durchdrungen von diesem wunderbaren Licht. Alles Negative und Belastende, das Sie in Ihrem Körper mit sich tragen, wird ganz sanft aufgelöst und in Licht umgewandelt.

Das Licht dehnt sich so weit aus, dass es den gesamten Raum, in dem Sie sich befinden, erhellt und ausfüllt. Eine große weißgoldene Sonne entsteht in Ihrem Zimmer. Sie dehnt sich im gesamten Haus aus und hüllt jeden

Bewohner in angenehmer und segenshafter Weise ein. – Spüren Sie die Kraft Ihrer Sonne!

Stellen Sie sich nun vor, wie von Ihrer Sonne Lichtstrahlen ausgesendet werden, die zu Ihren Freunden und Bekannten gelangen. Verankern Sie die einzelnen Lichtstrahlen in den Wohnungen Ihrer Freunde und Bekannten. Jeder Lichtstrahl, der auftrifft, bildet sofort eine weitere Sonne, die ebenfalls in alle Richtungen Sonnenstrahlen aussendet, die wiederum beim Auftreffen zu Lichtsonnen werden.

Das ganze Land, beginnt weißgolden zu leuchten, denn die Lichtfäden überziehen die Nation. Sie sehen, wie die Lichtfäden gleich einer Kettenreaktion über das Land hinausstrahlen und sich auf der gesamten Erde verankern und immer wieder neue Sonnen entstehen lassen.

Schicken Sie ganz dicke Strahlen in die Krisengebiete dieser Erde, in die politischen Entscheidungszentren. Stellen Sie sich vor, dass überall, wo einer Ihrer Lichtstrahlen eine Sonne entstehen lässt, alles Dunkle vertrieben wird und sich Frieden und Heilung verbreiten.

Senden Sie nun einen dichten und besonders strahlenden Lichtfaden der Sonne von Ihrem Zimmer direkt nach unten in die Erde. Verankern Sie diesen Lichtfaden im Erdkern und lassen Sie auch dort eine Sonne wachsen, die die Erde von innen nach außen erhellt.

Bekräftigen Sie nun die Existenz der Sonne in Ihrem Zimmer und verankern Sie in Ihrer Vorstellungskraft, dass sie von nun an immer leuchten möge und täglich stärker wird. Danken Sie allen Ihren geistigen Helfern für die erhaltene Unterstützung. Verschließen Sie nun Ihr Scheitelchakra, in dem Sie mit Ihrer Hand dreimal sanft darüberstreichen.

ANHANG

QUELLEN

Die Heilige Schrift, Einheitsübersetzung. Stuttgart, 1980

Al Hariri-Wendel, Tanja: Symbole des Islam. Darmstadt, 1999

Bardon, Franz: Frabato. Wuppertal, 1979

Bardon, Franz: Der Weg zum wahren Adepten. Freiburg, 11. Auflage 1991

Bardon, Franz: Die Praxis der magischen Evokation. Freiburg, 8. Auflage 1992

Bardon, Franz: Der Schlüssel zur wahren Quabbalah. Freiburg, 1957

Benedikt, Heinrich: Die Kabbala (Band 1 + 2). Freiburg, 4. Auflage 2000

Blau, Tatjana u. Mirabai: Buddhistische Symbole. Darmstadt, 1999

Caland, M. und P.: Weihrauch und Räucherwerk. Aitrang, 1992

Dion, Fortune: Die mystische Kabbala. Freiburg, 4. Auflage 1995

Drunvalo, Melchizedek: Die Blume des Lebens. Burgrein, 1999

Evans-Wentz, Walter Y.: Das Tibetanische Totenbuch.
Zürich und Düsseldorf, 18. Auflage 1997

Fromer, Jacob: Der babylonische Talmud. Wiesbaden,
4. Auflage 1994

Owusu, Heike: Symbole der Indianer Nordamerikas.
Darmstadt, 1997

Redfield, James: Die Prophezeiungen von Celestine.
München, 1994

Redfield, James: Das Geheimnis von Shambhala.
München, 1999

Rinkenbach, Iris u. Hodapp, Bran O.: Rituale der
Weißen Magie. München, 1997

Rinkenbach, Iris u. Hodapp, Bran O.: Weiße Naturmagie. München, 1998

Rinkenbach, Iris u. Hodapp, Bran O.: Gegenzauber-Set. Darmstadt, 2000

Rinkenbach, Iris u. Hodapp, Bran O.: Schutzamulett.
Darmstadt, 2000

Risi, Armin: Der Multidimensionale Kosmos (Band 1
bis 3). Neuhausen/Altenburg, 1999

Rüggeberg, Dieter: Geheimpolitik – Der Fahrplan zur
Weltherrschaft. Wuppertal, 3. Auflage 1990

Sperling, Petra: eVita (aus dem Internet)

Wollner Fred: Räucherwerk und Ritual. Kempten,
1995

WEITERFÜHRENDE LITERATUR

Lörler, Marielu: Hüter des alten Wissens. Darmstadt, 2000
Owusu, Heike: Voodoo-Rituale. Darmstadt, 2000
Schirner, Markus: Pendel-Set. Darmstadt, 1999
Schirner, Markus: Pendel-Welten. Darmstadt, 1995
Warneck, Igor: Runen-Welten. Darmstadt, 1997

TIBETISCHE BEGRIFFE

Akshobya: Buddha der Unerschütterlichkeit, hilft, die Qualen des Zorns zu überwinden
Amitabha Buddha: Buddha des Unendlichen Lichts, die Verkörperung schauender Weisheit
Amoghasiddhi: Der Dhyani-Buddha der nördlichen Himmelsrichtung, die Verkörperung der All-Weisheit
Avalokiteshvara: Buddha des grenzenlosen Mitgefühls
Bardo: Zwischen zwei Zuständen, z.B. zwischen Tod und Wiedergeburt
Bhagavan: Der Gesegnete, der Erhabene, erleuchteter Buddha
Bön: Tibetische Urreligion, Schamanismus
Dakini: Übernatürliches Wesen, ähnlich einem Engel
Dharma: Das, was den Kosmos im Großen und Kleinen zusammenhält
Dhyana: Innere Schau
Guru: Spiritueller Lehrer, Meister

Karma:	Das Gesetz von Ursache und Wirkung, die (über den Tod hinaus) wirkende Tat
Lama:	Geistiger Lehrer, höherer Mönch
Locana:	Die „Augenbegabten", Hellsicht
Mahakala:	Hüter aller (geistigen) Lehren, Schutzgott des Dalai Lama
Maitreya Buddha:	Buddha der Zukunft, der kommende liebende Buddha
Mamaki:	In weiblicher Gestalt verkörperte Weisheit Ratnasambhavas
Manjushri:	Bodhisattva der aktiven Weisheit und vergeistigten Erkenntnis
Mantra:	Schöpferwort, heilige Formel
Mara:	Der Versucher
Ratnasambhava:	Buddha der südlichen Himmelsrichtung; der aus dem Juwel Geborene, die Verkörperung der Gesamtheit des Fühlens
Samadhi:	Zustand vollkommener Versenkung und Verinnerlichung (Meditation)
Samsara:	Die Wandelwelt (im Kreislauf der Wiedergeburten)

Shiva: Hindu-Gott der Zerstörung, Teil der Göttlichen Dreiheit Brahma, Vishnu und Shiva, die jeweils verschiedene Aspekte der Göttlichkeit verkörpern

Sipa-Bardo: Der Zwischenzustand des Verlangens nach Wiedergeburt, der vom 15. bis 49. Tag nach dem Tod dauert

Tantras: Religiöse Schriften der buddhistischen Überlieferung

Tara: Die Erlösende, weiblicher Buddha, wird in 21 verschiedenen Formen verehrt

Tri-kaya: Der dreifache Körper der Erleuchteten

Vairocana: Der zentrale Dhyani-Buddha, aus dem die übrigen vier Buddhas hervorgehen, der Strahlende

Vajradhara: Buddha der vollkommenen Erkenntnis

Vajrapani: Anderes Wort für Dorje, Symbol geistiger Macht, magisches Zepter, Diamant

Vajrasattva: Das diamantene Wesen

Yamantaka: Zornvolle Gottheit, Besieger des Todes

Yidam: Schutzgott, die vom Gläubigen erwählte Gottheit

DIE 72 ENGEL DER MERKURZONE

IHRE EIGENSCHAFTEN UND IHRE PSALMEN IM EINZELNEN

Nachfolgend aufgeführt finden Sie die wichtigsten Wirkungsbereiche der Engel der Merkurzone. Sie gilt als eine der für den Menschen wichtigsten Sphären in der Magie. Bei der Arbeit mit diesen Genien – wie bei allen Wesen der Sphären im Universum – muss allerdings berücksichtigt werden, dass zu jedem Engel auch ein Gegengenius, also ein negatives, dämonisches Wesen existiert.

1. VEHUIAH
   Vehuiah stärkt den Willen und die Glaubenskraft und hilft so, große Unternehmungen ausführen zu können.
   Zuordnung: Der über allen Dingen hoch und erhaben stehende Gott
   Anrufung: Um mit dem Geiste Gottes erleuchtet zu werden
   Psalm: 3, Vers 4: Du aber, Herr, bist ein Schild für mich,
   Du bist meine Ehre und richtest mich auf.

2. JELIEL

Jeliel steht in enger Verbindung zur Liebe zwischen zwei Menschen. Jeliel kann Diebe dazu veranlassen, Diebesgut wieder herauszugeben. Er kann auch dazu beitragen, Reichtum und Anerkennung zu erzielen, sofern keine karmischen Gründe dagegen stehen.
Zuordnung: Der hilfreiche Gott
Anrufung: Um Volksaufruhr zu beschwichtigen
Psalm: 22, Vers 20: Du aber, Herr, halte dich nicht fern!
Du, meine Stärke, eile mir zu Hilfe!

3. SITAEL

Dieser Genius unterrichtet die Kunst der Telepathie sowie das Lesen der Vergangenheit, Gegenwart und Zukunft aus der Akasha-Chronik, dem Weltengedächtnis.
Zuordnung: Gott, die Hoffnung aller Kreaturen
Anrufung: Zum Schutz gegen Waffen und gegen wilde Tiere
Psalm: 91, Vers 2: Du bist für mich Zuflucht und Burg, mein Gott, dem ich vertraue.

4. ELEMIAH

Dieser Engel hilft dem Bittsteller, sein Schicksal eigenverantwortlich in die Hand zu nehmen.
Zuordnung: Gott in seiner Verborgenheit

Anrufung: Gegen seelischen Kummer und um Verräter zu erkennen
Psalm: 6, Vers 5: Herr, wende Dich mir zu und errette mich, in Deiner Huld bring mir Hilfe!

5. MAHASIA
   Er verleiht tiefe Weisheit, da er behilflich ist, die universalen Gesetzmäßigkeiten des Mikro- und Makrokosmos zu verstehen. Er ist auch bei der Behandlung unheilbarer Krankheiten behilflich.
   Zuordnung: Gott, der Retter
   Anrufung: Um mit aller Welt in Frieden zu leben
   Psalm: 34, Vers 5: Ich suchte den Herrn, und er hat mich erhört, er hat mich all meinen Ängsten entrissen.

6. LELAHEL
   Er inspiriert Künstler auf besonders starke Weise und gibt auch Auskunft über das Wissen der Erde.
   Zuordnung: Der zu lobpreisende Gott
   Anrufung: Um Erleuchtung zu bekommen und Krankheiten zu heilen
   Psalm: 9, Vers 12: Singet dem Herrn, er thront auf dem Zion, verkündet unter den Völkern seine Taten!

7. **ACHAIAH**
   Dieser Genius hilft gerne, Hindernisse zu beseitigen und auch Freundschaften zu schließen.
   Zuordnung: Der gütige und geduldige Gott
   Anrufung: Um Geduld zu erlangen und die Naturgeheimnisse zu erforschen
   Psalm: 103, Vers 8: Der Herr ist barmherzig und gnädig, langmütig und reich an Güte.

8. **KAHETEL**
   Kahetel beherrscht die Geheimnisse des Wetters und deren Veränderung. Er kann auch das Wachstum der Pflanzenwelt beeinflussen.
   Zuordnung: Anbetungswürdiger Gott
   Anrufung: Um den Segen Gottes zu erlangen und böse Geister zu vertreiben
   Psalm: 95, Vers 6: Kommt, laßt uns niederfallen, uns vor ihm verneigen, laßt uns niederknien vor dem Herrn, unserem Schöpfer!

9. **AZIEL**
   Aziel verhilft zu materiellem Erfolg und Anerkennung. Er kann Feinde versöhnen und ist ein großer Beschützer in allen Lebenslagen.
   Zuordnung: Gott der Barmherzigkeit

Anrufung: Um die Barmherzigkeit Gottes, Freundschaft und Gunst der Großen zu erbitten; Ausführung eines gemachten Versprechens
Psalm: 25, Vers 6: Denk an Dein Erbarmen, Herr, und an die Taten Deiner Huld, denn sie bestehen seit Ewigkeit.

10. ALADIAH

Der 10. Genius lehrt das Wissen der Chemie und Alchimie. Er kennt die okkulte Anatomie des Menschen und hilft, jede Krankheit erfolgreich zu behandeln, sofern keine karmischen Gründe entgegenstehen.
Zuordnung: Der gnädige Gott
Anrufung: Um Gnade zu erbitten
Psalm: 33,Vers 22: Laß Deine Güte über uns walten, o Herr, denn wir schauen aus nach Dir.

11. LAUVIAH

Er hilft die schwierigsten Probleme zu lösen. Er kann Feinde bannen und Stürme beschwichtigen.
Zuordnung: Der gelobte und gepriesene Gott
Anrufung: Gegen Blitz und um Sieg zu erlangen
Psalm: 18, Vers 47: Es lebe der Herr! Mein Fels sei gepriesen. Der Gott meines Heils sei hoch erhoben.

12. HAHAIAH

Dieser Engel lehrt, die schwierigsten Symbole zu verstehen. Er hat die Macht, die größten Feinde in Freunde zu verwandeln und hütet die geheimsten Mysterien und tiefe Wahrheit.
Zuordnung: Gott der Zuflucht
Anrufung: Gegen Widerwärtigkeiten
Psalm: 10, Vers 1: Herr, warum bleibst Du so fern, verbirgst Dich in Zeiten der Not?

13. JEZALEL

Der 13. Engel inspiriert alle Schriftsteller und Künstler und kann ihnen auch zu gutem Erfolg verhelfen und die Anerkennung hoher Persönlichkeiten fördern.
Zuordnung: Der über alles verklärte Gott
Anrufung: Um leicht zu lernen, Freundschaft, Versöhnung eheliche Treue, Geschicklichkeit zu erlangen.
Psalm: 98, Vers 4: Jauchzt vor dem Herrn, alle Länder der Erde, freut euch, jubelt und singt!

14. MEBAHEL

Dieser Engel hilft Politikern, Friedenspläne zu verwirklichen, und schützt vor Unrecht, außerdem hilft er bei Gerichtsangelegenheiten, da er ein großer Freund der Gerechtigkeit ist.
Zuordnung: Gott, der Erhalter

Anrufung: Zum Schutz des Vermögens.
Psalm: 9, Vers 10: So wird der Herr für den Bedrückten zur Burg, zur Burg in Zeiten der Not.

15. HARIEL

Hariel kann die Gunst hoher Persönlichkeiten bewirken. Er verfügt über besondere Schutzmöglichkeiten.
Zuordnung: Gott, der Schöpfer
Anrufung: Gegen Gotteslästerer
Psalm: 94, Vers 22: Doch meine Burg ist der Herr, mein Gott ist der Fels meiner Zuflucht.

16. HAKAMIAH

Hakamiah kann u.a. Unfruchtbarkeit bei Frauen behandeln.
Zuordnung: Gott, der das Universum errichtet
Anrufung: Gegen Verräter, um Sieg zu erhalten und um von jenen befreit zu werden, die unterdrücken wollen.
Psalm: 88, Vers 2: Herr, Du Gott meines Heils, zu Dir schreie ich am Tag und bei Nacht.

17. LANOIAH

Lanoiah beflügelt durch Eingebungen Wissenschaftler, insbesondere bei hilfreichen neuen Erfindungen in der Technik, Chemie und Elektronik. Er kennt

die Geheimnisse der Töne und Klänge und kann auch Musikern zu großer Inspiration und zu Erfolg verhelfen.
Zuordnung: Bewunderungswürdiger Gott
Anrufung: Gegen seelischen Kummer und Traurigkeit
Psalm: 8, Vers 2: Herr, unser Herrscher, wie gewaltig ist Dein Name auf der ganzen Erde, über den Himmel breitest Du Deine Hoheit aus.

18. KALIEL

Kaliel kann als geistige Feuerwehr bei allen Notlagen bezeichnet werden. Er macht auch auf wichtige Kräuter und Edelsteine aufmerksam. Kaliel ist überaus mächtig und Freund und Berater aufrichtiger Magier.
Zuordnung: Gott, der erhört
Anrufung: Um Hilfe zu erlangen.
Psalm: 7, Vers 9: Herr, weil ich gerecht bin, verschaffe mir Recht, und tue an mir Gutes, weil ich schuldlos bin!

19. LEUVIAH

Der Engel Leuviah kann eine hohe Intelligenz, ein fabelhaftes Gedächtnis und eine besonders gute Urteilskraft hervorrufen. Er kann auch behilflich sein, einen etwa begangenen Fehltritt wieder auszugleichen.

Zuordnung: Gott, der die Sünder erhört
Anrufung: Gegen Sünden, um die Gnade Gottes zu erlangen.
Psalm: 40, Vers 2: Ich hoffte, ja ich hoffte auf den Herrn. Da neigte er sich mir zu und hörte mein Schreien.

20. PAHALIAH

Dieser Engel kann Auskunft über die Synthese aller Religionssysteme und die Wirkung göttlicher Tugenden auf allen Ebenen geben.
Zuordnung: Gott, der Erlöser
Anrufung: Gegen Feinde des Glaubens, um die Völker zum Glauben an Gott zu bekehren.
Psalm: 120, Vers 2: Herr, rette mein Leben vor Lügnern, rette es vor falschen Zungen!

21. NELEKAEL

Nelekael inspiriert okkulte Schriftsteller und verleiht ihnen eine lebhafte Phantasie. Dem ehrlich Suchenden spielt er geeignete Literatur zu und führt ihn, bei ausreichender Reife, zu einem wahren Meister oder Lehrer der göttlichen Lehren. Nelekael weiß auch über die magische Bedeutung verschiedener Kräuter und Edelsteine Bescheid und kann hierüber in Meditationen oder Träumen Auskunft geben.
Zuordnung: Der alleinige und einzige Gott

Anrufung: Gegen Verleumder, gegen Zauber und um böse Geister zu vernichten.
Psalm: 31, Vers 15: Ich aber, Herr, ich vertraue Dir, ich sage: „Du bist mein Gott".

22. JEIAIEL

Dieser Engel ist ein großer Beschützer auf Reisen und Wanderschaft und sichert deren Erfolge.
Zuordnung: Die rechte Seite Gottes
Anrufung: Entdeckungen, Schutz gegen Unwetter und Schiffbruch, Glück im Handel, auf Reisen.
Psalm: 121, Vers 5: Der Herr ist dein Hüter, der Herr gibt dir Schatten; er steht dir zur Seite.

23. MELAHEL

Dieser Genius ist Meister der pflanzlichen Naturheilkunde und kann die Interessierten über die Intuition entsprechendes Wissen lehren.
Zuordnung: Gott, der vom Übel erlöst
Anrufung: Gegen Waffen und für Sicherheit auf Reisen.
Psalm: 121, Vers 8: Der Herr behüte dich, wenn du fortgehst und wiederkommst, von nun an bis in Ewigkeit.

24. HAHUIAH

Dieser Engel schützt vor gefährlichen Tieren, kann

Diebe beeinflussen, dass diese das Diebesgut freiwillig wieder zurückgeben und hilft, verlorenes Gut und Würde wieder zurückzuerhalten.
Zuordnung: Gott in seiner Güte an und für sich
Anrufung: Um die Gnade und Barmherzigkeit Gottes zu erlangen.
Psalm: 33, Vers 18: Doch das Auge des Herrn ruht auf allen, die ihn fürchten und ehren, die nach seiner Güte ausschau'n.

25. NITH-HAIAH

Dieser Genius gilt als außerordentlich mächtig und ist strenger Hüter der geheimen Mysterien. Er sorgt dafür, dass keinem Unreifen Einweihungen der Macht und der Erkenntnis in Magie und Kabbalah zuteil werden. Dem reifen Magier zeigt Nith-Haiah die tiefsten Geheimnisse und okkulten Zusammenhänge. Er gilt als Beschützer aller Magier auf der Erde.
Zuordnung: Gott, der Weisheit verleiht
Anrufung: Offenbarung verborgener Geheimnisse, Entdeckung der Wahrheit in zweifelhaften Angelegenheiten
Psalm: 10, Vers 1: Herr, warum bleibst Du so fern, verbirgst Dich in Zeiten der Not?

26. HAAIAH

Der 26. Engel gilt als Hüter der Gerechtigkeit und

hilft, jeden Prozeß zu gewinnen, falls man wirklich im Recht ist. Er schützt vor Verrat und hilft in der Diplomatie.
Zuordnung: Gott in seiner Verborgenheit
Anrufung: Um einen Prozess zu gewinnen
Psalm: 119, Vers 145: Erhöre mich; Herr, ich rufe von ganzem Herzen; Deine Gesetze will ich halten.

27. JERATHEL

Dieser Genius kann die Gunst von Freund und Feind sichern und zu einem ausgezeichneten Sprachtalent verhelfen. Schriftstellern kann er ein gutes Auffassungsvermögen verleihen und sichert ihnen hierdurch guten Erfolg.
Zuordnung: Gott, der die Bösen straft
Anrufung: Um Verbrecher und Verleumder zu überführen.
Psalm: 140, Vers 2: Rette mich, Herr, vor bösen Menschen, vor gewalttätigen Leuten schütze mich!

28. SEEIAH

Seeiah hat eine derartige Macht, dass er Häuser und ganze Städte in Kriegszeiten beschützt und unversehrt lässt. Wer mit diesem Engel in enger Verbindung steht, befindet sich unter einem ganz besonderen Schutz und hat in keiner Hinsicht etwas zu befürchten.
Zuordnung: Gott, der Du die Kranken heilst

Anrufung: Gegen Übelbefinden und Donner; schützt gegen Feuersbrunst, Hauseinsturz und Krankheiten.
Psalm: 71, Vers 12: Gott, bleibe doch nicht fern von mir! Mein Gott, eile mir zu Hilfe!

29. REIIEL
Reiiel erteilt dem reifen Menschen das Wissen um die kosmische Hierarchie und die Wirkung der gegenseitigen Kräfte. Er macht große Wahrheiten zugänglich und lässt diese begreifen.
Zuordnung: Der hilfreiche Gott
Anrufung: Gegen Frevler und Religionsfeinde; um von sichtbaren und unsichtbaren Feinden befreit zu werden.
Psalm: 54, Vers 6: Doch Gott ist mein Helfer, der Herr beschützt mein Leben.

30. OMAEL
Omael ist ein Freund des Tierreichs und ist gerne behilflich bei der Pflege und Heilung kranker Tiere. Ärzten, Chirurgen und Gynäkologen ist dieser Engel gut gesinnt und inspiriert sie bei ihrer Arbeit.
Zuordnung: Gott in seiner Geduld
Anrufung: Gegen Kummer, Verzweiflung und um Geduld zu haben.
Psalm: 71, Vers 5: Herr, mein Gott, du bist meine Zuversicht, meine Hoffnung von Jugend auf.

31. LEKABEL

Lekabel ist ein Lehrer der Alchimie, kann ein gutes Rednertalent verleihen und Fähigkeiten der Hellsicht fördern.

Zuordnung: Gott, der erleuchtet

Anrufung: Um erleuchtet zu werden.

Psalm: 71, Vers 16: Ich will kommen in den Tempel Gottes, des Herrn, Deine großen und gerechten Taten allein will ich rühmen.

32. VASARIAH

Dieser Engel wirkt vielseitig anregend und ist ein großer Beschützer, er liebt die Wahrheit und das Recht, fördert ein gutes Rednertalent, hilft bestimmte Talente auszubauen. Vasariah kann gerne jederzeit angerufen und um Beistand gebeten werden.

Zuordnung: Gott der Gerechte

Anrufung: Gegen die, die uns in ungerechter Weise angreifen.

Psalm: 33, Vers 4: Denn das Wort des Herrn ist wahrhaftig, all sein Tun ist verläßlich.

33. JEHUIAH

Dieser Engel hilft, schwierige Prüfungen zu bestehen und Freundschaften zu wecken. Er kann auch durch innere Eingebung bei der Lösung großer Probleme behilflich sein.

Zuordnung: Gott, der alle Dinge kennt
Anrufung: Zur Beseitigung von Verrat, Diebstahl und um feindlich gesinnte Menschen und Verräter zu erkennen.
Psalm: 33, Vers 11: Der Ratschluß des Herrn bleibt ewig bestehen, die Pläne seines Herzens überdauern die Zeiten.

34. LEHAHIAH

Lehahiah beschützt auf Schiffsreisen und kann den größten Sturm beschwichtigen.
Zuordnung: Gott der Milde
Anrufung: Um den eigenen Zorn und den anderer zu beseitigen.
Psalm: 131, Vers 3: Israel, harre auf den Herrn, von nun an bis in Ewigkeit!

35. KEVAKIAH

Der 35. Genius kann überall, selbst zwischen Völkern und Nationen, Frieden stiften und schützt vor den gefährlichsten Einflüssen, sofern man über einen guten Kontakt mit ihm verfügt.
Zuordnung: Gott, der Freude gibt
Anrufung: Um sich mit denen zu versöhnen, die man beleidigt hat.
Psalm: 116, Vers 1: Ich liebe den Herrn, denn er hat mein lautes Flehen gehört.

36. MENADEL

Dieser Engel vermag es, Gefangenen aus dem Gefännis herauszuhelfen, aber auch Astrologie, Spagyrik[152] und Alchimie zu unterrichten. In diesem Zusammenhang weiß er auch um die Wirkung verschiedener Heilkräuter und deren Gebrauch.
Zuordnung: Gott, der Anbetungswürdige
Anrufung: Um sich in seinem Amt zu halten, und um seinen Besitzstand zu wahren.
Psalm: 26, Vers 8: Herr, ich liebe den Ort, wo Dein Tempel steht, die Stätte, wo Deine Herrlichkeit wohnt.

37. ANIEL

Aniel ist der Freund aller Künstler, Komponisten, Poeten, Dichter und Dramaturgen. Er ist auch in der Lage, okkulten Schriftstellern das Talent zu verleihen, das Wissen um die hohen Mysterien in einer verständlichen Sprache auszudrücken.
Zuordnung: Gott der Tugenden
Anrufung: Um den Sieg zu erhalten und die Belagerung einer Stadt aufheben zu lassen.
Psalm: 80, Vers 8: Gott der Heerscharen, richte uns wieder auf! Laß Dein Angesicht leuchten, dann ist uns geholfen.

---

152 magische Arzneimittelzubereitung

38. HAAMIAH

Dieser Engel ist sehr beliebt. Er kann jeden Wunsch erfüllen und das irdische Leben und das Schicksal erträglicher machen. Haamiah ist stets bereit, inneren und äußeren Reichtum und daher Glückseligkeit hervorzurufen.
Zuordnung: Gott, die Hoffnung aller Kinder der Erde
Anrufung: Um alle Schätze des Himmels und der Erde zu erlangen.
Psalm: 91, Vers 9: Denn der Herr ist deine Zuflucht, du hast dir den Höchsten als Schutz erwählt.

39. REHAEL

Vom Namen dieses Engels – Rehael – wurde das Wort Rehabilitation abgeleitet. Rehael ist ein großer Freund von Kindern und Familien. Er hilft gerne, nach Streitigkeiten wieder Harmonie herzustellen, und kann zur Heilung jeder Krankheit, hauptsächlich seelischer und psychosomatischer Natur herangezogen werden. Bei allen Suchtkrankheiten wie Alkoholismus, Drogensucht aber auch Eßstörungen finden wir in Rehael einen echten Freund und Helfer. Den liebevollen Einfluss Rehaels durften wir, die Autoren dieses Buchs, bei den verschiedensten Anlässen des geistigen Heilens und bei Versöhnungen erfahren.
Zuordnung: Gott, der die Sünder aufnimmt

Anrufung: Zur Heilung von Krankheiten.
Psalm: 30, Vers 11: Höre mich, Herr, sei mir gnädig! Herr, sei Du mein Helfer!

40. IEIAZEL

Dieser Engel hilft gerne bei der Befreiung von Gefangenen und aus dem Machteinfluss von Feinden. Er kann Feinde in Freunde verwandeln und seelische Disharmonie beseitigen. Er vermag es auch, Künstler zu inspirieren und ihnen Erfolg zu sichern.
Zuordnung: Gott, der sich freut
Anrufung: Um Trost in allen Lebenslagen und Befreiung aus schwierigen Verhältnissen.
Psalm: 88, Vers 15: Warum, o Herr, verwirfst Du mich, warum verbirgst Du Dein Gesicht vor mir?

41. HAHAHEL

Der 41. Genius festigt den Glauben. Er ist überaus mächtig.
Zuordnung: Der dreifaltige Gott
Anrufung: Gegen Frevler und Verleumder.
Psalm: 120, Vers 2: Herr, rette mein Leben vor Lügnern, rette es vor falschen Zungen!

42. MIKAEL

Mikael kann Politikern und Diplomaten die Fähigkeit zur Vorahnung verleihen.
Zuordnung: Tugend Gottes
Anrufung: Um sicher zu reisen; um Verschwörungen zu entdecken.
Psalm: 121, Vers 7: Der Herr behüte dich vor allem Bösen, er behütet dein Leben.

43. VEUBIAH

Dieser Engel vermag es, große Wunden in wenigen Augenblicken zu heilen oder durch Inspiration die Anleitung zu solchen Heilungen zu geben. Er schützt vor Feinden und lässt uns deren Pläne durchschauen, sofern ein Missbrauch dieses Wissens ausgeschlossen ist.
Zuordnung: König und Herrscher
Anrufung: Um den Feind zu vernichten und von Sklaverei und Unterdrückung befreit zu werden.
Psalm: 88, Vers 14: Herr, darum schreie ich zu Dir, früh am Morgen tritt mein Gebet vor Dich hin.

44. IELAHIAH

Der 44. Genius kann Erfolg in jeder Hinsicht verleihen. Er ist auch Lehrer der magischen Heilkunst.
Zuordnung: Gott der Ewige

Anrufung: Um ein nützliches Unternehmen gelingen zu lassen; bei Prozessen.
Psalm: 119, Vers 108: Herr, nimm mein Lobopfer gnädig an, und lehre mich Deine Entscheide!

45. SEALIAH
Sealiah kann geschädigten Menschen zu ihrem Recht verhelfen. Bei einer sehr guten Verbindung kann dieser Genius den Aufrichtigen durchaus Herr über alles Irdische werden lassen.
Zuordnung: Beweger aller Dinge
Anrufung: Bewirkt die Überführung und Demütigung von Bösewichten und Anmaßenden, die Erhebung Erniedrigter und Gefallener.
Psalm: 94, Vers 18: Wenn ich sage: „Mein Fuß gleitet aus", dann stütze mich, Herr, Deine Huld.

46. ARIEL
Dieser Engel liebt alles Reine. Er kann die Gabe der Prophetie[153] fördern und zu großen Erkenntnissen über die Natur verhelfen. Er ist auch ein Lehrer der Magie.
Zuordnung: Gott, der Offenbarer
Anrufung: Um Offenbarungen zu erhalten.
Psalm: 145, Vers 9: Der Herr ist gütig zu allen, sein Erbarmen waltet über all seinen Werken.

---
153 Weissagung

47. ASALIAH

Asaliah ist Herr der Gesetzmäßigkeiten und des Gleichgewichts. Er kann die Vorleben eines Menschen aufzeigen. Asaliah kann Freundschaften fördern und einem jeden zu seinem Recht verhelfen.
Zuordnung: Gott der Gerechte, der die Wahrheit verkündet
Anrufung: Um Gerechtigkeit, um Gott zu loben und um Erleuchtung.
Psalm: 104, Vers 24: Herr, wie zahlreich sind Deine Werke! Mit Weisheit hast Du sie alle gemacht, die Erde ist voll von Deinen Geschöpfen.

48. MIHAEL

Der 48. Engel dieser Sphäre ist Meister der Alchimie. Er ist in der Lage, das unedelste Metall in das edelste umzuwandeln. Mihael kann die Unfruchtbarkeit einer Frau beheben und zwischen Ehepaaren Friede und Treue hervorrufen.
Zuordnung: Gott, ein sicherer Vater
Anrufung: Um den Frieden und die Eintracht zwischen Partnern und Freunden zu bewahren oder wiederherzustellen; um Kinder zu bekommen; auch für sicheren Schutz
Psalm: 98, Vers 2: Der Herr hat sein Heil bekannt gemacht und sein gerechtes Wirken enthüllt vor den Augen der Völker.

49. VEHUEL

Vehuel kann Einsicht in die Akasha-Chronik (Weltengedächtnis) geben. Ferner kann er das Leben eines Menschen derart beeinflussen, dass es stets frei von Kummer und friedvoll verläuft.
Zuordnung: Der große und erhabene Gott
Anrufung: Gegen Kummer und seelische Unruhe.
Psalm: 145, Vers 3: Groß ist der Herr und hoch zu loben, seine Größe ist unerforschlich.

50. DANIEL

Daniel steht in engem Zusammenhang zu den göttlichen Tugenden und deren Wirkungen. Er kann die Intuition und Urteilskraft des Menschen sehr stark fördern.
Zuordnung: Das Zeichen der Barmherzigkeit, Engel der Geständnisse
Anrufung: Um die Gnade Gottes und Trost zu erlangen
Psalm: 103, Vers 8: Der Herr ist barmherzig und gnädig, langmütig und reich an Güte.

51. HAHASIAH

Hahasiah ist ein Lehrer aller geistigen Wissenschaften insbesondere der Astrophysik, Astrochemie, Alchimie aber auch der Magie und Kabbalah. Einen Arzt kann er zu einem hervorragenden Heiler mit

durchschlagenden Erfolgen in der Heilkunst ausbilden.
Zuordnung: Gott in seiner Verborgenheit
Anrufung: Um die Seele zu erheben und die Mysterien der Weisheit zu entschleiern.
Psalm: 104, Vers 31: Ewig währe die Herrlichkeit des Herrn; der Herr freue sich seiner Werke.

52. IMAMIAH

Imamiah ist ein Engel der Freude und Unterhaltung. Er vermag es, durch unmittelbaren Einfluss Gefangenen zur Freiheit zu verhelfen, soweit dies innerhalb der Karmagesetze möglich ist.
Zuordnung: Der über alle Dinge erhabene Gott
Anrufung: Zur Vernichtung der Macht der Feinde; als Hilfe bei der Flucht; als Gefangener.
Psalm: 7, Vers 18: Ich will dem Herrn danken, denn er ist gerecht; dem Namen des Herrn, des Höchsten, will ich singen und spielen.

53. NANAEL

Nanael kann den sicheren Umgang mit jedem Tier lehren, mag es friedlich oder noch so gefährlich sein.
Zuordnung: Gott, der die Stolzen demütigt
Anrufung: Um spirituelle Entwicklung.
Psalm: 119, Vers 75: Herr, ich weiß, dass Deine Ent-

scheide gerecht sind; du hast mich gebeugt, weil Du treu für mich sorgst.

54. NITHAEL

Nithael ist ein großer Freund aller Künstler und Schriftsteller, die sich den hohen Idealen verpflichtet haben. Er kann ihnen zu Erfolg und Beliebtheit verhelfen.
Zuordnung: König der Himmel
Anrufung: Um die Gnade Gottes zu erlangen, für langes Leben.
Psalm: 103, Vers 19: Der Herr hat seinen Thron errichtet im Himmel, seine königliche Macht beherrscht das All.

55. MEBAIAH

Mebaiah hilft dem Menschen gerne auf seinem Weg zur Erleuchtung und kann Erfolg und Ehre hervorrufen.
Zuordnung: Gott, der Ewige
Anrufung: Um Trost zu verschaffen und für die, die Kinder haben wollen.
Psalm: 102, Vers 13: Du aber, Herr, Du thronst für immer und ewig, Dein Name dauert von Geschlecht zu Geschlecht.

56. POIEL

Poiel kann zu allem verhelfen, das im täglichen Leben, in der Lehre und im Beruf benötigt wird.
Zuordnung: Gott, der das Universum erhält
Anrufung: Um das zu erlangen, was man braucht.
Psalm: 145, Vers 14: Der Herr stützt alle, die fallen, und richtet alle Gebeugten auf.

57. NEMAMIAH

Dieser Genius kann Techniker durch Inspiration zu neuen Erkenntnissen und Erfindungen verhelfen. Er beherrscht auch die Geheimnisse der Umwandlung.
Zuordnung: Gott des höchsten Lobes würdig
Anrufung: Um Erfolg zu haben, um Gefangene zu befreien.
Psalm: 115, Vers 11: Alle, die ihr den Herrn fürchtet, vertraut auf den Herrn! Er ist für euch Helfer und Schild.

58. JEIALEL

Jeialel kann den fortgeschrittenen Magier in dem Maße schulen, dass er Herr über alle Sphären werden kann. Einem Unreifen werden diese Geheimnisse niemals offenbart.
Zuordnung: Gott, der von Geschlecht zu Geschlecht erhört

Anrufung: Gegen Kummer, zur Heilung von Krankheiten.

Psalm: 6, Vers 4: Meine Seele ist tief verstört, Du aber, Herr, wie lange säumst Du noch?

59. HARAHEL

Harahel ist Helfer aller Gynäkologen und Hebammen. Er kann bei einer Geburt mit der Bitte um Schutz und Erleichterung gerufen werden. Dem ehrlichen Geschäftsmann kann er auch über die Wertpapierbörse Auskunft geben.

Zuordnung: Gott, der alle Dinge kennt

Anrufung: Gegen Unfruchtbarkeit bei Frauen, um dafür zu sorgen, dass Kinder ihren Eltern gehorchen

Psalm: 113, Vers 3: Vom Aufgang der Sonne bis zum Untergang sei der Name des Herrn gelobt.

60. MIZRAEL

Dieser Engel verhilft gerne zu Geschicklichkeit im Beruf. Er ist auch Lehrer der Religionswissenschaften und Religionsphilosophie.

Zuordnung: Gott, der den Unterdrückten Erleichterung gewährt

Anrufung: Um geistig-psychische Krankheiten zu heilen, und um von denen befreit zu werden, die uns verfolgen.

Psalm: 145, Vers 17: Gerecht ist der Herr in allem was er tut, voll Huld in all seinen Werken.

61. UMABEL

Umabel ist überaus mächtig und kann zu großer Weisheit und einem zufriedenen Leben verhelfen.
Zuordnung: Der über alle Dinge erhabene Gott
Anrufung: Um die Freundschaft eines Menschen zu erlangen.
Psalm: 113, Vers 2: Der Name des Herrn sei gepriesen von nun an bis in Ewigkeit.

62. JAH-HEL

Dieser Engel hat eine enge Beziehung zu Schlangen. Er ist auch Lehrer der Meditation und Konzentration und kann auf diesem Wege unterstützen, göttliche Tugenden zu entwickeln.
Zuordnung: Höchstes Wesen
Anrufung: Um Weisheit zu erwerben.
Psalm: 119, Vers 159: Sieh an, wie sehr ich Deine Vorschriften liebe; Herr, in Deiner Huld belebe mich!

63. ANIANUEL

Anianuel ist gut bewandert in allen Methoden der Krankenbehandlung. Er kann in Handel und Geldgeschäften behilflich sein und unterstützt die Verwirklichung von Erfindungen.

Zuordnung: Gott, der unendlich Gütige
Anrufung: Zum Schutz vor Unfällen, heilt Krankheiten.
Psalm: 2, Vers 11: Dient dem Herrn in Furcht, und küßt ihm mit Beben die Füße.

64. MEHIEL

Dieser Engel kann in die tiefsten Geheimnisse des Universums einweihen.
Zuordnung: Gott, der alle Dinge erhält
Anrufung: Gegen Widerwärtigkeiten.
Psalm: 33, Vers 18: Doch das Auge des Herrn ruht auf allen, die ihn fürchten und ehren, die nach seiner Güte ausschau'n.

65. DAMABIAH

Damabiah hat die Macht über das Wasserelement und über alles was mit diesem in Zusammenhang steht. Dass hier auch ein Zusammenhang zu bestimmten Arten der Krankenbehandlung vorliegt, dürfte erkennbar sein.
Zuordnung: Gott, der Brunnen der Weisheit
Anrufung: Gegen schwarze Magie, um Weisheit zu erlangen, für die Ausführung nützlicher Unternehmungen.
Psalm: 90, Vers 13: Herr, wende Dich uns doch endlich zu! Hab Mitleid mit Deinen Knechten!

66. MANAKAEL

Manakael weiß um die Behandlung aller Krankheiten, die in Beziehung zum Mondeinfluss stehen. Er kann auch bei der Wiederfindung verlorener Gegenstände behilflich sein.
Zuordnung: Gott, der alle Dinge bewahrt und erhält
Anrufung: Um den Zorn Gottes zu besänftigen, um Epilepsie zu heilen.
Psalm: 38, Vers 22: Herr, verlasse mich nicht, bleibe mir nicht fern, mein Gott!

67. EIAIEL

Eiaiel kann Wege zur Vollkommenheit und Erleuchtung aufzeigen und zu Ehre und Ansehen verhelfen.
Zuordnung: Gott, die Wonne der Menschenkinder
Anrufung: Um Trost in Widrigkeiten zu finden und um Weisheit zu erlangen.
Psalm: 37, Vers 4: Freu dich innig am Herrn! Dann gibt er dir, was dein Herz begehrt.

68. HABUIAH

Dieser Engel ist ein großer Heiler und kann bei jeder Art von Krankenbehandlung hinzugebeten werden.
Zuordnung: Gott, der freigiebig schenkt
Anrufung: Um Gesundheit zu erhalten und Krankheiten zu heilen.

Psalm: 106, Vers 1: Danket dem Herrn, denn er ist gütig, denn seine Huld währt ewig.

69. ROCHEL

Rochel ist Herr der Gerechtigkeit und kann in jeder Notlage um Hilfe gebeten werden.
Zuordnung: Gott, der alles sieht
Anrufung: Um verlorene und gestohlene Gegenstände wiederzuerlangen.
Psalm: 16, Vers 5: Der Herr ist gnädig und gerecht, unser Gott ist barmherzig.

70. JABAMIAH

Dieser Engel ist ein Freund der zeremoniellen Magie. Er kann auch auf dem Weg zur Erleuchtung behilflich sein.
Zuordnung: Das Wort, das alle Dinge erzeugt
Anrufung: Um der Schaffung neuer, wichtiger Dinge, als Schutz für die, die sich geistig, seelisch und körperlich kräftigen wollen.
Psalm: Genesis, Vers 1: Im Anfang schuf Gott Himmel und Erde.

71. HAIEL

Haiel ist auf allen magischen Gebieten ein guter Lehrer und Helfer und kann unterstützen und aufzeigen, wie aus jeder noch so schwierigen Situation

herauszukommen ist.
Zuordnung: Gott, der Herr der Welt
Anrufung: Zur Überführung von Bösewichten und Befreiung von denen, die uns unterdrücken wollen; Schutz derer, die Zuflucht zu Gott nehmen.
Psalm: 109, Vers 30: Ich will den Herrn preisen mit lauter Stimme, in der Menge ihn loben.

72. MUMIAH

Mumiah ist Schirmherr aller Ärzte und Heiler, die sich auf geistigem Gebiet betätigen. Er kann über die Herstellung des Steins der Weisen und somit über die Alchimie Auskunft geben.
Zuordnung: Gott, der Allumfassende
Anrufung: Bei mystischen Arbeiten
Psalm: 116, Vers 7: Komm wieder zur Ruhe, mein Herz! Denn der Herr hat dir Gutes getan.

Wer an unserem **Gegenzauber-Set** oder an spirituellem Schmuck, Gebetsketten, Schutzengel-Amuletten, an Ölen oder Räuchermitteln interssiert ist, wende sich an folgende Adresse:

Alrunia Mysterienschule
Anerkanntes Ausbildungsinstitut
des Dachverbandes Geistiges Heilen e.V.
Iris Rinkenbach
Weißenbach 30
D –77797 Ohlsbach
e-mail: info@alrunia.de
Alrunia Internet-Shop:
http://www.alrunia.de

Hier erfahren Sie auch alles über unser aktuelles Seminar-Angebot. Wir unterrichten:
Geistiges Heilen, Pendelpraxis, Numerologie, Kabbalah, Runen, Sensible Wahrnehmung, Magie und Mysterienwissen

Kontaktanschrift Bran O. Hodapp:
Praxis & Ausbildung für geistiges Heilen
& tibetische Heilkunst
Schillerstr. 3
77933 Lahr
www.hodapp.biz

Kontaktanschrift der Mandala-Seelenbilder
von Prem Loka:
Loka Heinz Rißmann
Kröte 12a
29496 Waddeweitz
Tel. 0049(0)5849 253
E-Mail: info@premloka.de
Internet: www.premloka.de